向为这套丛书提供详细资料并接受采访的各位设计师和现场采访过程给予协助的全体人员致以深深的谢意。

——朱锷

Visual Message Books

New Generation Graphic Designer Ebina Tatsuo

新世代平面设计家 **虾名龙郎的设计世界**

著者
©
虾名龙郎
Ebina Tatsuo

监修
Creative Director
朱锷
Zhu E

主编
Editor
朱锷
Zhu E

策划
Producer
朱锷
Zhu E
郑晓颖
Zheng Xiaoying

责任编辑
Editor-in-Charge
姚震西
Yao Zhenxi
白桦
Bai Hua

制作设计
Composition
朱锷设计事务所
ZHU E design studio
Edite
大坪辉夫
渡边工
Graphic Design
陶山由纪

目录 Index

视觉语言丛书·序

Visual Message Books (视觉语言丛书)是由旅日平面设计家和出版人朱锷先生主编、设计并撰文，全面性、系统化介绍日本设计师和设计动向的丛书。令人赞叹的是他花费了几年的时间，亲自走访了几乎每一个设计师，和他们交谈，对他们进行采访，与他们一起整理资料。本丛书几乎包括了战后日本设计史上老、中、青几代设计师中的主要杰出人物，更难能可贵的是每一册作品集中，还收入了这些设计师各自独特的思维、创造过程和制作过程，使丛书具有很高的学术研究价值。

在后现代消解一切的时代里，在消解经典、消解权威的同时，更需要的是冷静的研究、理性的阐释，在这样的时代氛围中把日本几代设计精英完整地、如实地摆到中国的设计师面前，为走向21世纪的设计艺术和设计审美文化的发展提供合理化借鉴，应该是朱锷先生耗费7年时光来构思和筹划这套丛书的基本出发点和意图。

本丛书介绍的设计师都有着彼此不同的理论模式，持有各不相同的见解，各自用自己的作品阐述着各自的设计思想。在一套丛书中如此集中、系统地分析、介绍一个设计大国的设计动向，在世界设计图书出版界里也并不多见。书中详尽的作品点评和制作过程剖析以及图片资料形象地阐明了平面设计的主要原理，相信本丛书定能给大家带来许多启示。

本丛书点评的每一位设计家的作品集均由作品部分和制作过程剖析两部分构成，并都配有设计特点评介。本丛书面对中文读者，但为了专业人员查询资料之需，一部分附有英文对照。

边序边说

朱锷

从一名设计师的角度看，感兴趣的不是一个时代变化的最终结果，而是在不断变化的时间和空间中的人的状态和变化，所以设计师应该清楚真正要给人看的是什么，必须特别明白自己从对象上发现了什么，而后给人提示的是一个什么样的视点，即画面怎么处理、怎么构成，画面要引导观者看什么，对设计师来说，这几乎就是一切，设计师是要带着第三只眼睛看世界的。

设计的“眼”在于如何处理和体现商业行为与艺术行为的关系，艺术行为是要面对藏在自己内心深处的全部情感，避开喧哗。而商业行为很真实，在现实面前，所有的情感都会变得严肃起来，矛盾冲突非常大，设计的所有文章都是在这种关系上作的。

艺术行为要求设计师的是艺术理想，而商业行为要求设计师的则是具有普遍性的生活理想，艺术理想同生活理想之间是冲突的，冲突最终要在设计师手里得到统一。设计师给人提供的不是思想、不是情节、不是故事，提供的是一种人的关系，设计的所有内涵都是从人的关系里升出来的，还要尽量使形象趋于视觉化，如果做不到视觉化和易于沟通的话，设计就没有意义了。设计根本就是一个独特的世界。在这个世界中，人所使用的语言和我们日常生活中的语言有极其密切的关系，但完全不是同一种语言。

在纯艺术里，无论是现实生活影响到作品还是作品反射了现实生活，都是以不那么直接的方式进行的。而设计则直接被生活局限，它的本质是应时的，所以着重考虑的不是被具体的环境和具体的事物局限的个人精神状态，而是在被具体的环境和具体的事物局限中反映出来的普遍状态。设计师要诉说的不是对事物的精神态度，而是他的选择。

设计创作像盖楼，开始只是有一些想法，一张作品的产生是一个不断具体化的过程，先有一点想法再建立起一个结构，然后一点点地感觉它，不断添砖加瓦，设计行为实际上是一种替人做证明的行为，只有在业主对自己的产品还没有安全感时才会去做的行为，这有点像替被告打官司的律师。

设计艺术发展到今天，已经没有什么闻所未闻的技巧可言，没有什么技巧、手法没有被使用过。同样的技巧、同样的手法，会有很多人在用，关键在于用的方法如何，怎么样去用那些技巧、手法，倒是很重要的。

今天，单纯的画面意象已经无法支撑起一张作品的全部生命，都市中的古玩不一定代表传统特色，都市中的摇滚也不一定代表现代精神，都市文化已呈现出一种多元化的局面，每个人熟悉的都只是都市的一部分，都市里的人越来越走向个性化，都市里的个人也越来越多元化，在每个人心中的都市文化都不一样，各人表现着各自所感受到的那一部分都市。尤其在一个被人文主义包裹着的社会里，当时代、当环境发生变化时，明确地知道自己是谁是一件必须做的事，所谓知道自己是谁，其实就是获得自觉，然后以人的能动性精神力量去控制自己的创作走向。日本新世代平面设计师都很注重这种能动性，所以才会看到当今日本设计最先端的一些年轻人的活跃场面。这些人真正让我心动的不是他们的作品，而是他们自觉地偏离经典，偏离权威，从既定价值体系中心离去的行为。当整个社会都对一种权威的、经典的潮流膜拜或服从的时候，当所有的人都说“是”的时候，有一些人勇敢的在说“不”，这就是这些新世代设计师的全部。

自序
虾名龙郎

我过去曾喜欢摩托车飞快地、连续地穿越S形曲线。即便是现在我还非常喜欢在新雪上做小飞跃的滑降动作。这是为什么呢？理由我想可以列举好几个，但归根到底还是因为有一种身受外加的巨大压力并能驾驭它的很刺激的愉快感吧！

外加的压力就是重力和离心力。在驾驶摩托车时，这两种力还要加上发动机的动力，但是不管怎样不会逆这股来自外力形成的气流而退，而与它们形成一个整体，产生的力量是无限的巨大。

这些年来，STREAM(潮流)这个词汇对我来说具有特别重大的意义，这也与上述的事情不无关系。我曾有过一段时间，虽然是很短的时间，在工作上失去了方向感。好像是一艘指南针坏了的船。正因为只顾全力以赴目不旁视地冲刺最短距离，不可能不迷失方向。但是我天生是个乐天派的性格，所以也没有惊慌失措，为了自己能找到自己真正想做的事，我把朝外的目光收回来改向内看，开始制作过去从未做过的自主作品。

这就意味，从结果来看，一直大部分在搞美术指导工作的我又返回到了印刷美术设计的起点。在这个过程中我很幸运有机会亲自动手做一些像书本装订和立体设计那一类过去几乎毫无经验领域的工作，而且能够以一个初学者的新鲜劲去着手工作。后来我感觉到这些都一个一个已变得像个样子的时候，内心的潮流已正在发生很大的变化。本来虽然也意识到想要提出一些新的美意识的方案，想要做一些可以作为“发明”之类的东西，可从未超越过理想的程度，这种欲做不能的时期就这样成为过去了。

最近已开始能亲自感觉到一种应该出来的东西、依靠一种眼睛看不到的力量自然而然地从自身当中出来了。我开始感到，与人邂逅啦天赐良机啦，一切应该发生的事都已发生。但是这决不是就意味自己什么也不干专靠外援成功。听说在没有模糊朦胧的状态下去进行设计的话，那末理所当然自己应该做的事和应该做的东西会自然而然地会变成明白无误。

正当孕育2000年新潮流的预感时，而且被认为大概是人生转折点的这个关键时候，能获得一次把自己过去的设计汇编成一本书的良机，这种幸运也是因为我努力的必然结果之一吧。1999年年底之前的一切都已看作过去，在已经获得开往下一个目标地勇气的今天，我们驾驶的交通工具乃是STREAM吧。

POSTER

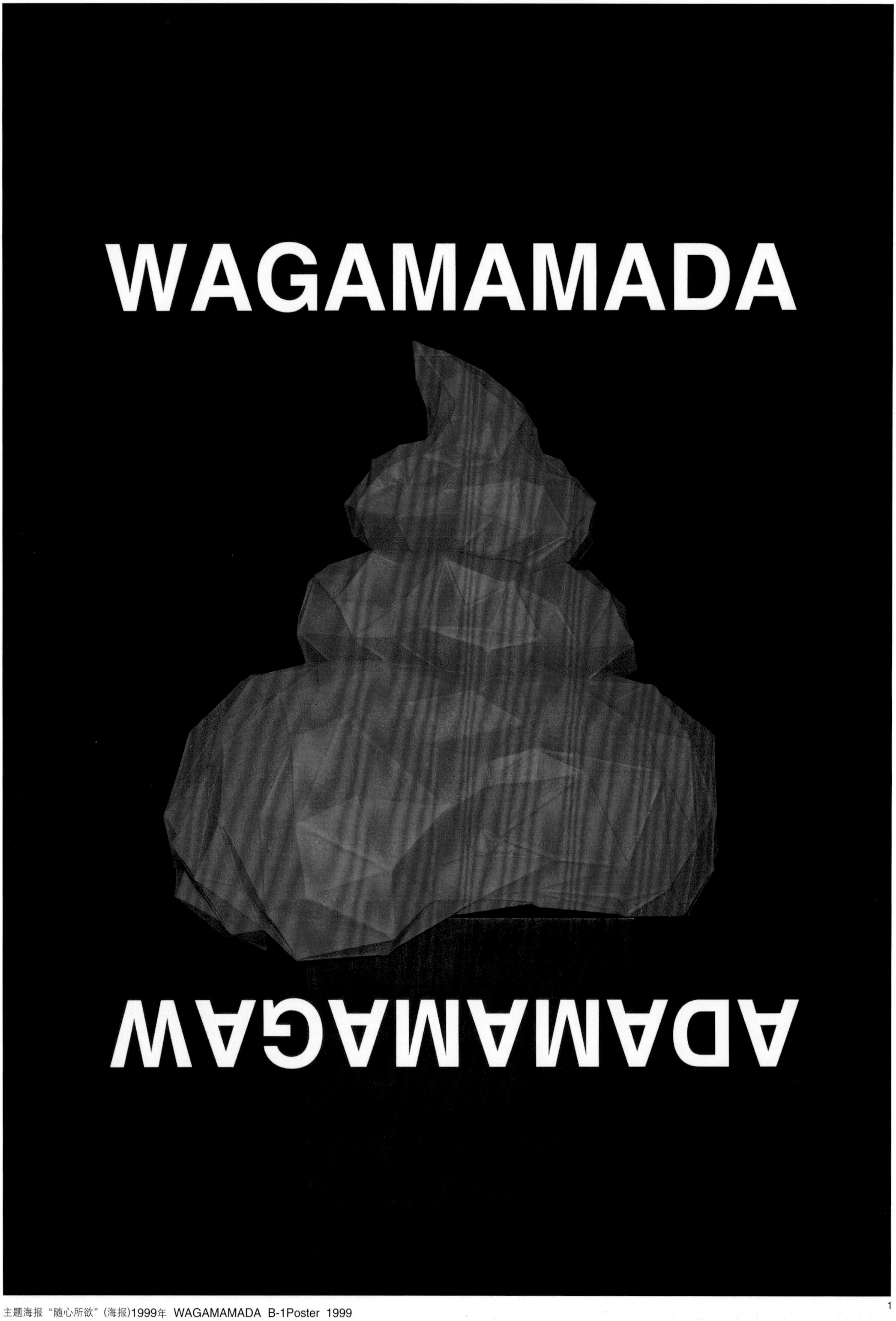

1

主题海报“随心所欲”(海报)1999年 WAGAMAMADA B-1Poster 1999

Laforet Harajuku
Golden Week SPECIAL
Laforet T-Shirts
Collection'99
4.24 sat~5.9 sun
T-SHIRTS PRESENT
1F階段前にディスプレイされたTシャツの中からあなたの
「欲しい！」を1つ選んでね。抽選で各1名様にプレゼント。
フリークレジット無金利フェア
4/26(mon) - 5/5(wed)
ラフォーレカード、
IDカード会員がフリークレジットでお買い物の場合、
10回までの分割手数料ゼロ！
「第5回 ヴィンテージレコード&
中古CD大バザール」
4/2(fri) - 5/9(sun)
5F フリースペース/入場無料

2

Laforet 原宿“衬衫展1999”（海报） Laforet Harajyuku "T-Shirts Collection'99" B-1Poster 1999

3-5
富士影印公司
(海报) 1998年
Fuji Xerox
B-0Poster 1998

6-9
日本第一生命保险公司
(海报) 1992年
The Dai-ichi Mutual
Life Insurance
Company
B-1Poster 1992

テレパシーってやつだな。
THE DOCUMENT COMPANY
FUJI XEROX

3

マルだろうが、シカクだろうが。
機種違いを超えてオープンにする。→
THE DOCUMENT COMPANY
FUJI XEROX

4

部長さ〜ん、おいしい情報入れましたよ。
THE DOCUMENT COMPANY

5

背番号3をつける子供が少なくなったなあ。 第一生命

6

昨夜、留守番電話のメッセージについて家族会議が開かれました。 第一生命

7

おばあちゃんは近所にカラオケに、おじいちゃんは街にパチンコに出かけましたとさ。 第一生命

8

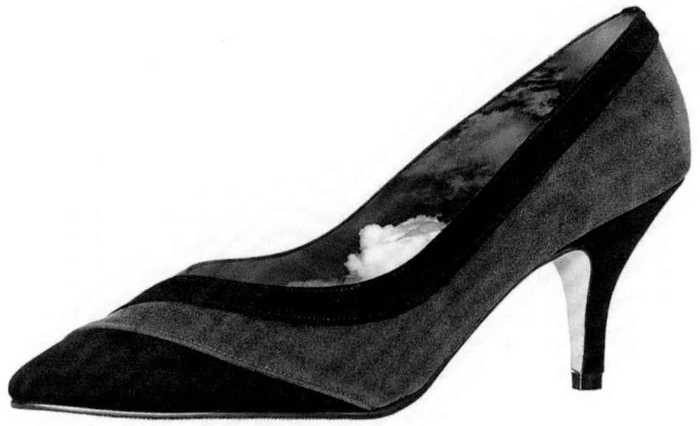

あらっ いけない燃えないゴミの日だったわ。 第一生命

9

10-12
“商店、商店”(海报) 1996年
The Shop B-1Poster 1996

10

13-15
“商店、商店”(海报) 1996年
The Shop B-1Poster 1996

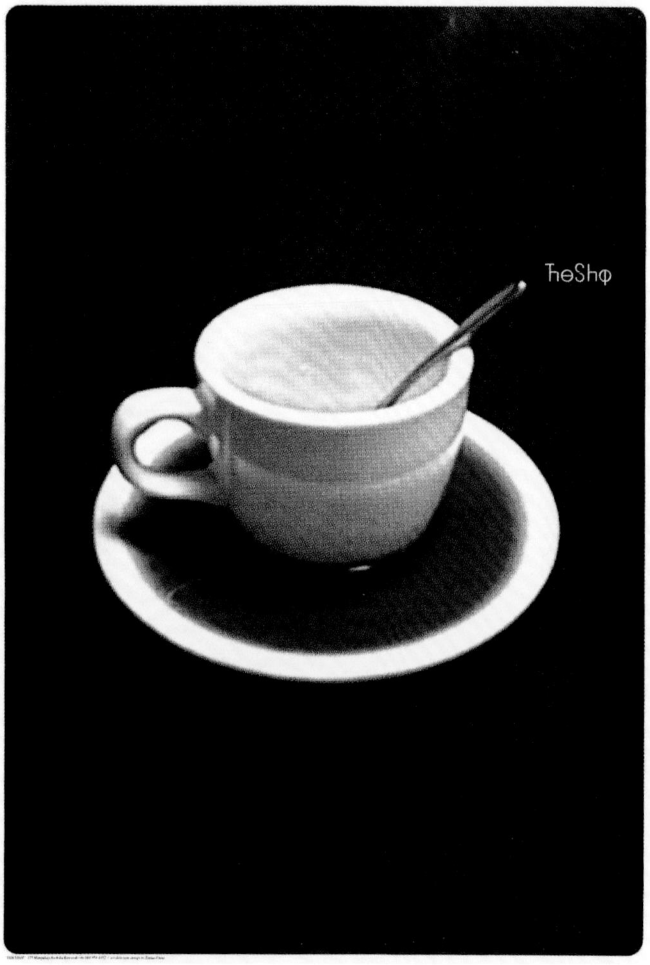

13

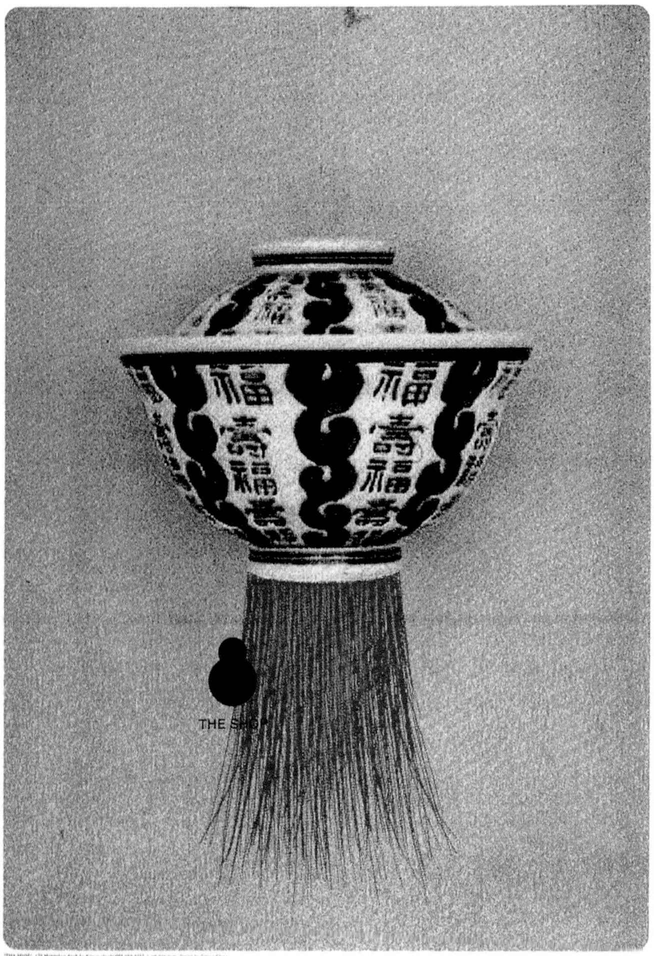

11

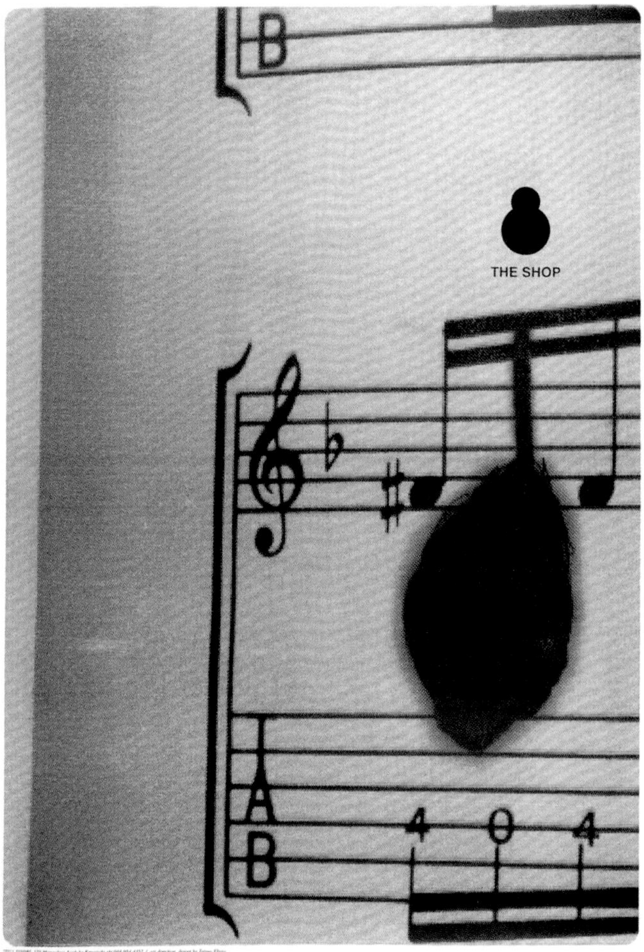

12

14

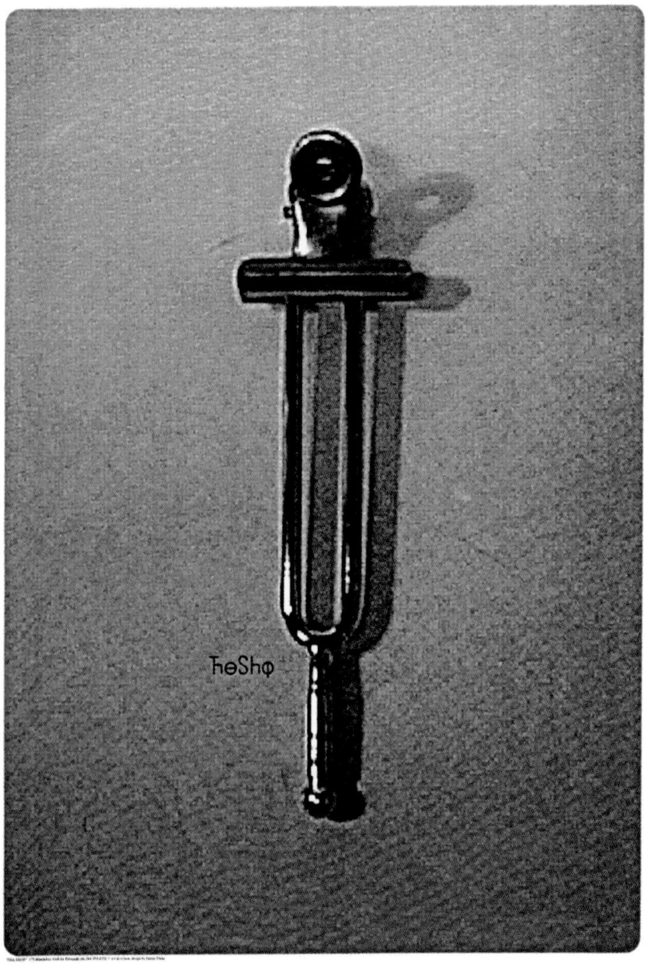

15

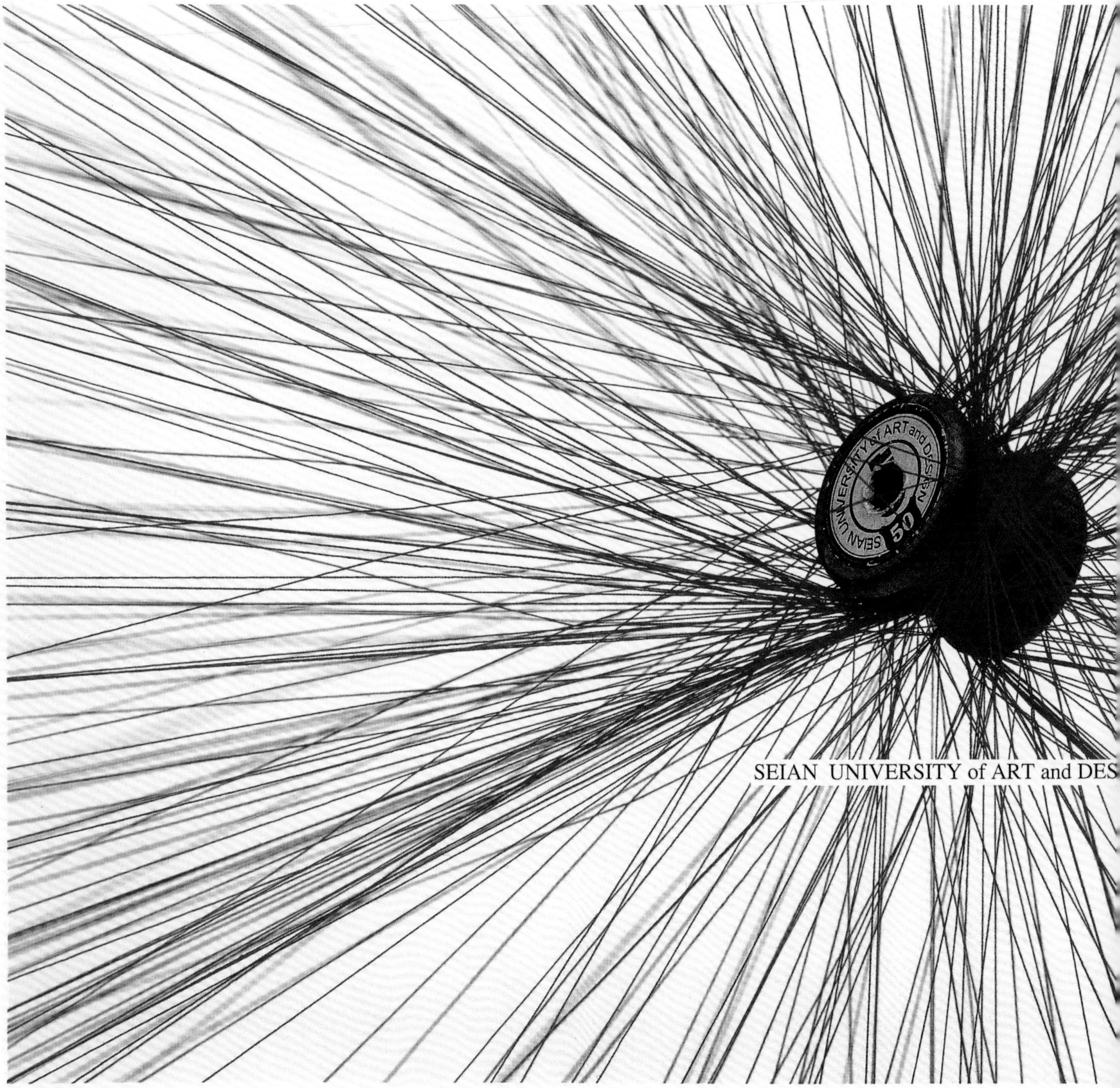

成安造型美术大学宣传海报 (海报) 1998年 Seinan University of Art and Design 1030mm × 2184mm Poster 1998

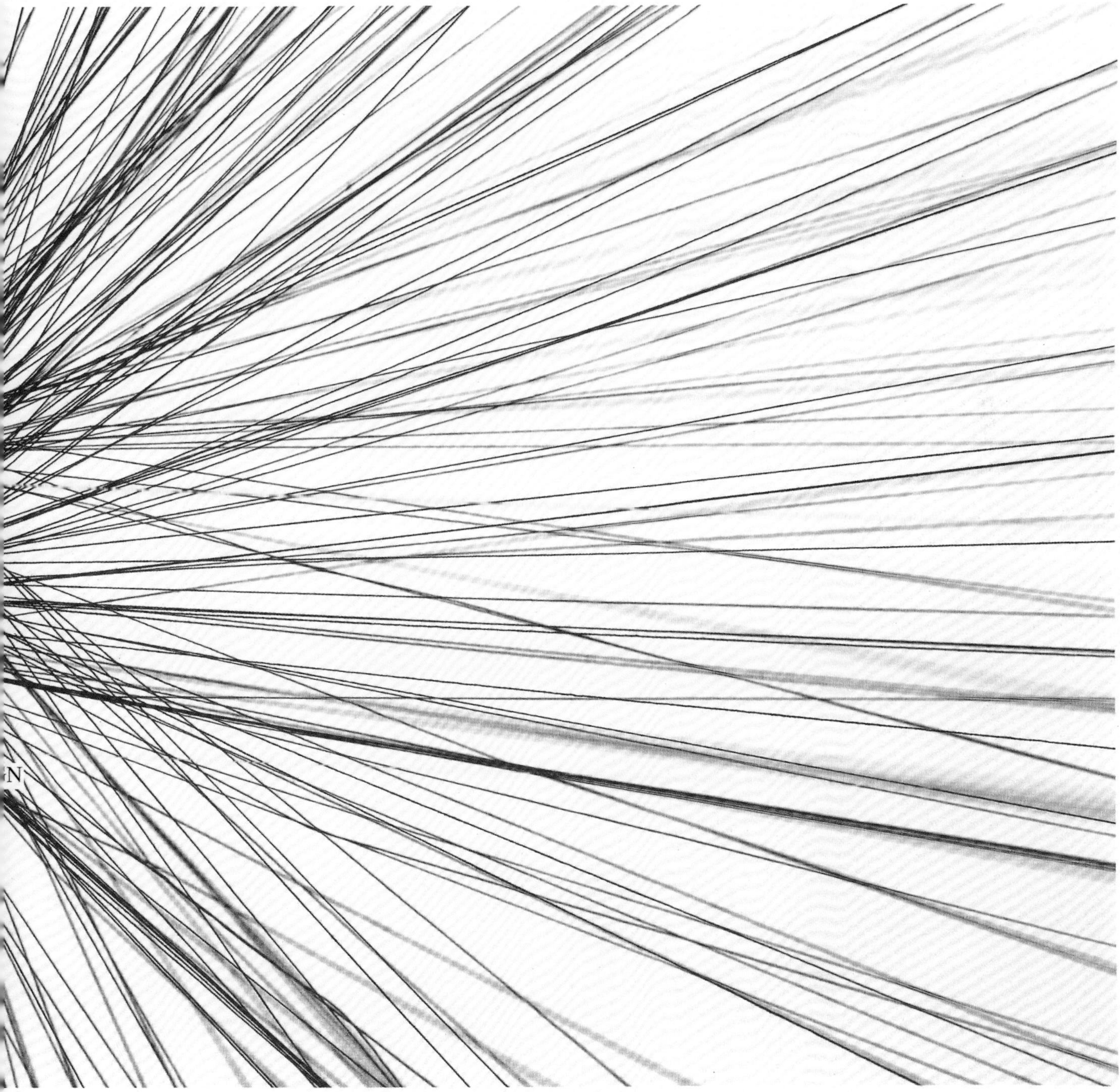

16

17-18
BANDAI “玩具日”
(海报) 1995年
BANDAI "Toy's Day"
B-1Poster 1995

19-22
BANDAI
(海报) 1995年
BANDAI
B-1Poster 1995

5月4日は、ふつうの日。
BAN
DAI

17

5月5日は、オモチャの日。
BAN
DAI

18

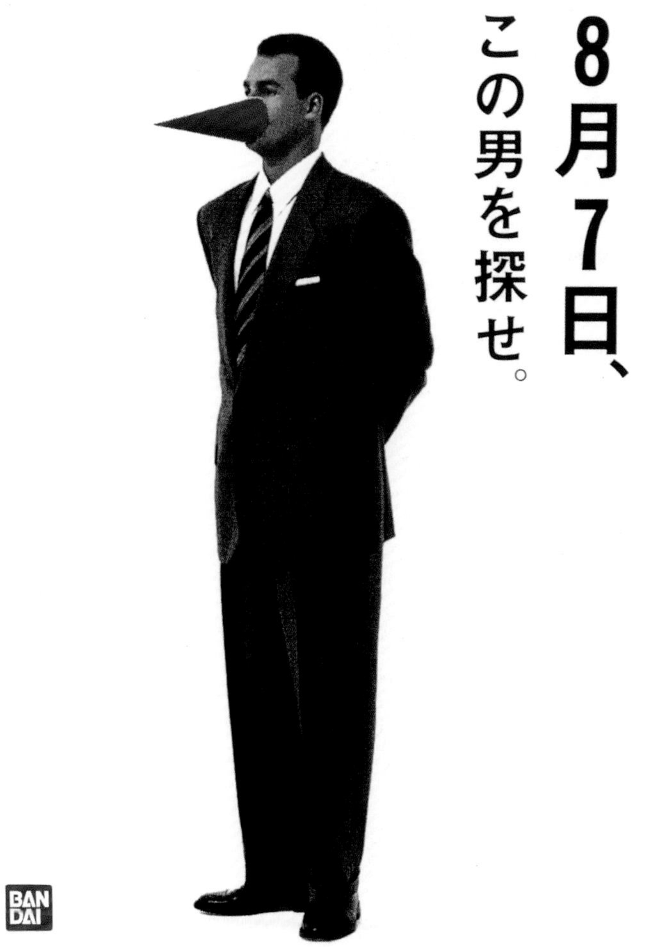
8月7日、
この男を探せ。
BANDAI

19

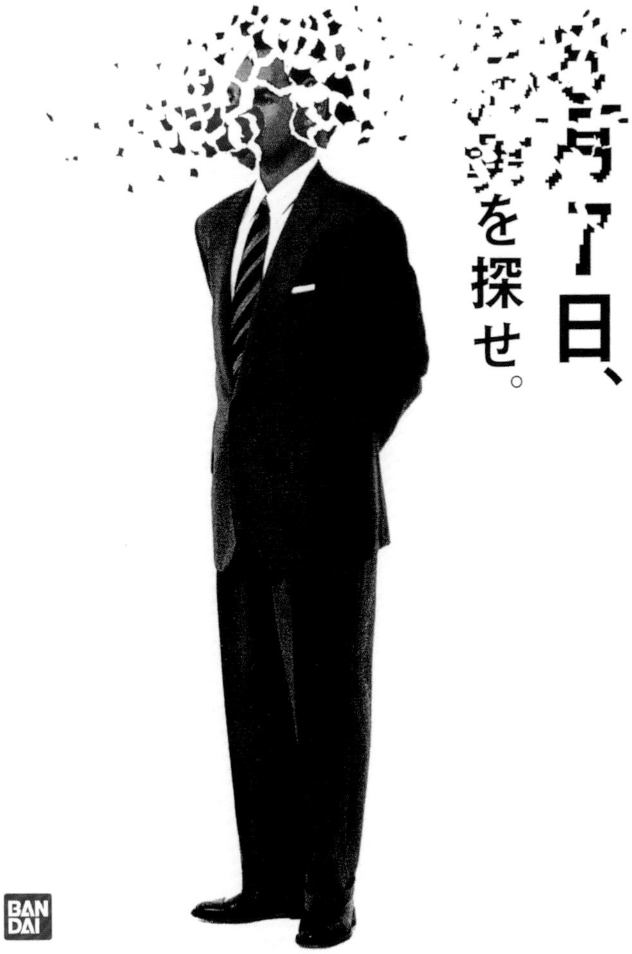
日、
を探せ。
BANDAI

20

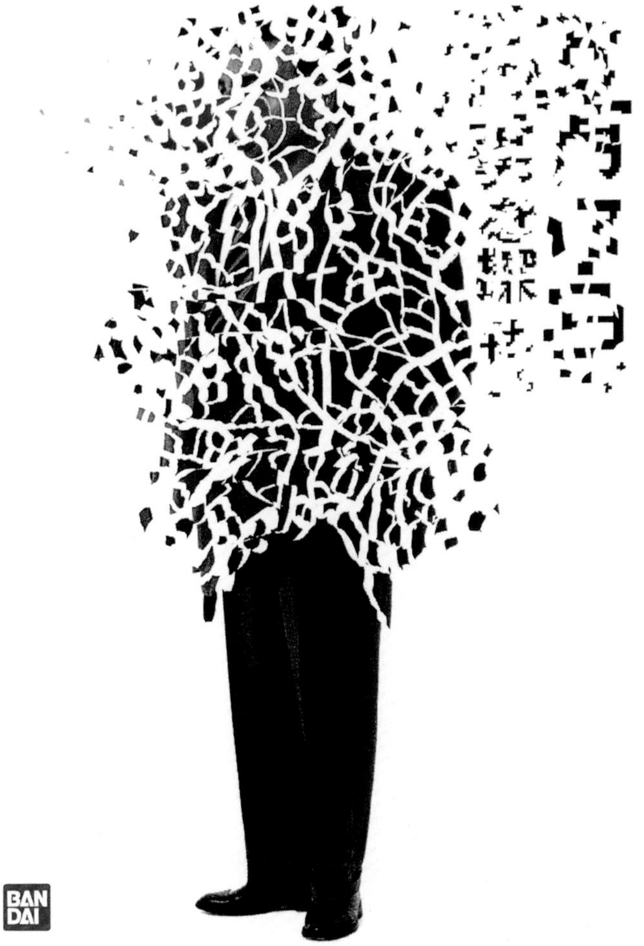
BANDAI

21

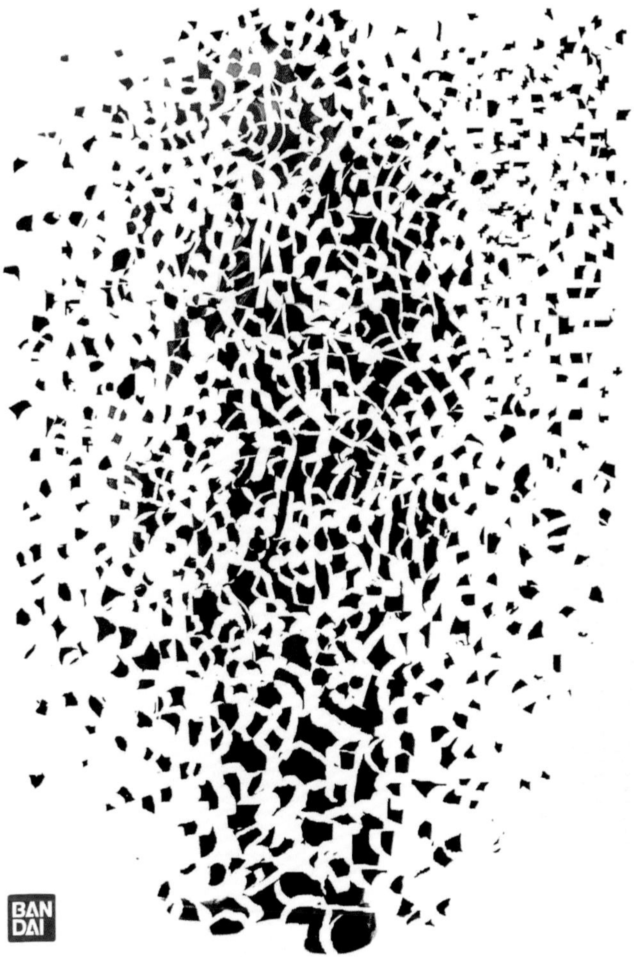
BANDAI

22

23-25
BANDAI “斯通 · 海奇”
(海报) 1995年
BANDAI "Stone Henji"

B-1Poster 1992

23

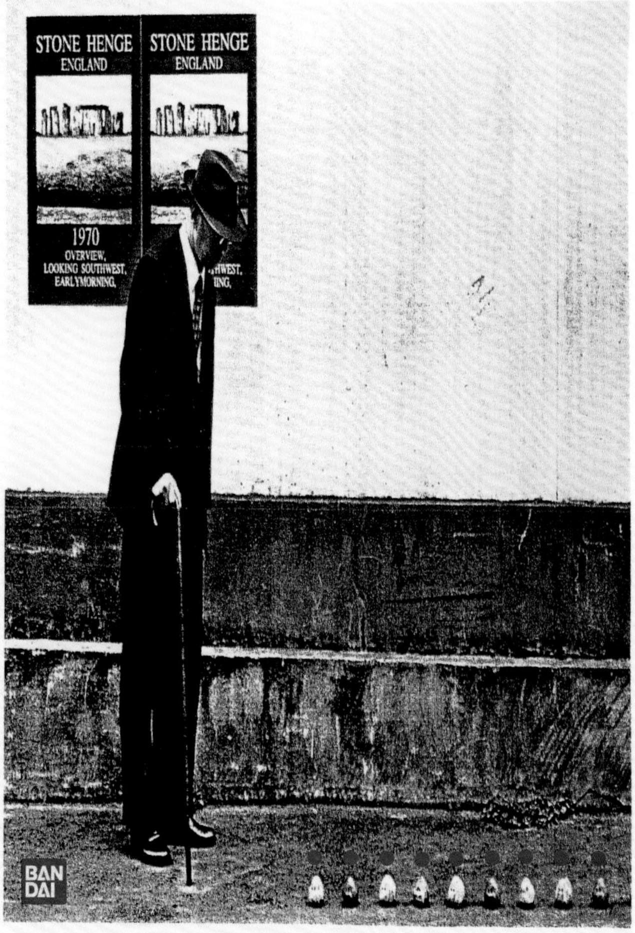

24

BAN
DAI

内外証券

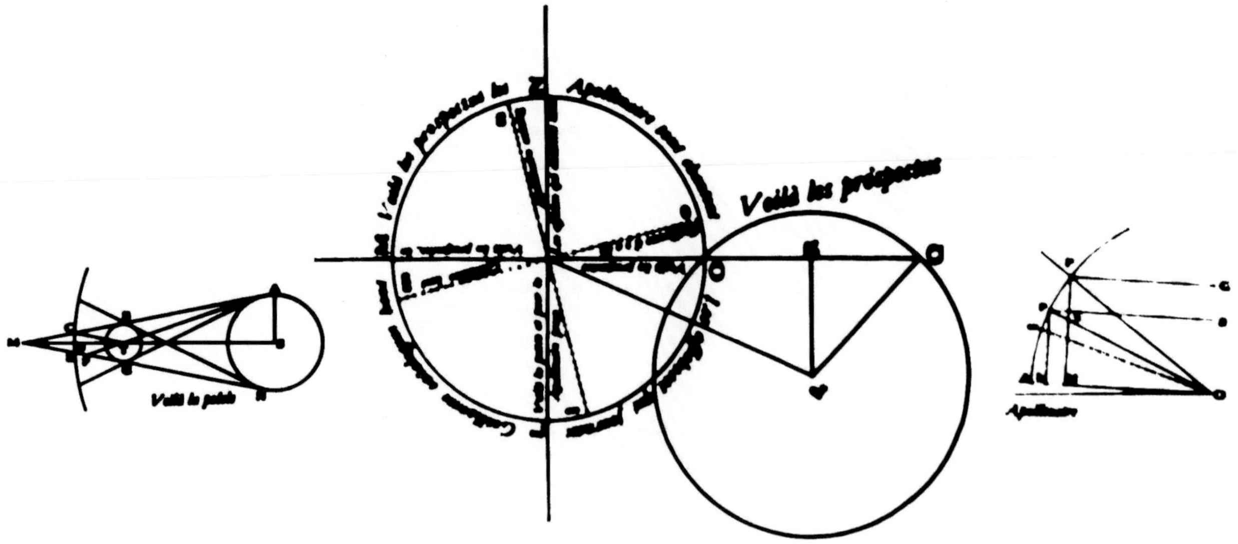

考えれば 考えるほど、不思議な運動。

26

内外証券

解いても 解いても、終わらない問題集。

27

26-27
内外证券公司
(海报) 1990年
Naigai-Shoken
B-0 Poster 1990

28-29
NIchii学馆
(海报) 1997年
NIchii Gakkan
B-1Poster 1997

28

29

HONDA
つぎの夢を、
かきあつめたい。
本田技研工業株式会社 人事部 採用グループ
お問い合わせ●Tel.03-3423-3355 東京都港区南青山2-1-1 〒107 インターネットサイト●http://www.honda.co.jp/
©HONDA

30

世界レース本番、
つくったやつが乗ればいい。
太陽光だけでオーストラリアを縦断する1996ワールドソーラーチャレンジ。ぶっちぎり一等でゴールしたホンダドリーム号の運転席には、小澤浩一郎の笑顔がありました。そもそも小澤は、社内公募でこのプロジェクトに参加したエンジニアです。ホンダの流儀は「やりたいやつがやれ。そのかわり、最後まで責任をもて。」これって、けっこう病みつきになります。だってほら、やりたいことを我慢するより、ずっと気持ちいいものね。
©HONDA

31

30-33 本田技研工业公司(海报) 1997年 Honda Motor B-0Poster 1997

空のシビック、研究中。
アメリカ中南部ミシシッピ、天気は快晴。6人乗りのホンダ製ジェットが初飛行を成功させたのは、93年のことです。大空をもっと自由に、もっと楽しく。そう、あのシビックのように、世界中からひっぱりだこになるキャラクターの飛行機をつくりたい。そんな強い気持ちをもったエンジニアたちが、いまも航空機技術を前のめりで研究しています。しつこいんだなあ、みんな。夢を追っかけることに関しては、ほんと、しつこい。
N3079N
©HONDA

32

ホンダのロボットだぞ。
理論はともかく、二足歩行でいこう。まず実物をつくろう。そんなやんちゃな素人の発想が良かったみたいです。産業ロボットの専業メーカーでさえ難題だった人間型ロボット。その自立歩行を世界で初めて実現してしまいました。はじめは素人でも、やるとなったら徹底的にやってしまう。たとえ、理論がはじき出した予測が「無理」でも、あきらめるということを知りません。それが、ホンダの性分。合わない人には、合いません。
©HONDA

33

あの人と同じものを見ていながら、違うことを感じていた。
KYOTO UNIVERSITY OF ART AND DESIGN

京东造型美术大学宣传海报 (海报) 1996年 Kyoto University Art and Design B-1Poster 1996

34

35-36
涩谷PARCO
(海报)
1999
Shibuya Parco
B-1Poster 1999

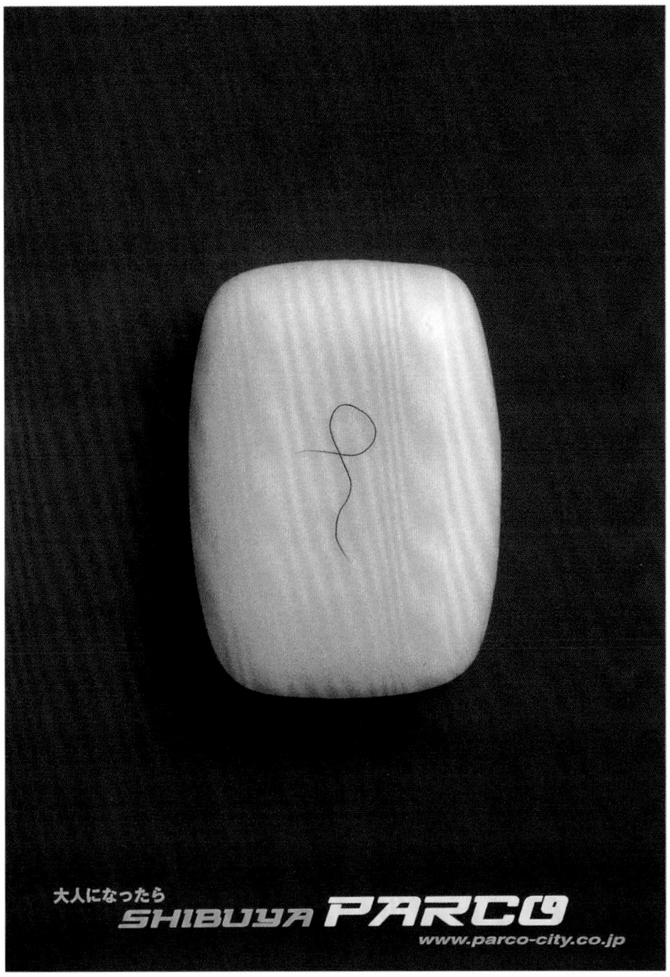

35

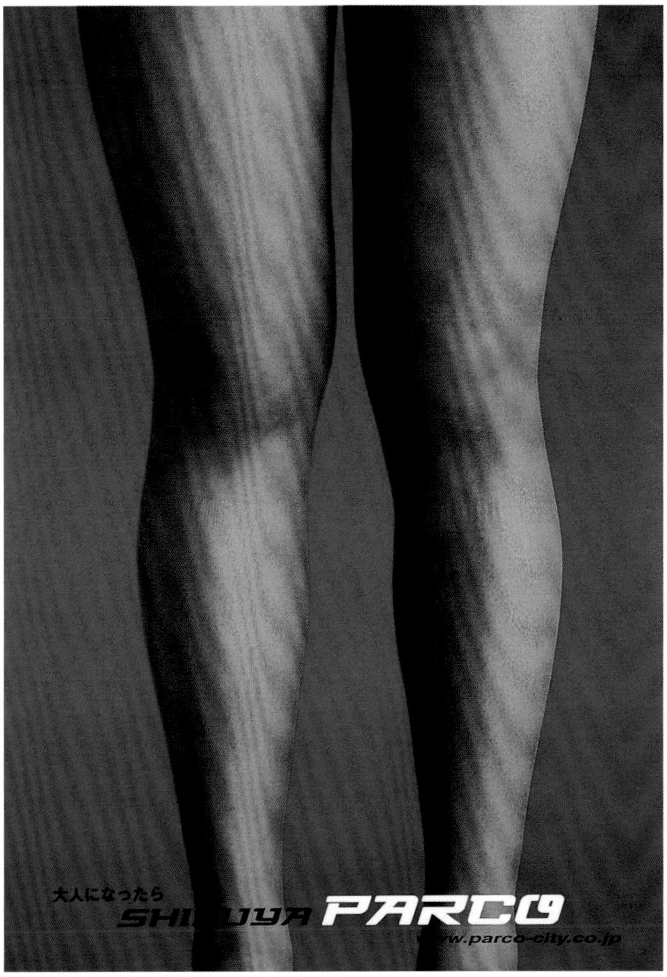

36

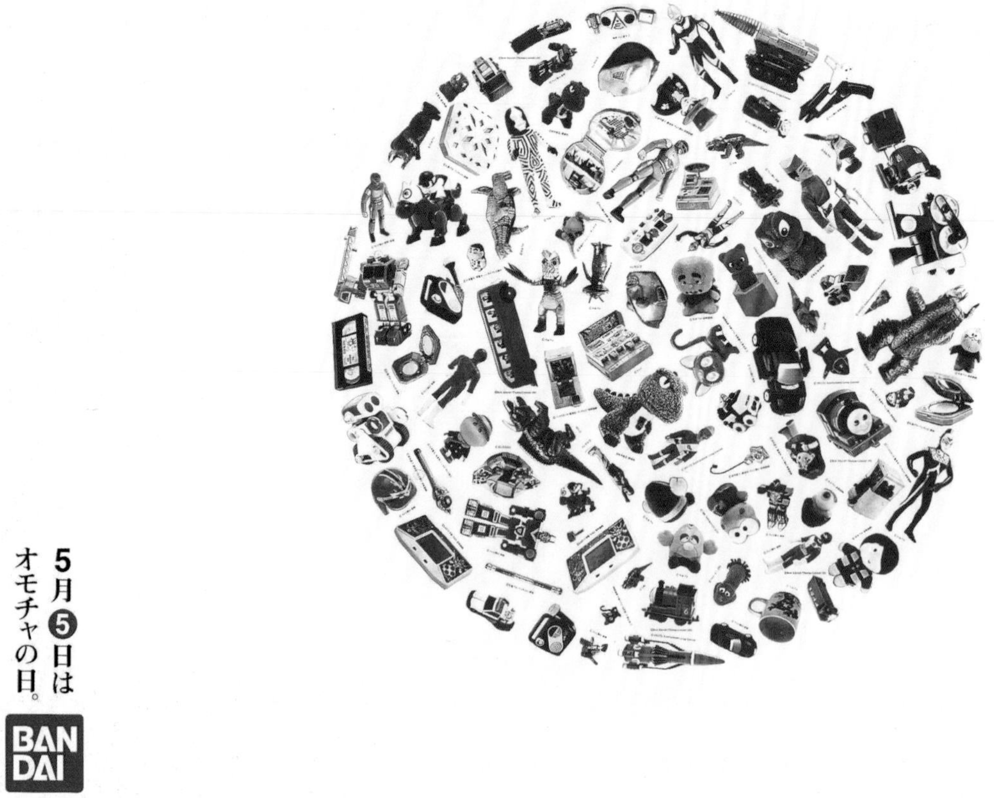
5月5日は
オモチャの日。
BANDAI

37

5月5日は
オモチャの日。
BANDAI

38

37-38 BANDAI “儿童玩具日”（海报）1992年 BANDAI "Toy's Day" B-0Poster 1992

だんだん、
サンタクロースに
なってきましたね。
BANDAI

39

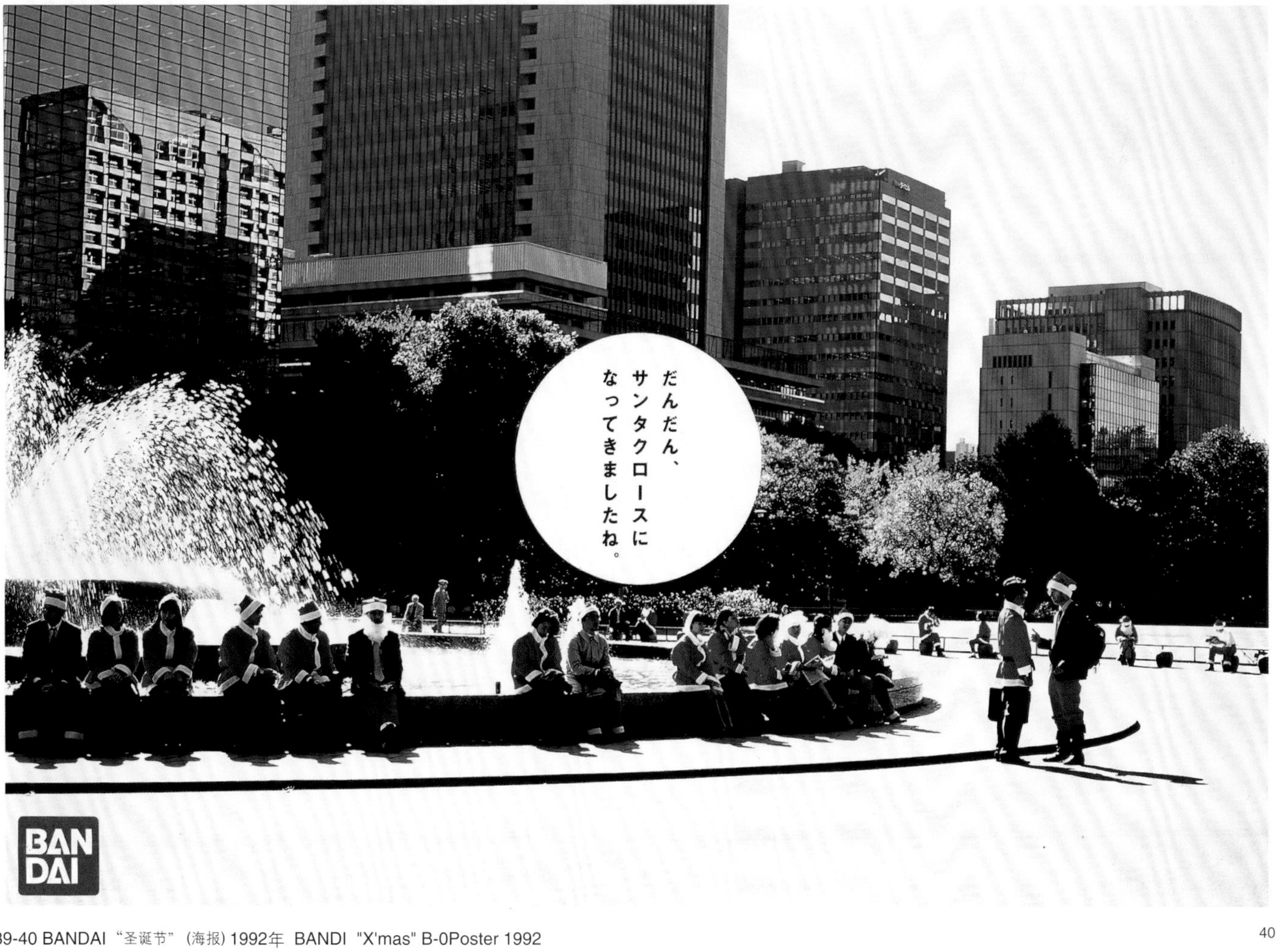
だんだん、
サンタクロースに
なってきましたね。
BANDAI

40

39-40 BANDAI“圣诞节”（海报）1992年 BANDI "X'mas" B-0Poster 1992

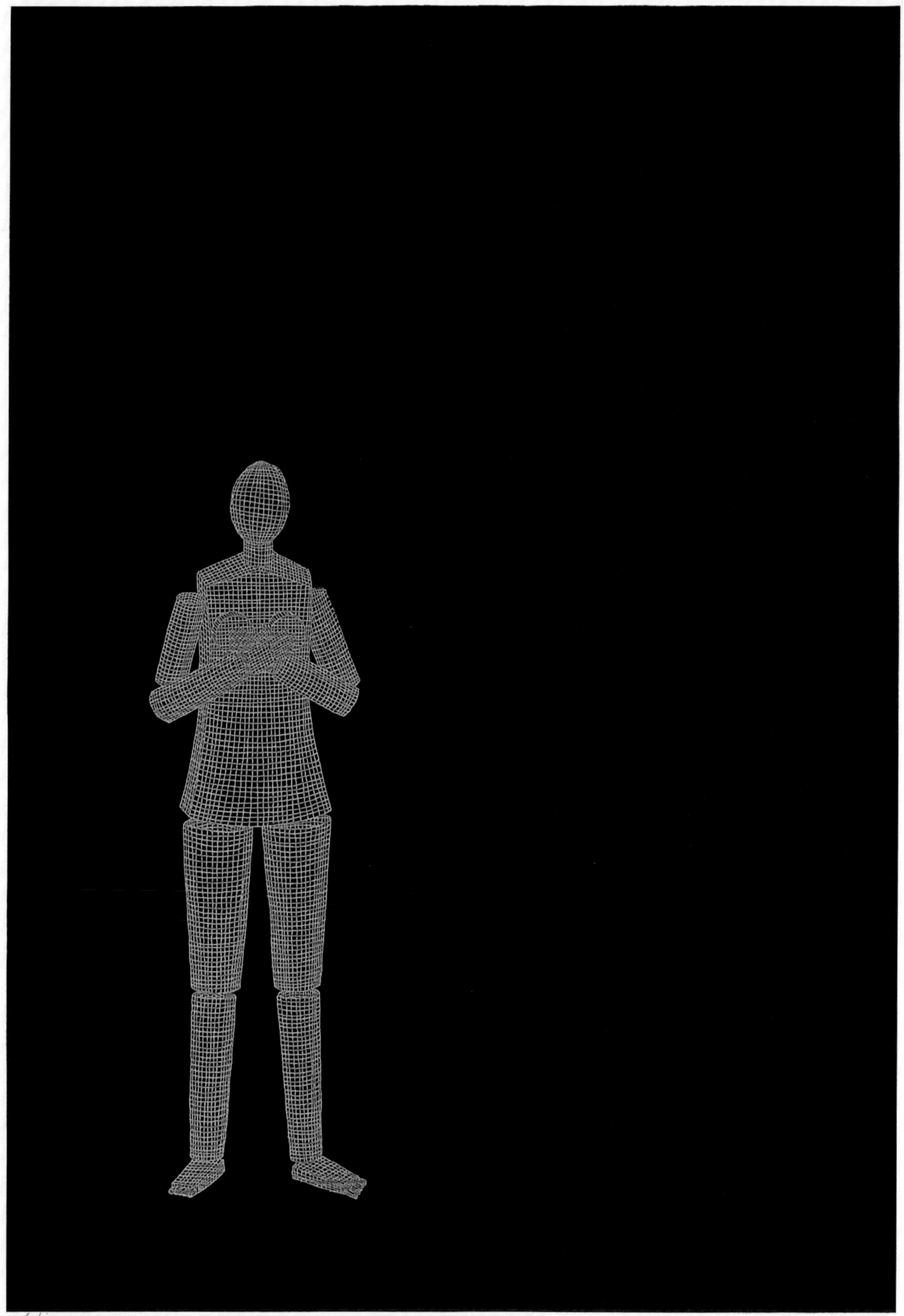
CENTENARIO DE LA INMIGRACION JAPONESA EN MEXICO, 1897-1997

41-43
墨西哥外交部
(海报) 1997年
The Ministry of Foreign Affairs of Mexico
B-1 Poster 1997

42

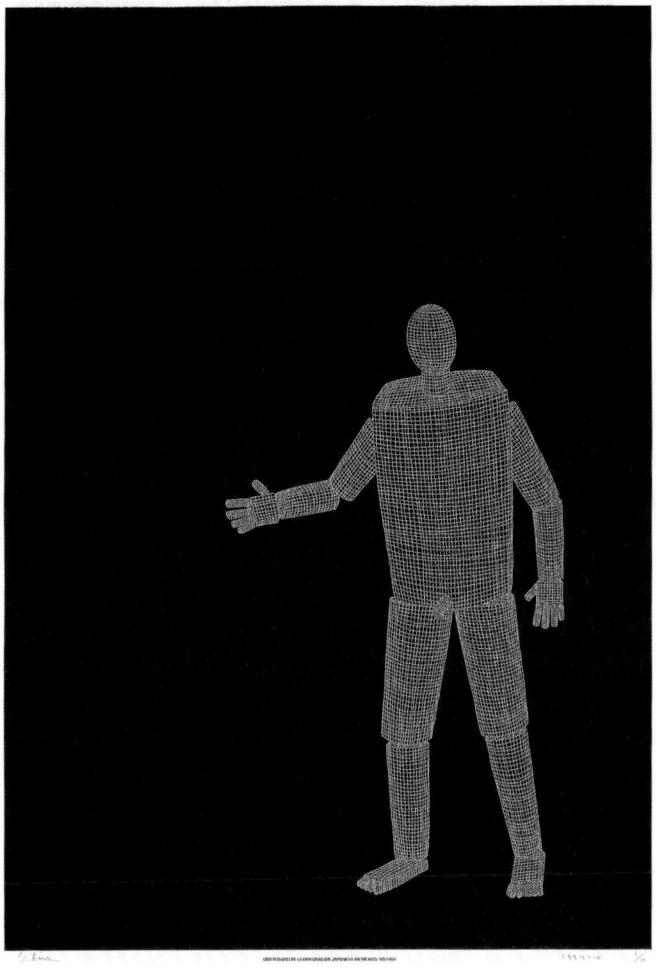

43

WHAT'S
BLACK?
BOSS
BLACK
Made with our original"Water Drip"method
BOSS is the boss of them all since 1992
無糖【コーヒー】

Suntory饮料 “黑咖啡” (海报) 1998年 Suntory "Boss Black" Metro Board poster 1998 1800mm × 4600mm

44

GLOBAL DINING INC.
ajkjzjxczxhcaiyscjzxh
kjzxhygyuyuewmnccycnkzkxklllmnmcn
jkjzjxczxhcaiyscjzxh
bjdioaksmencjkkmdsxl
kjzxhygyuyuewmnccycnkzkxklllmnm
cnbjdioaksmencjkkmdsxl
oaksmencjkkmdsxl
jkjzjxczxhcaiyscjzxh
kjzxhygyuyuewmnccvcnkzkxklllmnmcnbjdioaksmencjkkm
Monsoon Cafe

45-47
微小圆形世界
(海报) 1997年
Global Dining
B-1 Poster 1997

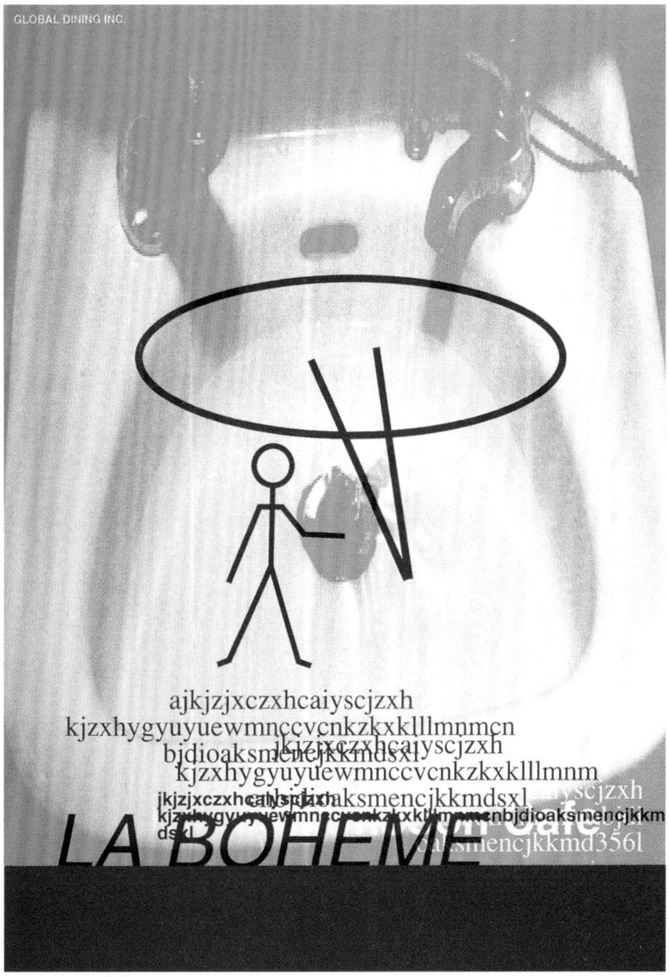

46

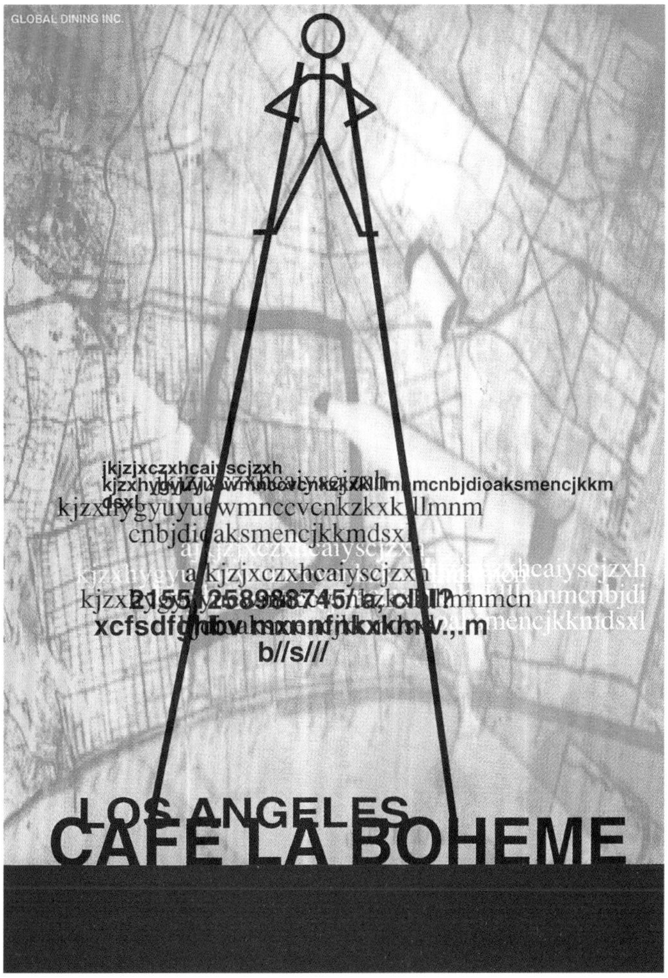

47

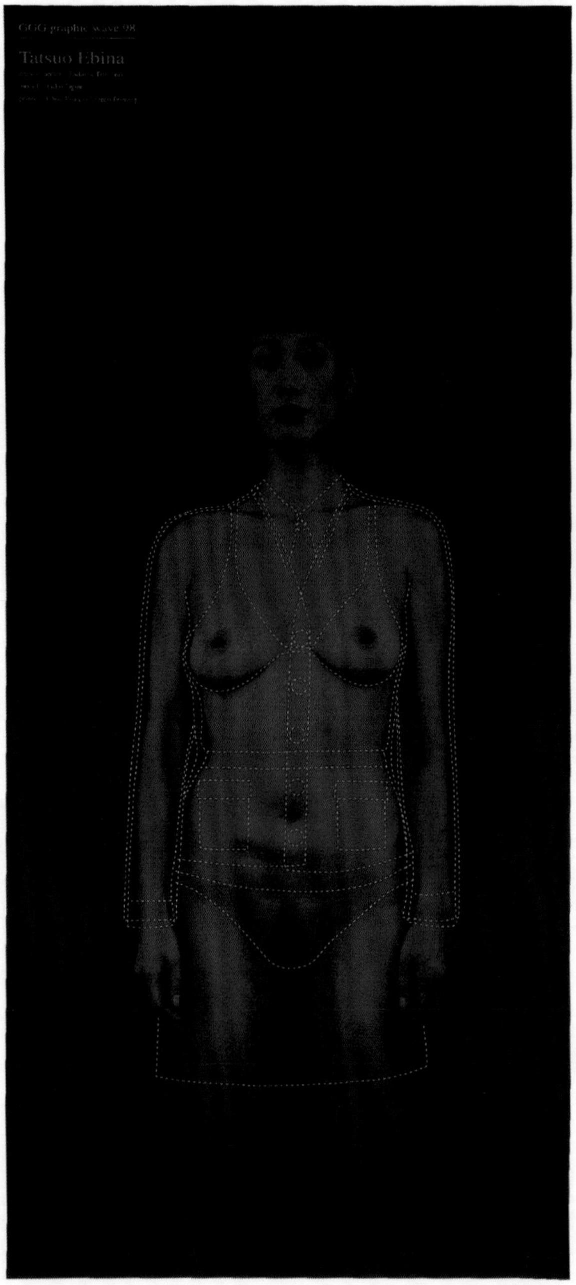
GGG graphic wave 98
Tatsuo Ebina

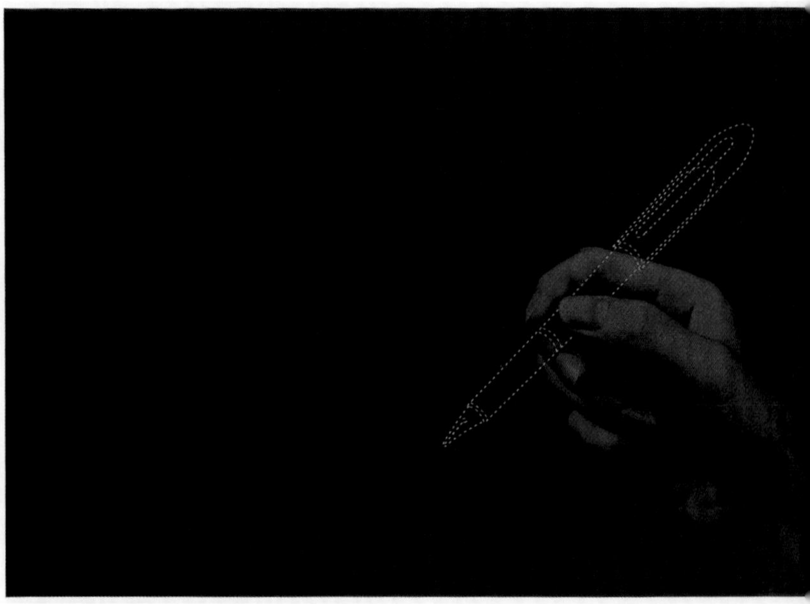

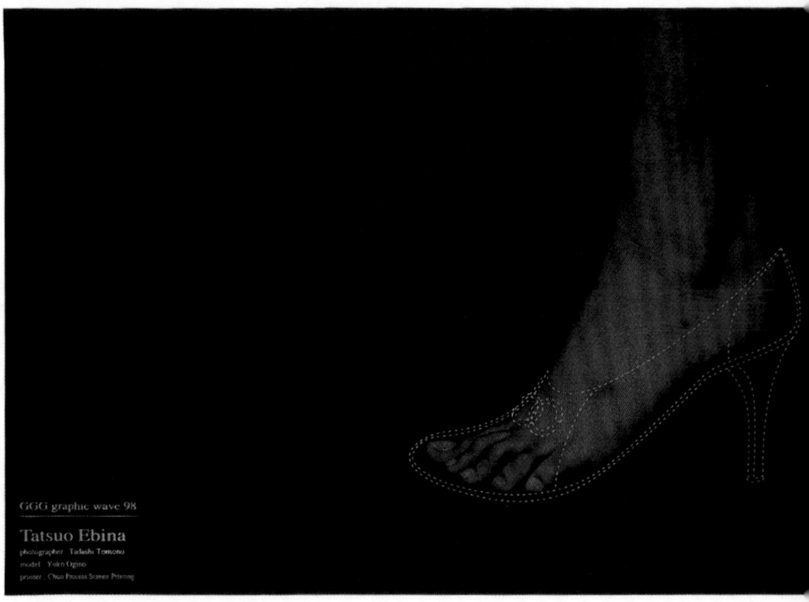
GGG graphic wave 98
Tatsuo Ebina
photographer : Tadashi Tomono

48

49

51

50

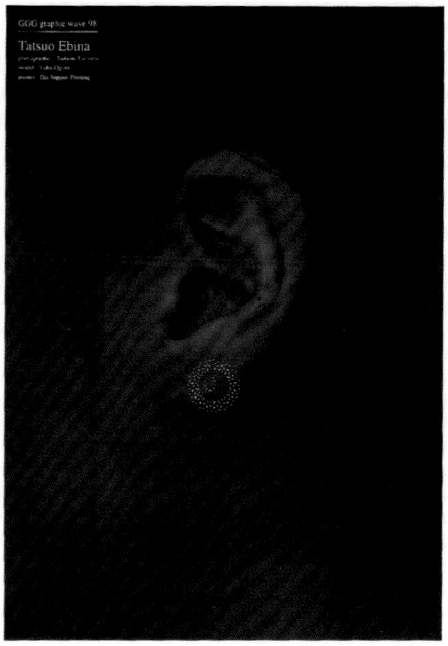

52

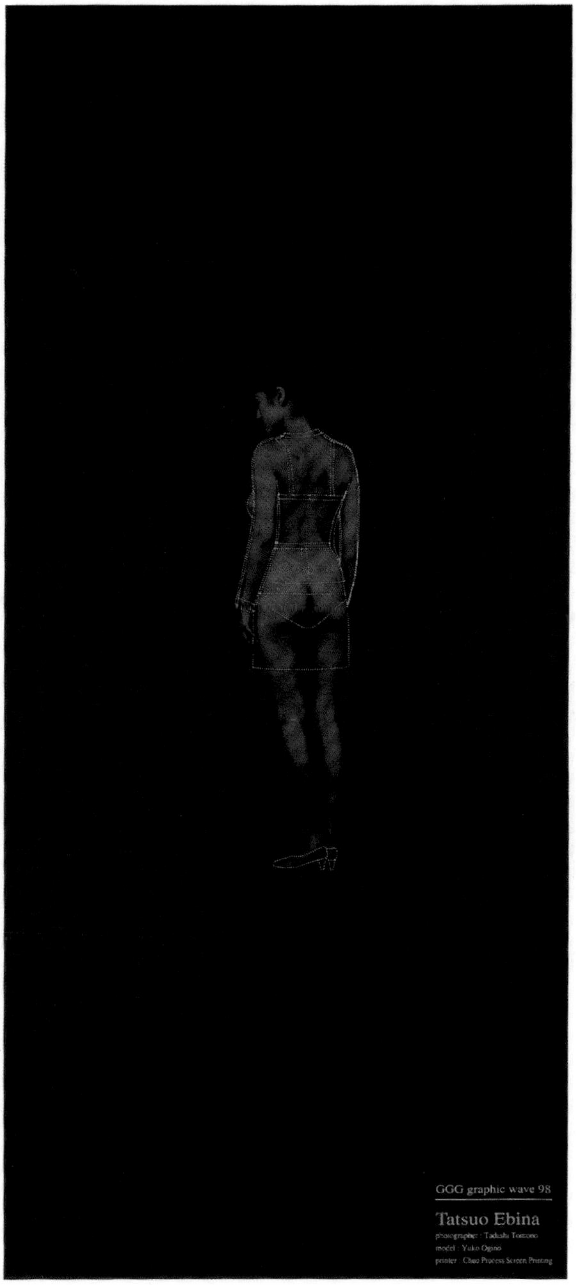

53

48-53
银座GGG画廊“’98设计冲击波展”1998年
48,53 2184mm × 1030mm
49,50 1030mm × 2184mm
51,52 1030mm × 728mm
Ginza Graphic Gallery "Graphic Wave ’98" 1998
48,53 2184mm × 1030mm
49,50 1030mm × 2184mm
51,52 1030mm × 728mm

Everyone lives in The Earth.
みんな地球に住んでいる。
HIROSHIMA-NAGASAKI
50

"I'm here." The JAGDA Peace and Environment Poster Exhibition 1995 HIROSHIMA NAGASAKI 50

54

54
日本平面设计师协会
(海报) 1996年
Japan Graphic Designer
Association
B-1 Poster 1996

55-56
持田制药
(海报) 1996年
Mochida
Poster
550mm × 760mm 1996

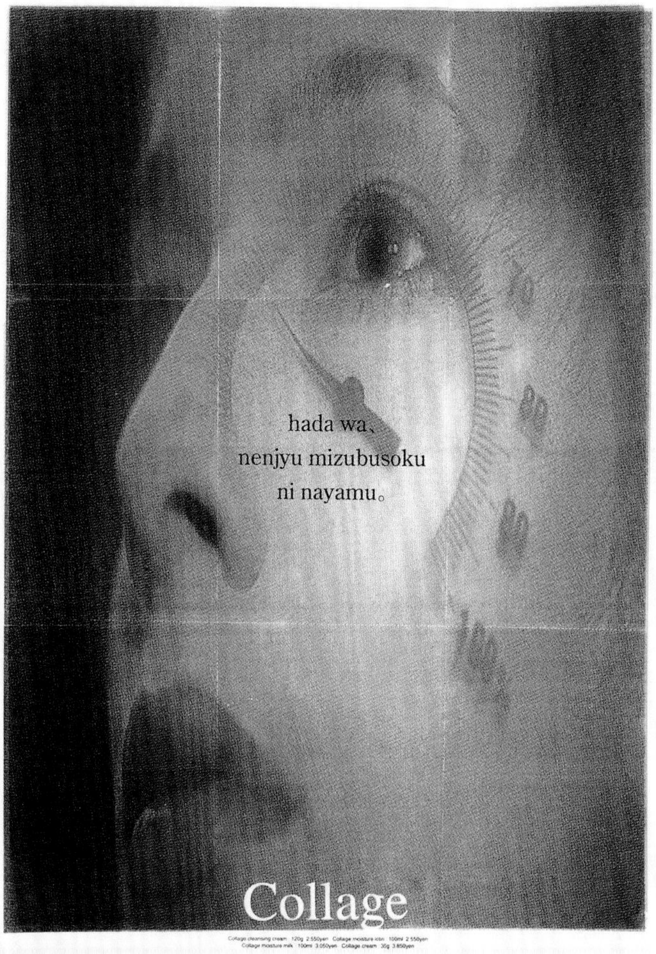
hada wa、
nenjyu mizubusoku
ni nayamu。
Collage

55

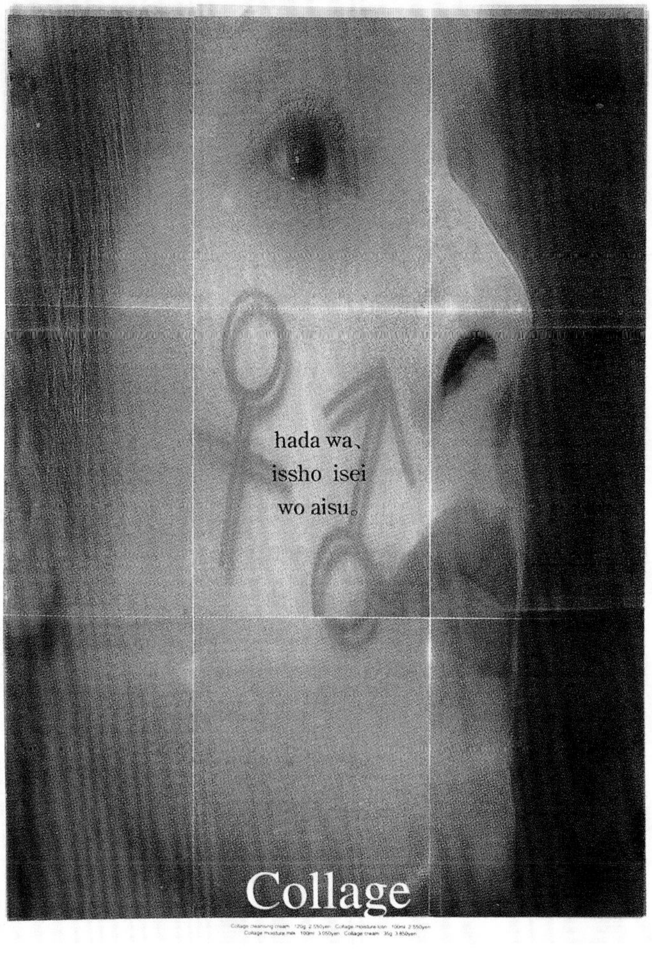
hada wa、
issho isei
wo aisu。
Collage

56

RECRUIT
人間は、
いつ転職するか
わからない。
B-ing
仕事さがしに この一冊。ビーイング東海版　毎週水曜日発売

57

Recruit"B-ing" (海报) 1998年 Recruit "B-ing" B-0 Poster 1998

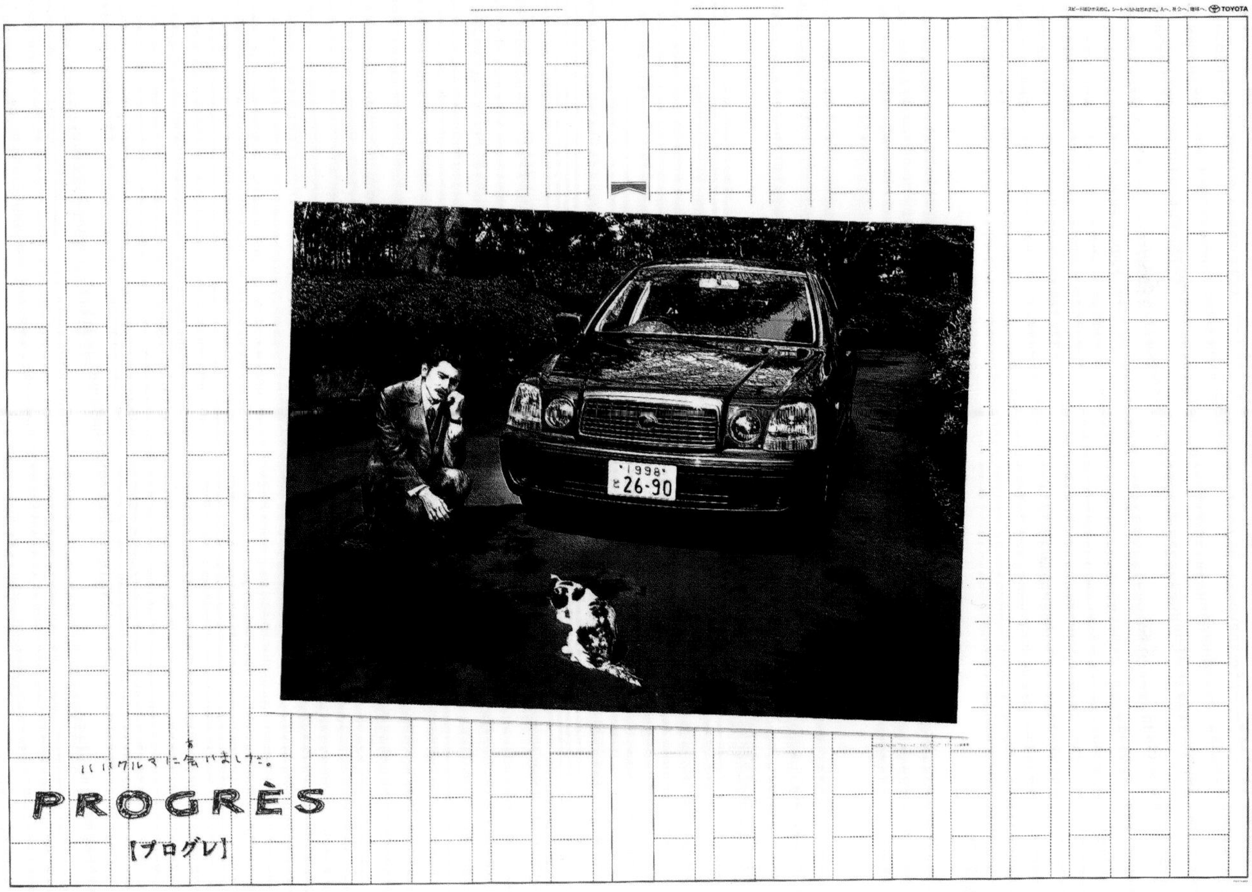

丰田汽车公司"PROGRES"新型车 (海报) 1998年 TOYOTA"PROGRES"B-1 Poster 1998

58

SONY
あるときは、ビデオ撮り。
あるときは、その場で見る。
あるときは、カメラ撮り。
あるときは、カメラ撮り。
あるときは、ビデオ撮り。
30分ビデオ撮り
ビデオ

索尼新型摄像机"Ruvi"(海报) 1998年 SONY "Ruvi" Poster 1998 1030mm x 4368mm

結構、毎日面白い。
あるときは、ビデオ撮り。
あるときは、テレビで見る。
あるときは、カメラ撮り。
あるときは、ビデオ撮り。
あるときは、カメラ撮り。
Ruvi
350枚カメラ撮り
カメラ
CCD-CR1 標準価格 87,000円（税別）
Digital Dream Kids

59

BOTSU

April 1994 E. Co.,Ltd

60

60-62
E (海报) 1994年
E B-1 Poster 1994

61

62

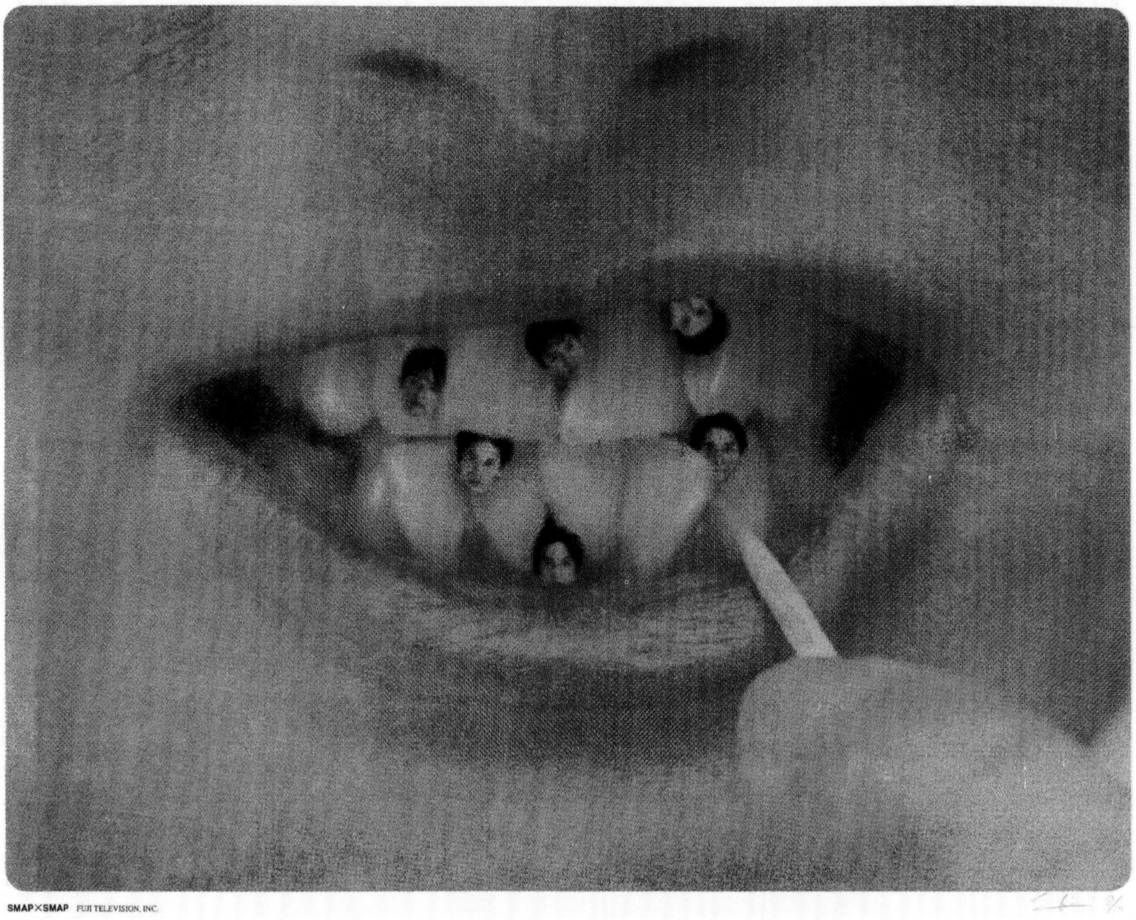

63

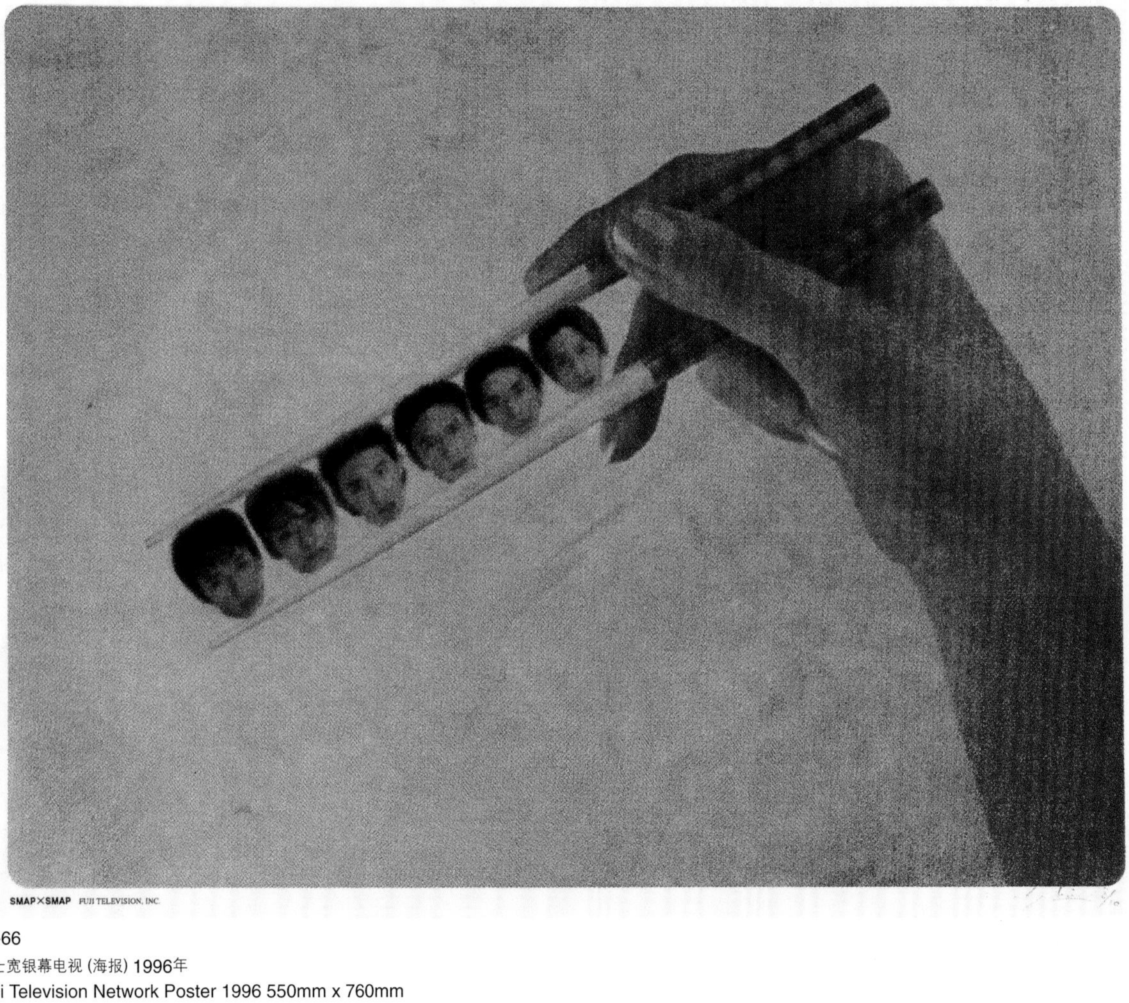

64

63-66

富士宽银幕电视 (海报) 1996年

Fuji Television Network Poster 1996 550mm x 760mm

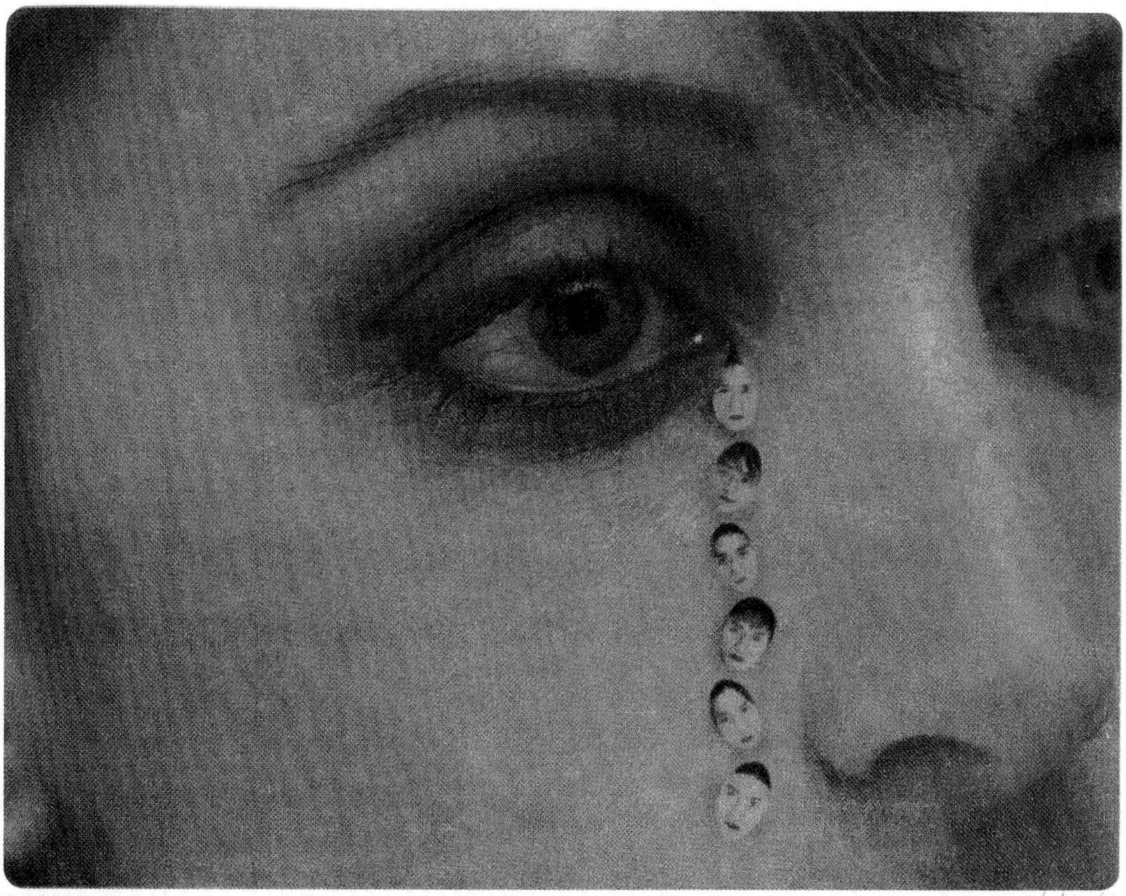

SMAP×SMAP FUJI TELEVISION, INC.

65

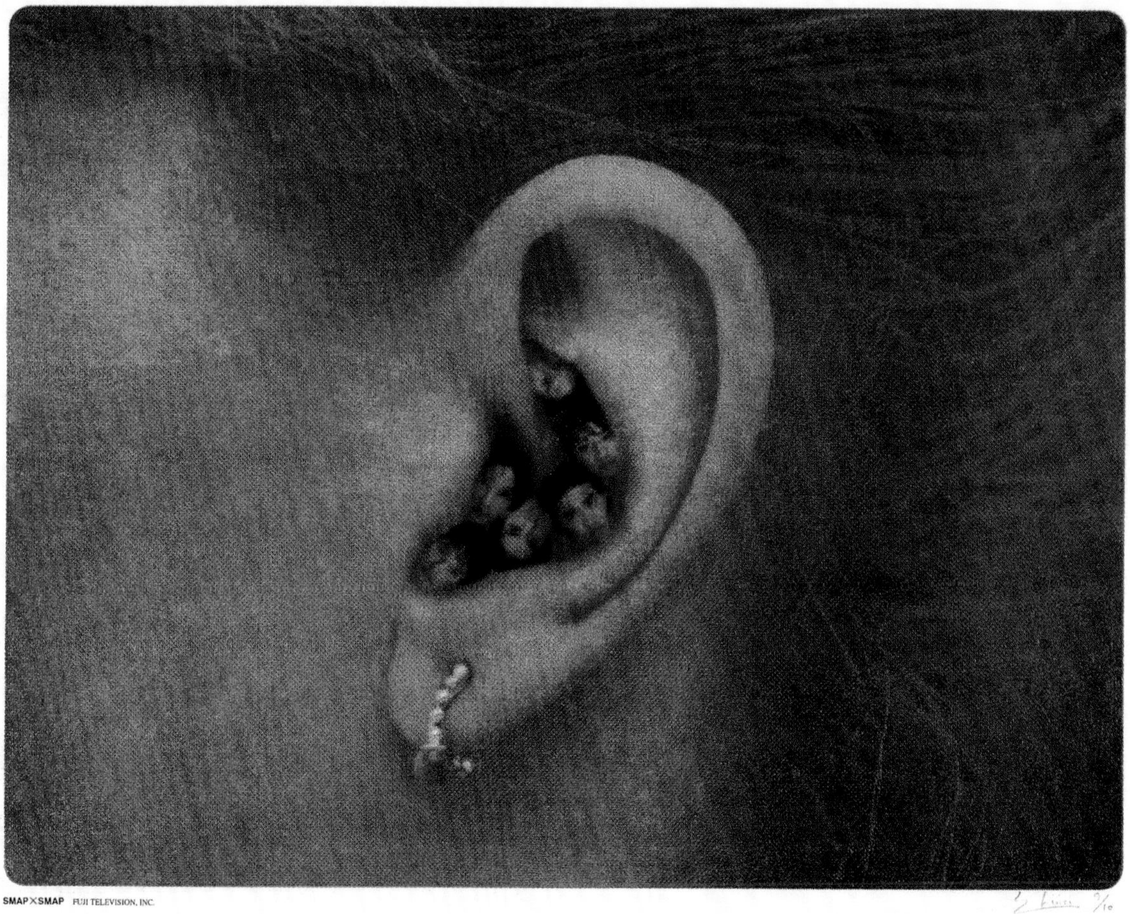

SMAP×SMAP FUJI TELEVISION, INC.

66

67-69
三井房地产公司
(海报)1991年
Mitsui Real estate Sales
B-0 Poster 1991

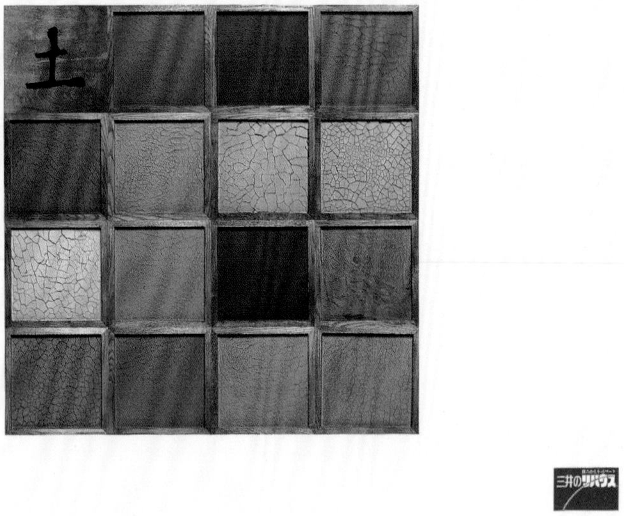
土
三井のリハウス

67

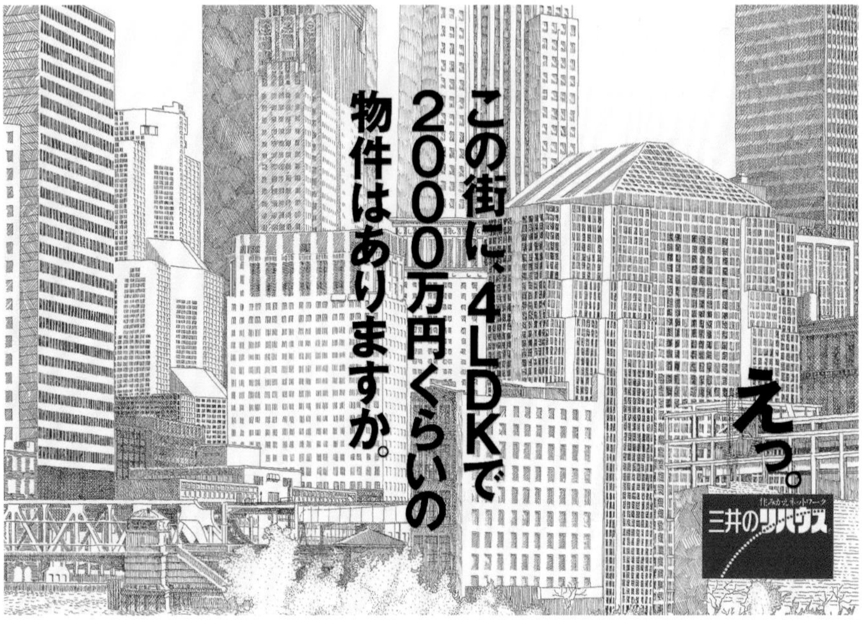
この街に、4LDKで
2000万円くらいの
物件はありますか。
えっ。
住みかえネットワーク
三井のリハウス

68

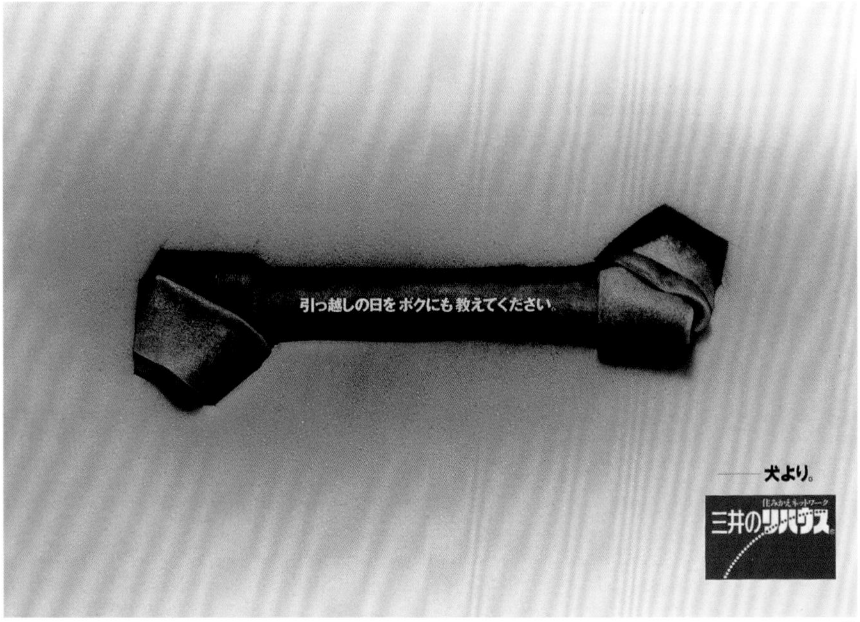
引っ越しの日をボクにも教えてください。
——犬より。
住みかえネットワーク
三井のリハウス

69

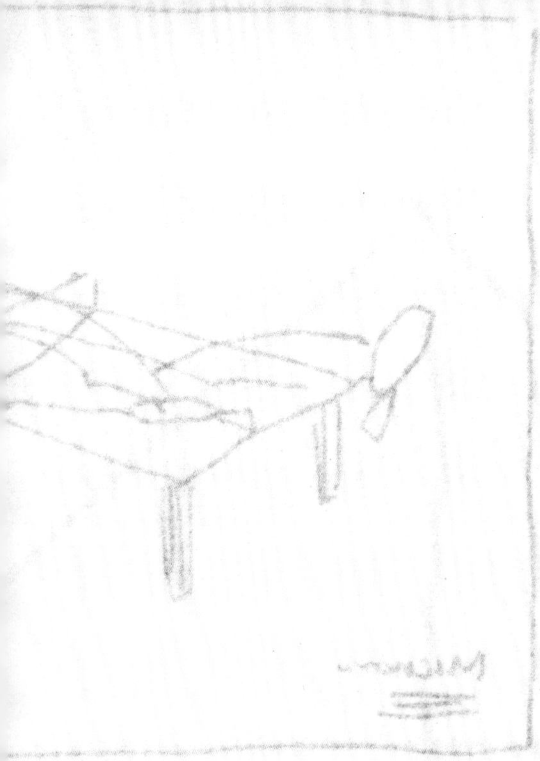

NEWSPAPER ADVERTISING

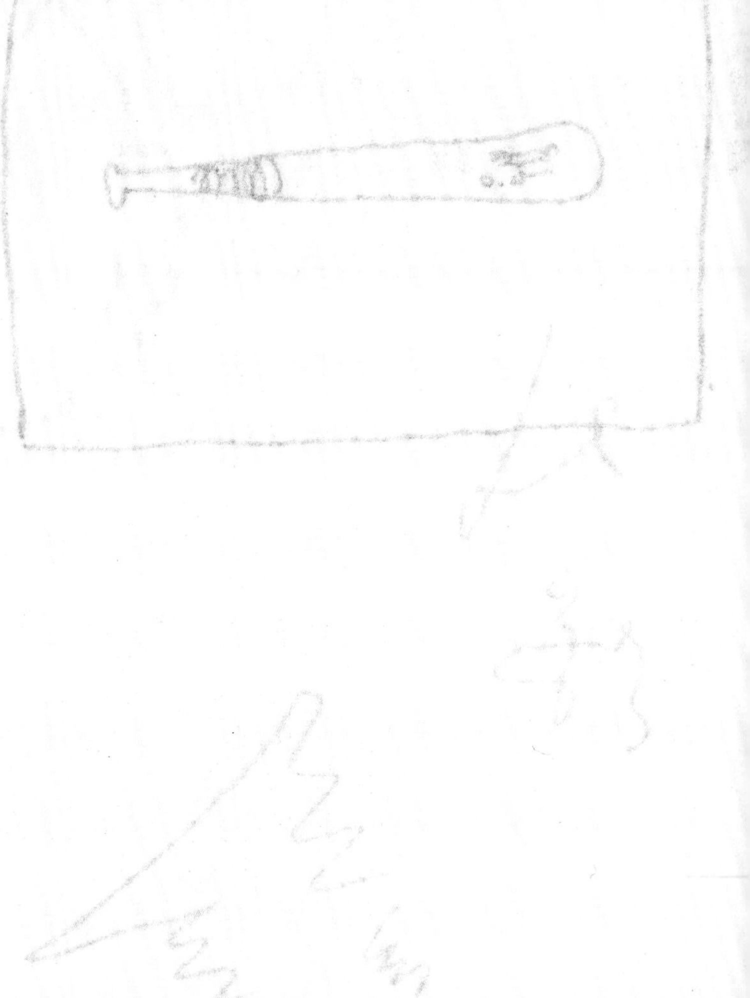

8月7日、
この男を探せ。
この男から、申込ハガキをもらえ。
このゲームのルールを説明します。明日（8月7日）の日曜日、午後一時から四時、北海道は、札幌大通公園TV塔付近、東京は、新宿三丁目交差点付近、名古屋は、栄TV塔付近、大阪は、南海電鉄難波駅前付近、福岡は、天神西鉄福岡駅渡辺通り側付近に、赤いクチバシの男がウロウロしています（※実際には、写真とは違う男です。そして、暑い時は帽子をかぶっているかも知れませんのでご注意ください）。その赤いクチバシの男を見つけ、その男から1枚の申込ハガキをもらってください。ただし条件があります。BANDAIの赤いマークを持参しなければもらえません。物物交換です。マークはこの新聞広告の左下のものを切り取ってもよし、いろんなおもちゃのパッケージやチラシなどから切り取ってもよし、です。さて、申込ハガキをもらいましたら、さっそく必要項目を記入し、ポストへ投函してください。締め切りは8月15日(月)消印有効。抽選で200名様に、夏休み福ぶくろをプレゼントしましょう。また、その男を探してくれた全員に、その場で参加賞を差しあげます。
夏休み福ぶくろ（あけてビックリ）を
200名様に
プレゼントしま～す。
たった1日だけのことですが、せっかくの夏休みを楽しんでいただきたくて、バンダイから。
BANDAI

70

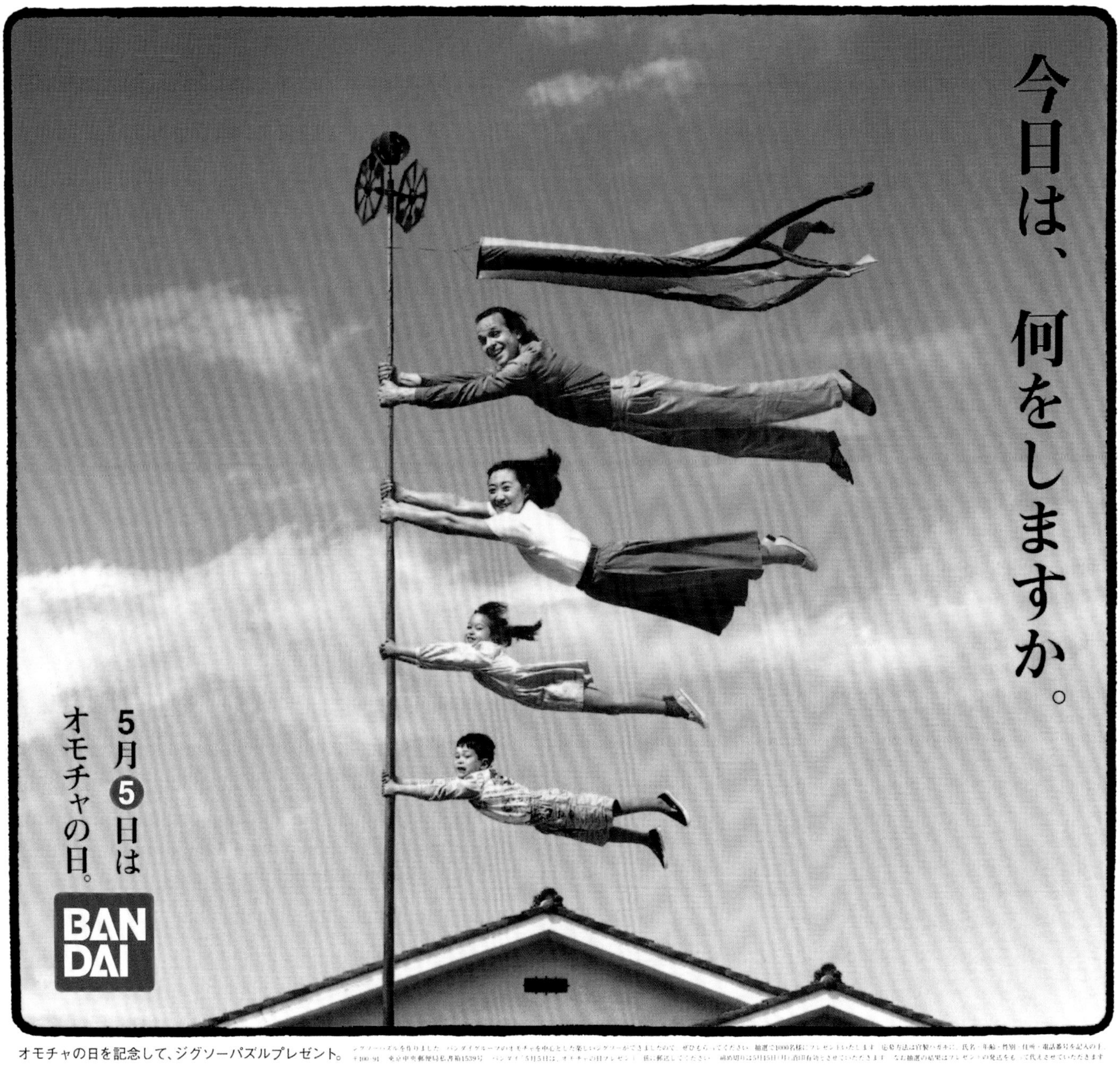
今日は、何をしますか。
5月5日はオモチャの日。
BANDAI
オモチャの日を記念して、ジグソーパズルプレゼント。

71

70-71
BANDAI (海报) 1995年
BANDAI Poster 1995

72
BANDAI
(海报) 1995年
BANDAI
Poster 1995

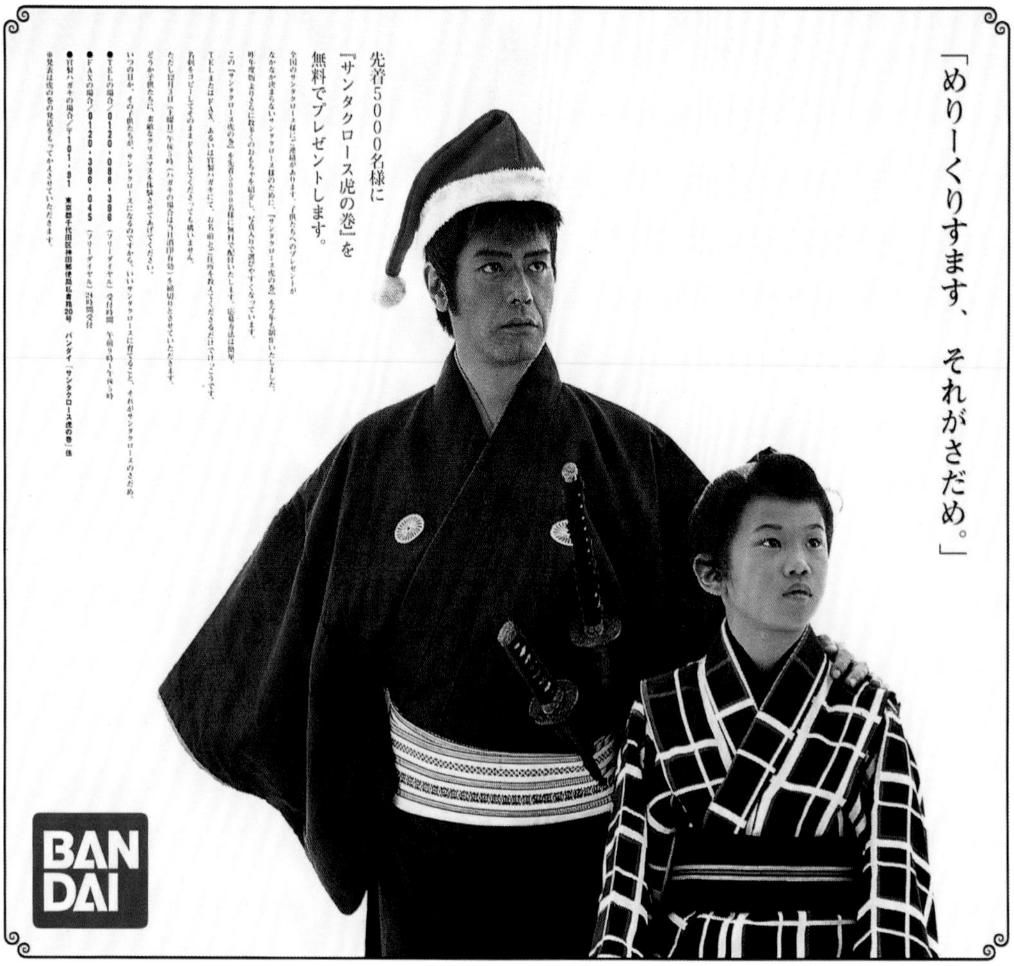
「めりーくりすます、それがさだめ。」
先着5000名様に『サンタクロース虎の巻』を無料でプレゼントします。
BANDAI

72

73
BANDAI (海报)
1995年
BANDAI Poster
1995

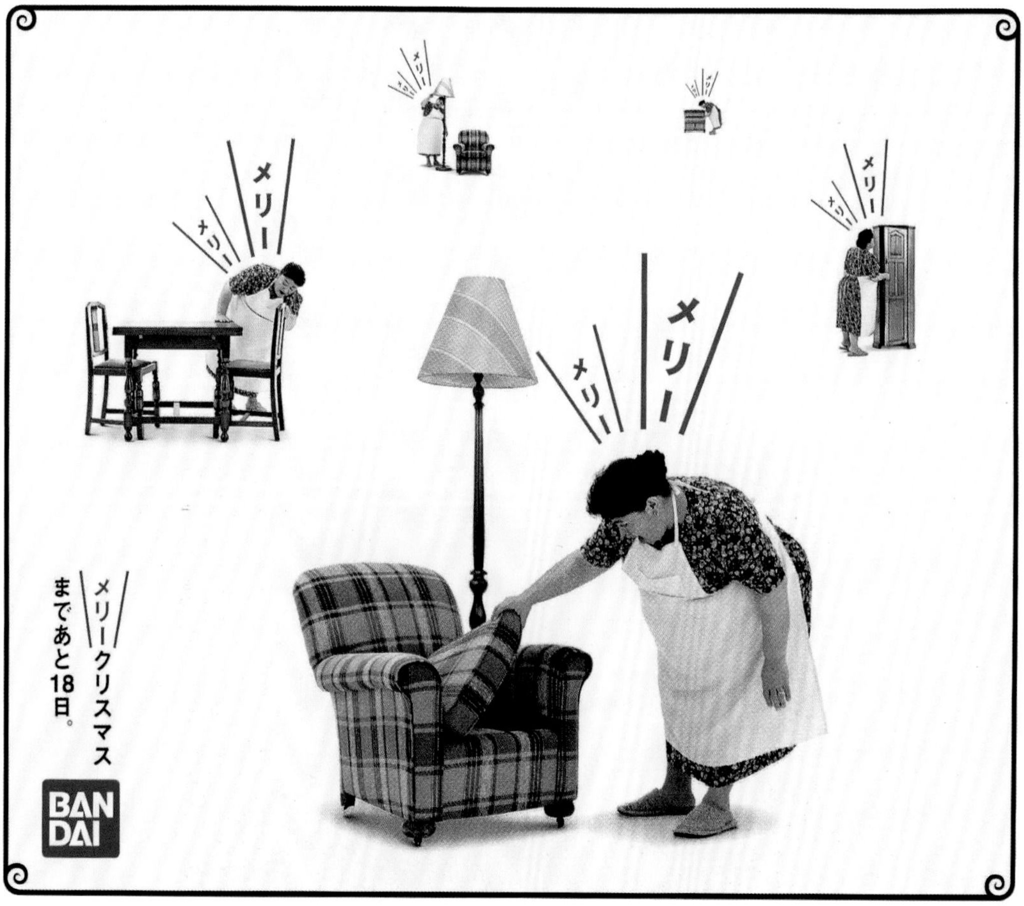
メリー
メリー
メリー
メリー
メリー
メリー
メリー
メリークリスマスまであと18日。
BANDAI

73

74-77
BANDAI (海报)
1996年
BANDAI Poster
1996

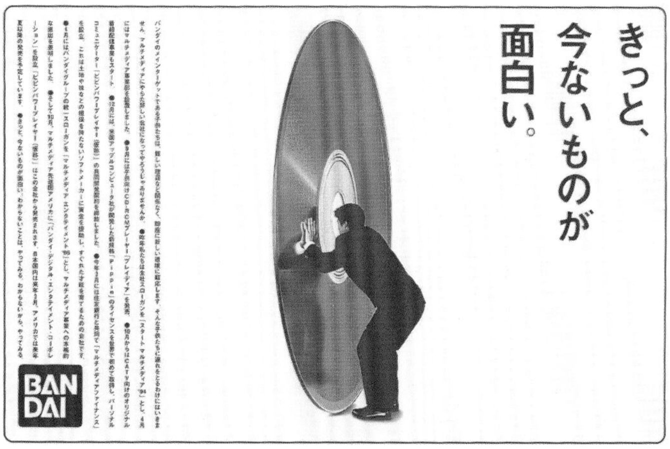
きっと、
今ないものが
面白い。
BANDAI

74

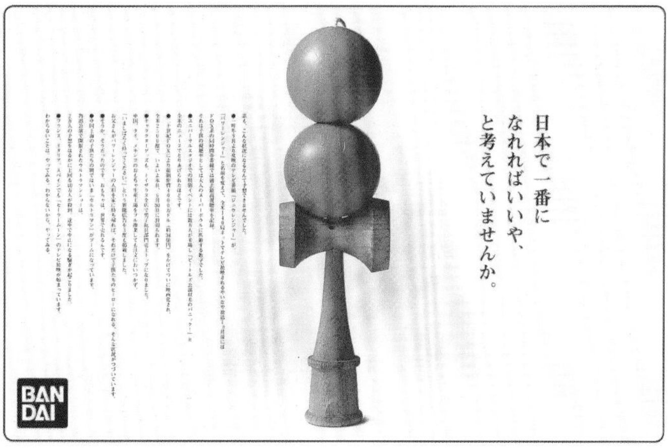
日本で一番に
なれればいいや、
と考えていませんか。
BANDAI

75

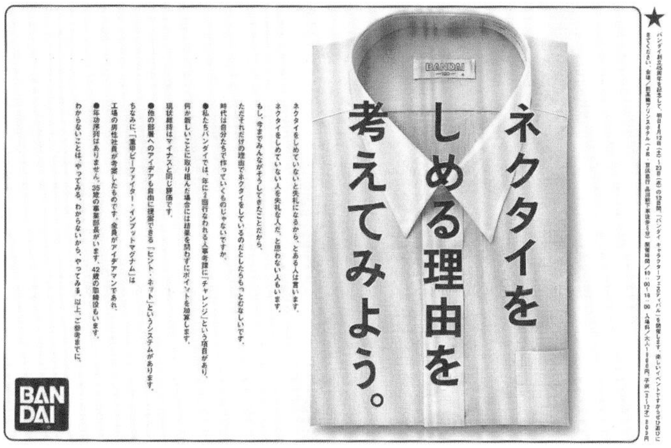
ネクタイを
しめる理由を
考えてみよう。
BANDAI

76

映画もスポーツも
いい勉強になります。
BANDAI

77

78-79
BANDAI（海报）1996年
BANDAI Poster 1996

第二回
バンダイ売場作り
コンテスト
BANDAI COLLECTION '95
今、こんなことをしています. おもちゃ屋さんたちが、4つのテーマ（「超力戦隊オーレンジャー・重甲ビーファイター」「美少女戦士セーラームーンスーパーズ」「きかんしゃトーマス」「プレイディア」）で、お店に飾り付けをして、どのお店がいちばん楽しい売場になれたかを競争しています。期間は本日7月22日から8月27日まで。全国1600店のおもちゃ屋さんがこのコンテストに参加しています。暑いなか、みんなを喜ばせたいとおもちゃ屋さんたちは頑張ったので、ぜひ見にきてください。約束ですよ。●本日、これらのお店に行くと、各店先着100名様に風船をプレゼントします。●さらに、バンダイ商品を1000円以上お買い上げになると、その場でスピードくじにチャレンジ。楽しい賞品が当たります。
BANDAI COLLECTION '95
このマークのお店に行こう。
バンダイ商品を 1000円以上買うと スピードくじで 何か当たるらしい。
先着100名に 風船が もらえるらしい。
BANDAI

78

MIGHTY MORPHIN
POWER RANGERS
彼らがアメリカのヒーローになるまで、
さほど時間はかかりませんでした。
それは「楽しさ」や「感動」に国境はない、という事実でした。
バンダイは、つねに次代を見据えています。
BANDAI
★詳しい資料をさしあげます。

79

80-81
丰田汽车公司"PROGRES"新型车
(海报) 1998年
TOYOTA"PROGRES" Poster
1998

スピードはひかえめに。シートベルトは忘れずに。
人へ、社会へ、地球へ。TOYOTA
【PROGRÈS】
ゆっくり好きになりたいと思った。
このクルマは。
When we first met, it was like nothing I'd ever felt before.
This is the kind of car
I want to spend a long time growing to love.
Just like my friends.
1998 と26-90
progrès —「標準は自分でなくてはならん」(夏目漱石)—
このクルマを外から見ただけの人は、どう思うのだろう。外型はふつうサイズである。しかし、ドアをあけてみる。座ってみる。動かしてみる。たんなる高級感とは違う。新鮮な何かがそこにあった。しっくりきたという言い方がいちばん近いか。このクルマがいいクルマかどうかは、私が決めようと思う。ゆっくりつきあってみるつもりである。私のクルマ探しは、やっとこれで終われるかも知れない。
いいクルマに会いました。
【プログレ】
ビデオカタログをプレゼント
TEL./0070-800-552690(無料) FAX./0070-800-862690(無料)
インターネット/http://www.progres-jp.com

80

スピードはひかえめに。シートベルトは忘れずに。
人へ、社会へ、地球へ。TOYOTA
【PROGRÈS】
落ちつける部屋があるんです。
このクルマには。
As I open the door, it appears before me! A space where I can relax.
Is it just good fortune? Or was this car designed especially for me?
1998 と26-90
progrès —「あまり合わない背広を無理に着るとほころびる」夏目漱石—
どんなに高級なホテルでも、居心地がいいとはかぎらない。たんに豪華とかではなく、人は自分との相性を大切にする。高級だから気に入るのではなく、気に入ったものが高級なのだ。はじめてこのクルマに座ってみたとき、私のために作ってくれたクルマかな、と思ってしまった。どこか私に似ているのかも知れない。
いいクルマに会いました。
【プログレ】
ビデオカタログをご希望の方全員にプレゼント
TEL./0070-800-552690(無料) FAX./0070-800-862690(無料)
インターネット/http://www.progres-jp.com
プログレ発表会
6/6・7
スマイルリース[選択型]
プログレが月々29,800円で。

81

82-102
丰田汽车公司"PROGRES"新型车
(海报) 1998年
TOYOTA "PROGRES" Poster 1998

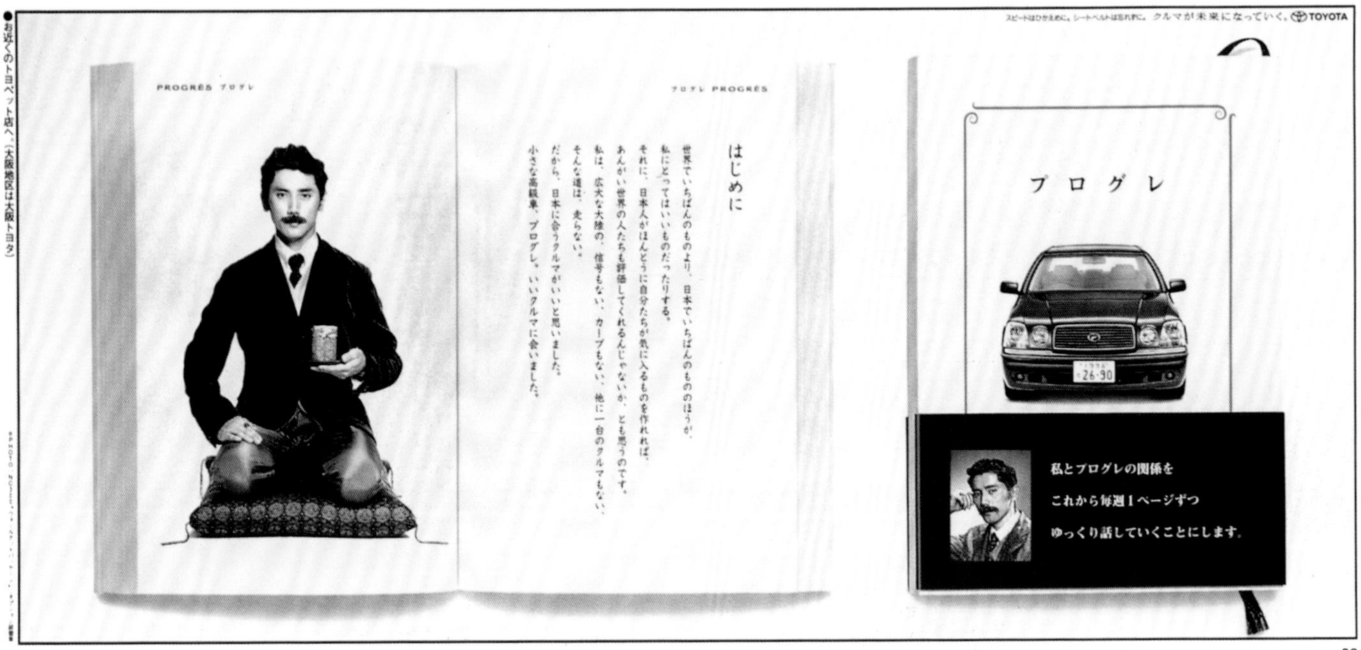
●お近くのトヨペット店へ。(大阪地区は大阪トヨタ)
スピードはひかえめに。シートベルトは忘れずに。クルマが未来になっていく。TOYOTA
PROGRÈS プログレ
プログレ PROGRÈS
はじめに
世界でいちばんのものより、日本でいちばんのもののほうが、
私にとってはいいものだったりする。
それに、日本人がほんとうに自分たちが気に入るものを作れれば、
あんがい世界の人たちも評価してくれるんじゃないか、とも思うのです。
私は、広大な大陸の、信号もない、カーブもない、他に一台のクルマもない、
そんな道は、走らない。
だから、日本に合うクルマがいいと思いました。
小さな高級車、プログレ。いいクルマに会いました。
プログレ
26-90
私とプログレの関係を
これから毎週1ページずつ
ゆっくり話していくことにします。
82

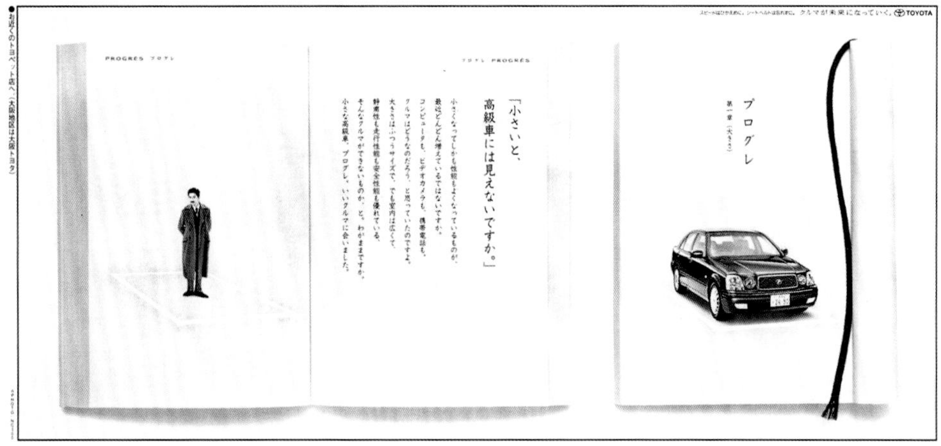
クルマが未来になっていく。 TOYOTA
●お近くのトヨペット店へ（大阪地区は大阪トヨタ）
PROGRÈS プログレ
プログレ PROGRÈS
「小さいと、
高級車には見えないですか。」
小さくなってしかも性能もよくなっているものが、
最近どんどん増えているではないですか。
コンピュータも、ビデオカメラも、携帯電話も。
クルマはどうなのだろう、と思っていたのですよ。
大きさはふつうサイズで、でも室内は広くて、
静粛性も走行性能も安全性能も優れている、
そんなクルマができないものか、と。わがままですか。
小さな高級車、プログレ。いいクルマに会いました。
プログレ
第一章（大きさ）

83

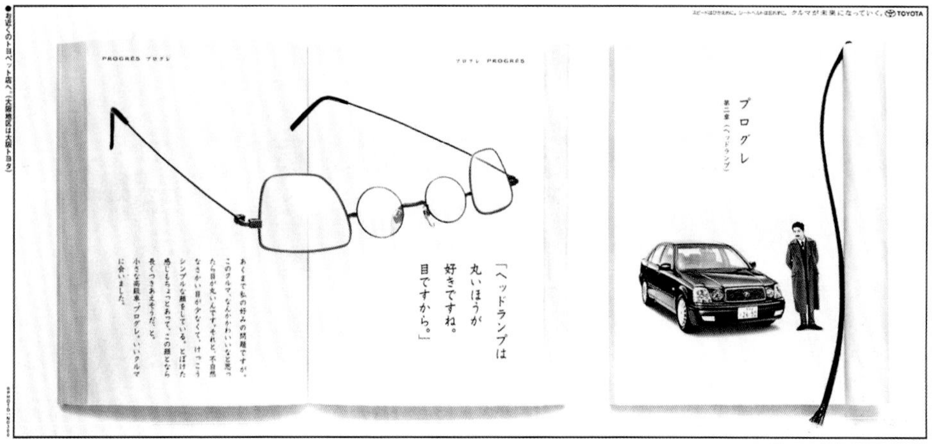
クルマが未来になっていく。 TOYOTA
●お近くのトヨペット店へ（大阪地区は大阪トヨタ）
PROGRÈS プログレ
プログレ PROGRÈS
「ヘッドランプは
丸いほうが
好きですね。
目ですから。」
あくまで私の好みの問題ですが。
このクルマ、なんかかわいいなと思っ
たら目が丸いんですね。それと、不自然
なさかい目が少なくて、けっこう
シンプルな顔をしている。とぼけた
感じもちょっとあって、この顔となら
長くつきあえそうだ、と。
小さな高級車、プログレ。いいクルマ
に会いました。
プログレ
第二章（ヘッドランプ）

84

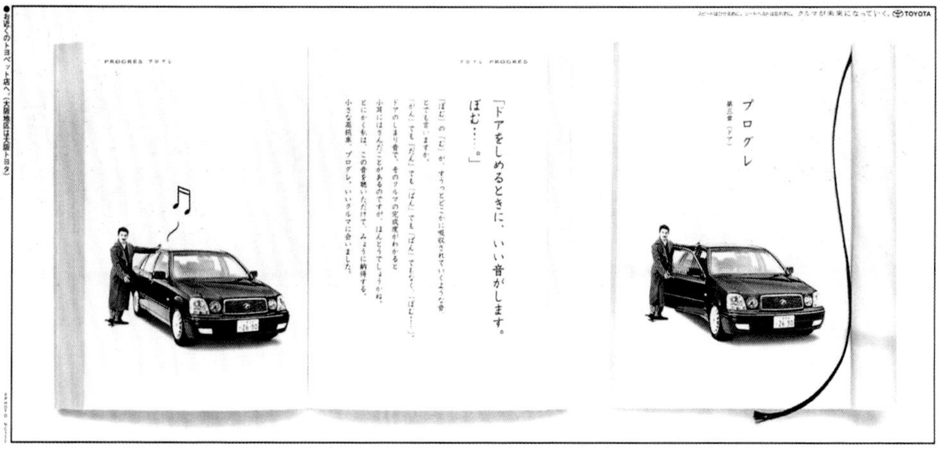
クルマが未来になっていく。 TOYOTA
●お近くのトヨペット店へ（大阪地区は大阪トヨタ）
PROGRÈS プログレ
プログレ PROGRÈS
「ドアをしめるときに、いい音がします。
ぼむ……。」
「ぼむ」の「む」が、すうっとどこかに吸収されていくような音
とでも言いますか。
「がん」でも「だん」でも「ばん」でも「ぱん」でもなく、「ぼむ……」。
ドアのしまり音で、そのクルマの完成度がわかると
小耳にはさんだことがあるのですが、ほんとうでしょうかね。
とにかく私は、この音を聴いただけで、みょうに納得する。
小さな高級車、プログレ、いいクルマに会いました。
プログレ
第三章（ドア）

85

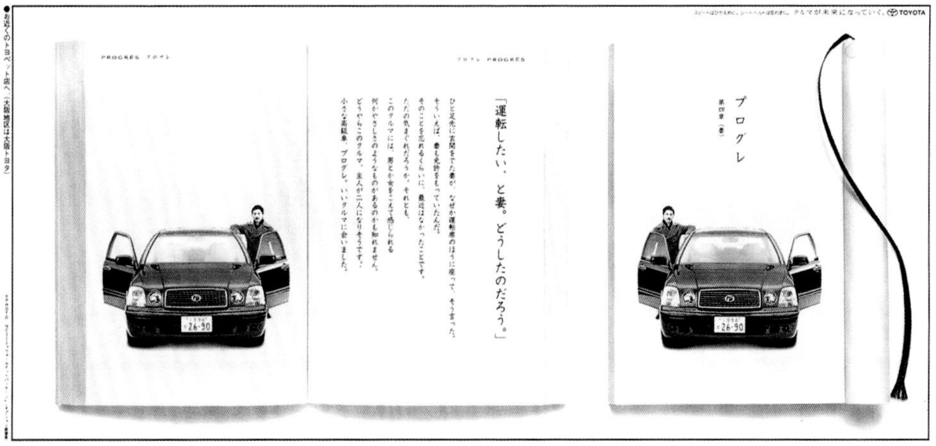
クルマが未来になっていく。 TOYOTA
●お近くのトヨペット店へ（大阪地区は大阪トヨタ）
PROGRÈS プログレ
プログレ PROGRÈS
「運転したい、と妻。どうしたのだろう。」
ひと足先に玄関をでた妻が、なぜか運転席のほうに座って、そう言った。
そういえば、妻も免許をもっていたんだ。
そのことを忘れるくらいに、最近はなかったことです。
ただの気まぐれだろうか、それとも、
このクルマには、男とか女をこえて感じられる
何かやさしさのようなものがあるのかも知れません。
どうやらこのクルマ、主人が二人になりそうです。
小さな高級車、プログレ。いいクルマに会いました。
プログレ
第四章（妻）

86

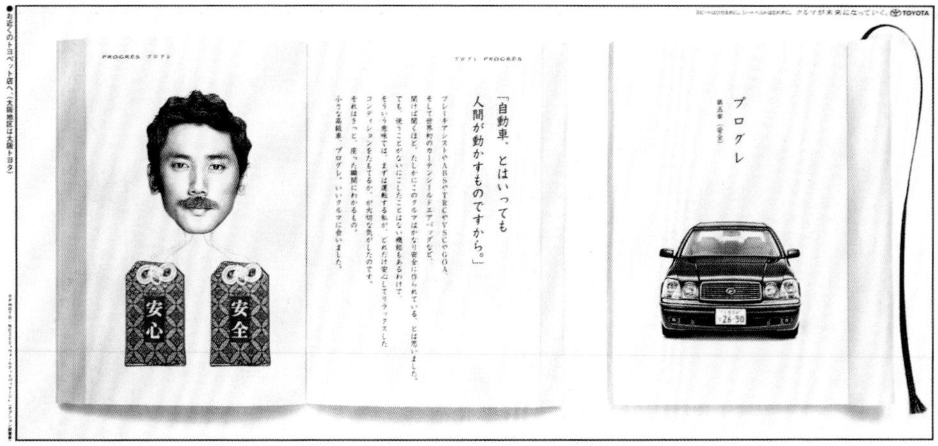
●お近くのトヨペット店へ。(大阪地区は大阪トヨタ)
クルマが未来になっていく。
TOYOTA
PROGRÈS プログレ
プログレ PROGRÈS
「自動車、とはいっても
人間が動かすものですから。」
ブレーキアシストやABSやTRCやVSCやGOA、
そして世界初のカーテンシールドエアバッグなど、
聞けば聞くほど、たしかにこのクルマはかなり安全に作られている、とは思いました。
でも、使うことがないにこしたことはない機能もあるわけで、
そういう意味では、まずは運転する私が、どれだけ安心してリラックスした
コンディションをたもてるか、が大切な気がしたのです。
それはきっと、座った瞬間にわかるもの。
小さな高級車、プログレ。いいクルマに会いました。
安心
安全
プログレ
第五章（安全）

87

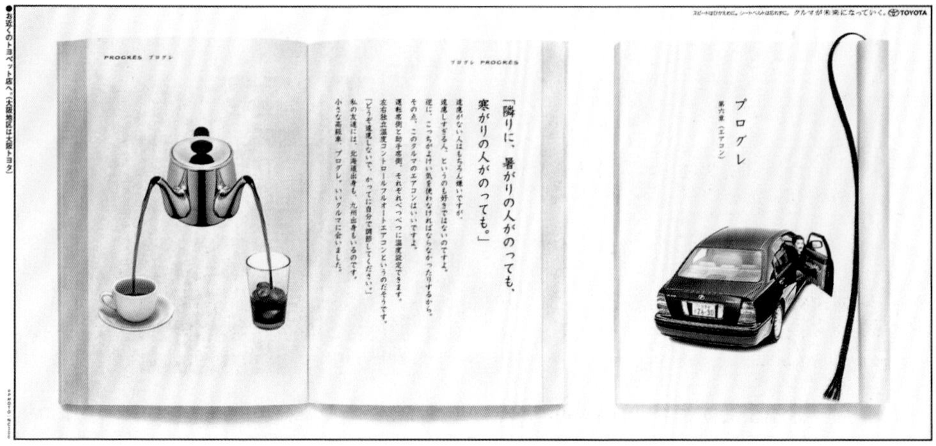
●お近くのトヨペット店へ。(大阪地区は大阪トヨタ)
クルマが未来になっていく。
TOYOTA
PROGRÈS プログレ
プログレ PROGRÈS
「隣りに、暑がりの人がのっても、
寒がりの人がのっても。」
遠慮がない人はもちろん嫌いですが、
遠慮しすぎる人、というのも好きではないのですよ。
逆に、こっちがよけいな気を使わなければならなかったりするから。
その点、このクルマのエアコンはいいですよ。
運転席側と助手席側、それぞれべつべつに温度設定できます。
左右独立温度コントロールフルオートエアコンというのだそうです。
「どうぞ遠慮しないで、かってに自分で調節してください。」
私の友達には、北海道出身も、九州出身もいるのです。
小さな高級車、プログレ。いいクルマに会いました。
プログレ
第六章（エアコン）

88

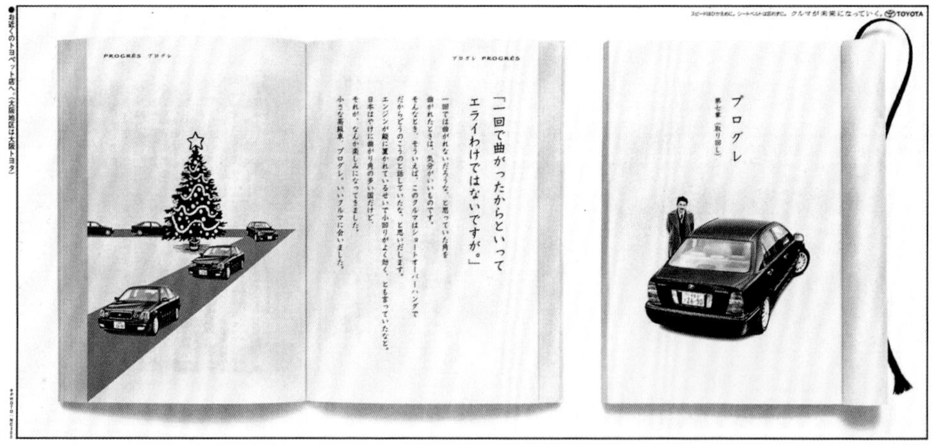
●お近くのトヨペット店へ。(大阪地区は大阪トヨタ)
クルマが未来になっていく。
TOYOTA
PROGRÈS プログレ
プログレ PROGRÈS
「一回で曲がったからといって
エライわけではないですが。」
一回では曲がれないだろうな、と思っていた角を
曲がれたときは、気分がいいものです。
そんなとき、そういえば、このクルマはショートオーバーハングで
だからどうのこうのと話していたな、と思いだします。
エンジンが縦に置かれているせいで小回りがよく効く、とも言っていたなと。
日本はやけに曲がり角の多い国だけど、
それが、なんか楽しみになってきました。
小さな高級車、プログレ。いいクルマに会いました。
プログレ
第七章（取り回し）

89

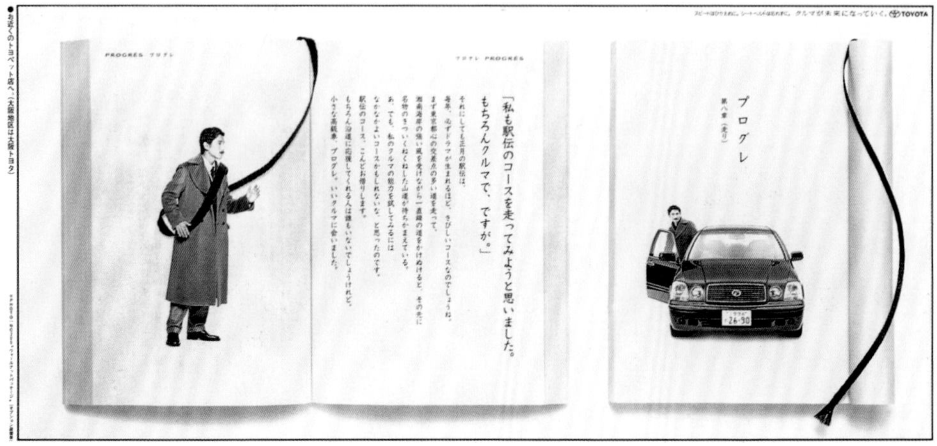
●お近くのトヨペット店へ。(大阪地区は大阪トヨタ)
クルマが未来になっていく。
TOYOTA
PROGRÈS プログレ
プログレ PROGRÈS
「私も駅伝のコースを走ってみようと思いました。
もちろんクルマで、ですが。」
それにしても正月の駅伝は、
毎年、必ずドラマが生まれるほど、きびしいコースなのでしょうね。
まず東京都心の交差点の多い道を走って、
湘南海岸の強い風を受けながら一直線の道をかけぬけると、その先に
名物のきつい、くねくねした山道が待ちかまえている。
あ、でも、私のクルマの能力を試してみるには
なかなかよいコースかもしれないな、と思ったのです。
駅伝のコース、こんどお借りします。
もちろん沿道に応援してくれる人は誰もいないでしょうけれど。
小さな高級車、プログレ。いいクルマに会いました。
プログレ
第八章（走り）

90

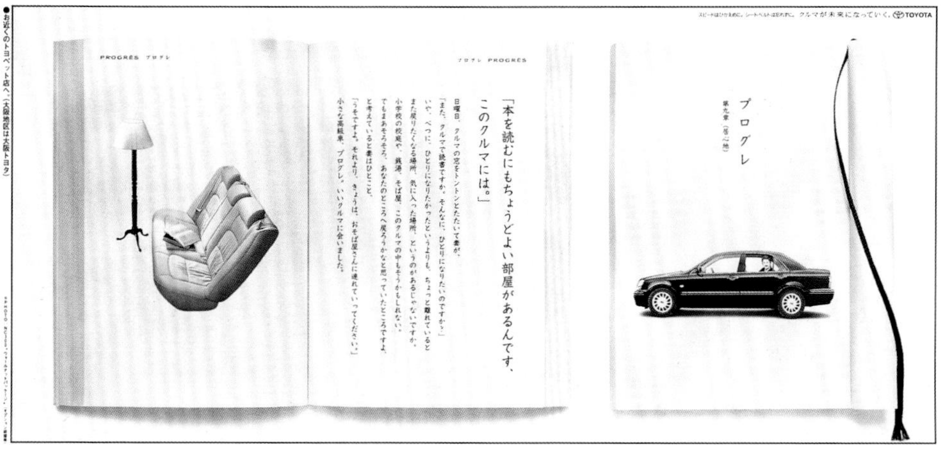
●お近くのトヨペット店へ（大阪地区は大阪トヨタ）
スピードはひかえめに。シートベルトは忘れずに。クルマが未来になっていく。TOYOTA
PROGRÈS プログレ
プログレ PROGRÈS
「本を読むにもちょうどよい部屋があるんです、このクルマには。」
日曜日、クルマの窓をトントンとたたいて妻が。
「また、クルマで読書ですか。そんなに、ひとりになりたいのですか？」
いや、べつに、ひとりになりたかったというよりも、ちょっと離れていると
また戻りたくなる場所、気に入った場所、というのがあるじゃないですか。
小学校の校庭や、銭湯、そば屋、このクルマの中もそうかもしれない。
でもまあそろそろ、あなたのところへ戻ろうかなと思っていたところですよ、
と考えていると妻はひとこと。
「うそですよ。それより、きょうは、おそば屋さんに連れていってください。」
小さな高級車、プログレ。いいクルマに会いました。
プログレ
第九章（居心地）

91

●お近くのトヨペット店へ（大阪地区は大阪トヨタ）
スピードはひかえめに。シートベルトは忘れずに。クルマが未来になっていく。TOYOTA
PROGRÈS プログレ
1999
2009
January
プログレ PROGRÈS
「10年後にも、会えるといいですね。」
ていねいに、いいものを作って、長く大切に使っていく。
そもそも日本には、そういう発想というか文化が
昔はあったような気がするのですよ。
味噌汁の茶碗とか。
このクルマ、ボディ塗装は5回も重ね塗りしてあるそうです。
そういえばこのクルマ、大きさはふつうで、とくに目立つ
デザインをしているわけではないのに、
なんか存在感があるのもそのせいかも知れません。
小さな高級車、プログレ。いいクルマに会いました。
プログレ
第十章（ボディ塗装）

92

●お近くのトヨペット店へ（大阪地区は大阪トヨタ）
スピードはひかえめに。シートベルトは忘れずに。クルマが未来になっていく。TOYOTA
PROGRÈS プログレ
プログレ PROGRÈS
「この部屋は、音楽を聴く部屋でもある。」
外を走るクルマに、
コンサートホールのような静かさを求めても、それは無理でしょう。
それでもこのクルマは、クラシック音楽ファンの私でも許せる静かさ、
というか。ちゃんとその音楽の世界に気持ちが入れるのです。
じゃまだなあ、と思える音が少ない。
窓ガラスの厚さが、前と後ろではちがうと聞きましたが、
他にもいろいろ工夫をしてるのでしょうね。
もしクルマの静かさランキングというのがあったら、
けっこう上位にいくんじゃないですか。
小さな高級車、プログレ。いいクルマに会いました。
プログレ
第十一章（静粛性）

93

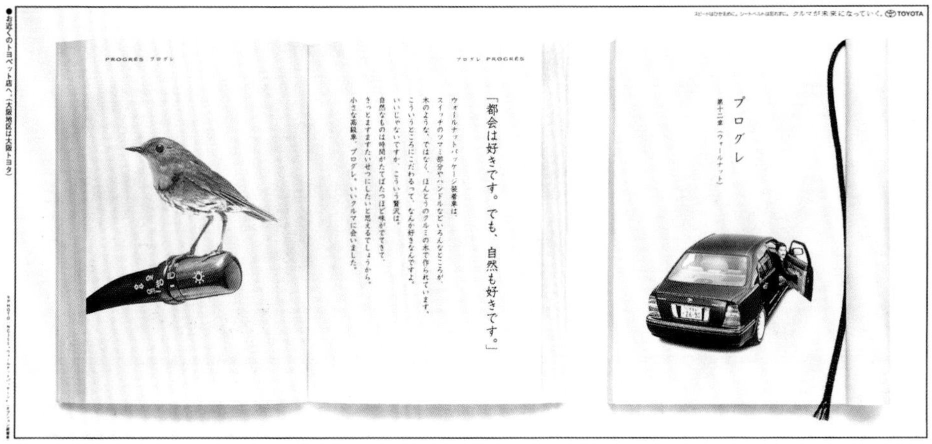
●お近くのトヨペット店へ（大阪地区は大阪トヨタ）
スピードはひかえめに。シートベルトは忘れずに。クルマが未来になっていく。TOYOTA
PROGRÈS プログレ
プログレ PROGRÈS
「都会は好きです。でも、自然も好きです。」
ウォールナットパッケージ装着車は、
スイッチのツマミ部分やハンドルなどいろんなところが、
木のような、ではなく、ほんとうのクルミの木で作られています。
こういうところにこだわるって、なんか好きなんですよ。
いいじゃないですか、こういう贅沢は。
自然なものは時間がたてばたつほど味がでてきて、
きっとますますたいせつにしたいと思えるでしょうから。
小さな高級車、プログレ。いいクルマに会いました。
プログレ
第十二章（ウォールナット）

94

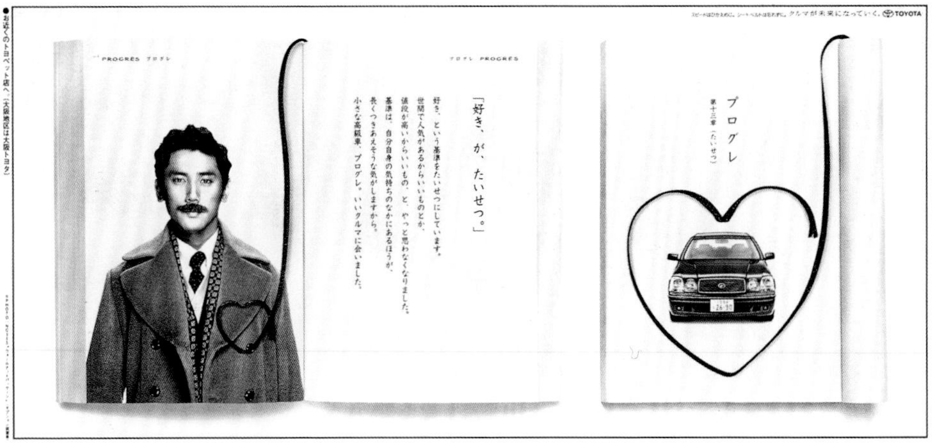
●お近くのトヨペット店へ。（大阪地区は大阪トヨタ）
スピードはひかえめに。シートベルトは忘れずに。クルマが未来になっていく。TOYOTA
PROGRÈS プログレ
プログレ PROGRÈS
「好き、が、たいせつ。」
好き、という基準をたいせつにしています。
世間で人気があるからいいものとか、
値段が高いからいいもの、と、やっと思わなくなりました。
基準は、自分自身の気持ちのなかにあるほうが、
長くつきあえそうな気がしますから。
小さな高級車、プログレ。いいクルマに会いました。
プログレ
第十三章（たいせつ）

95

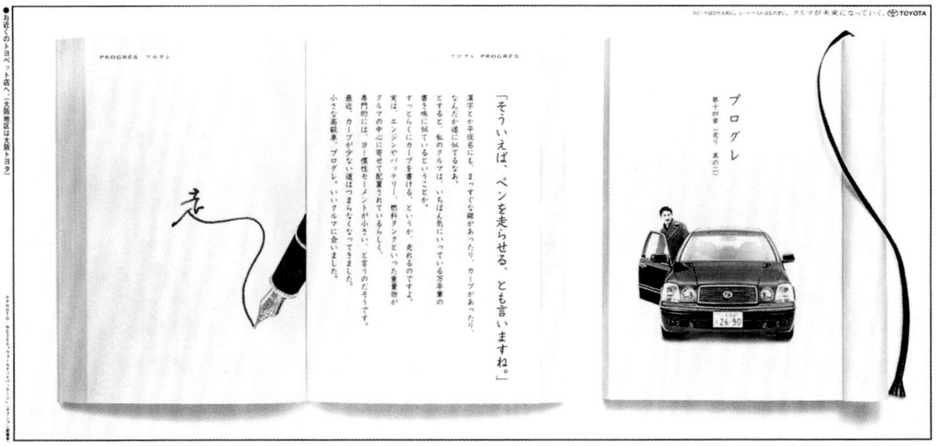
●お近くのトヨペット店へ。（大阪地区は大阪トヨタ）
スピードはひかえめに。シートベルトは忘れずに。クルマが未来になっていく。TOYOTA
PROGRÈS プログレ
プログレ PROGRÈS
「そういえば、ペンを走らせる、とも言いますね。」
漢字とか平仮名にも、まっすぐな線があったり、カーブがあったり。
なんだか道に似てるなあ。
とすると、私のクルマは、いちばん気にいっている万年筆の
書き味に似ているということか。
すっとらくにカーブを書ける、というか、走れるのですよ。
実は、エンジンやバッテリー、燃料タンクといった重量物が
クルマの中心に寄せて配置されているらしく、
専門的には、ヨー慣性モーメントが小さい、と言うのだそうです。
最近、カーブが少ない道はつまらなくなってきました。
小さな高級車、プログレ。いいクルマに会いました。
プログレ
第十四章（走り　其の二）

96

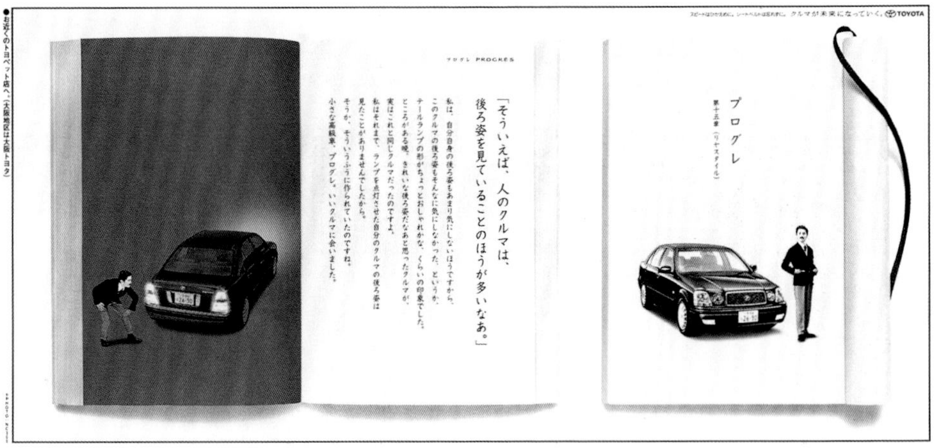
●お近くのトヨペット店へ。（大阪地区は大阪トヨタ）
スピードはひかえめに。シートベルトは忘れずに。クルマが未来になっていく。TOYOTA
プログレ PROGRÈS
「そういえば、人のクルマは、
後ろ姿を見ていることのほうが多いなあ。」
私は、自分自身の後ろ姿もあまり気にしないほうですから、
このクルマの後ろ姿もそんなに気にしなかった、というか、
テールランプの形がちょっとおしゃれかな、くらいの印象でした。
ところがある晩、きれいな後ろ姿だなあと思ったクルマが、
実はこれと同じクルマだったのですよ。
私はそれまで、ランプを点灯させた自分のクルマの後ろ姿は
見たことがありませんでしたから。
そうか、そういうふうに作られていたのですね。
小さな高級車、プログレ。いいクルマに会いました。
プログレ
第十五章（リヤスタイル）

97

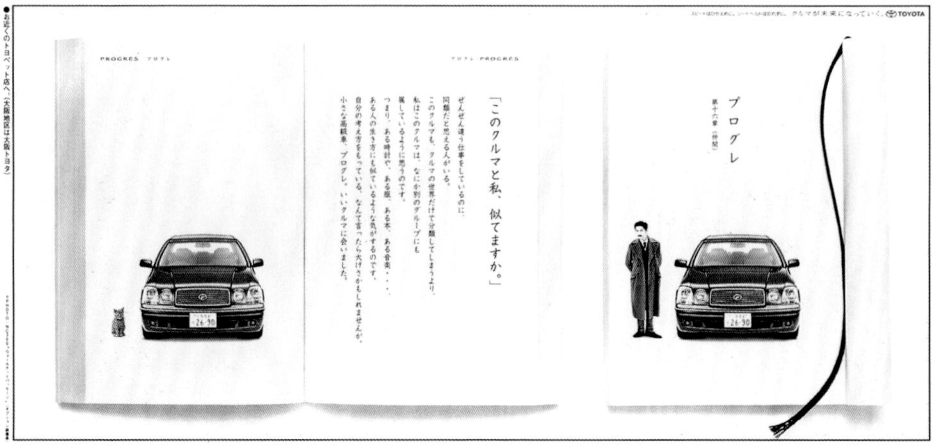
●お近くのトヨペット店へ。（大阪地区は大阪トヨタ）
スピードはひかえめに。シートベルトは忘れずに。クルマが未来になっていく。TOYOTA
PROGRÈS プログレ
プログレ PROGRÈS
「このクルマと私、似てますか。」
ぜんぜん違う仕事をしているのに、
同類だと思える人がいる。
このクルマも、クルマの世界だけで分類してしまうより、
私はこのクルマは、なにか別のグループにも
属しているように思うのです。
つまり、ある時計や、ある服、ある本、ある音楽・・・。
ある人の生き方にも似ているような気がするのです。
自分の考え方をもっている、なんて言ったら大げさかもしれませんが。
小さな高級車、プログレ。いいクルマに会いました。
プログレ
第十六章

98

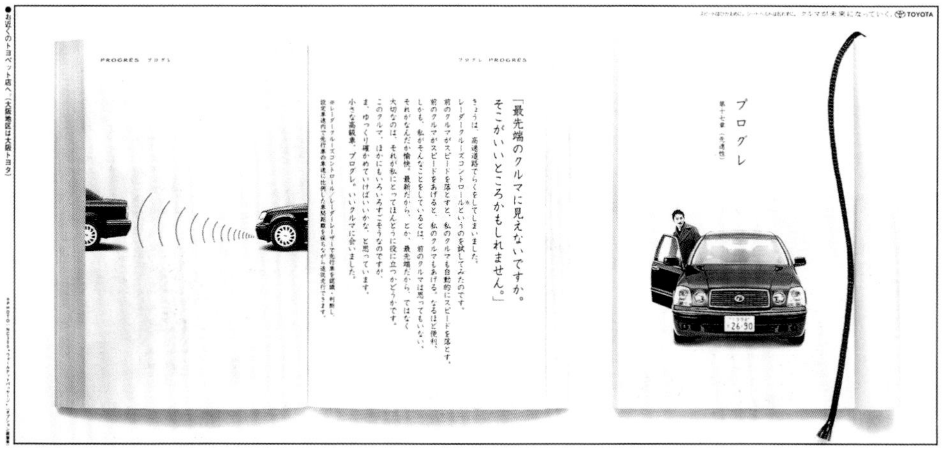

●お近くのトヨペット店へ（大阪地区は大阪トヨタ）
スピードはひかえめに。シートベルトは忘れずに。クルマが未来になっていく。TOYOTA
PROGRÈS プログレ
プログレ PROGRÈS
「最先端のクルマに見えないですか。
そこがいいところかもしれません。」
きょうは、高速道路でらくをしてしまいました。
レーダークルーズコントロールというのを試してみたのです。
前のクルマがスピードを落とすと、私のクルマも自動的にスピードを落とす。
前のクルマがスピードをあげると、私のクルマもあげる。なるほど便利。
しかも、私がそんなことをしているとは、前のクルマは思ってもいない。
それがなんだか愉快。最新だから、とか、最先端だから、ではなく
大切なのは、それが私にとってほんとうに役に立つかどうかです。
このクルマ、ほかにもいろいろすごそうなのですが、
ま、ゆっくり確かめていけばいいかな、と思っています。
小さな高級車、プログレ。いいクルマに会いました。
※レーダークルーズコントロール/レーダーレーザーで先行車を認識・判断し、設定車速内で先行車の車速に比例した車間距離を保ちながら追従走行できます。
プログレ
第十七章（先進性）

99

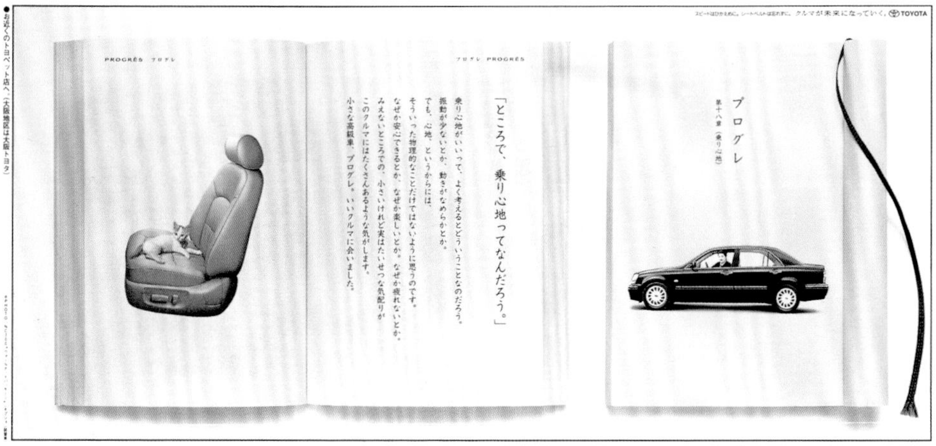

●お近くのトヨペット店へ（大阪地区は大阪トヨタ）
スピードはひかえめに。シートベルトは忘れずに。クルマが未来になっていく。TOYOTA
PROGRÈS プログレ
プログレ PROGRÈS
「ところで、乗り心地ってなんだろう。」
乗り心地がいいって、よく考えるとどういうことなのだろう。
振動が少ないとか、動きがなめらかとか。
でも、心地、というからには、
そういった物理的なことだけではないように思うのです。
なぜか安心できるとか、なぜか楽しいとか。なぜか疲れないとか。
みえないところでの、小さいけれど実はたいせつな気配りが
このクルマにはたくさんあるような気がします。
小さな高級車、プログレ。いいクルマに会いました。
プログレ
第十八章（乗り心地）

100

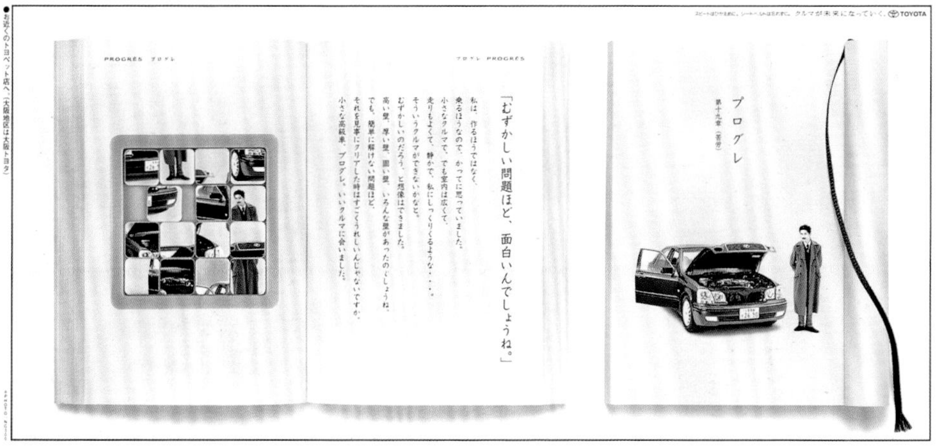

●お近くのトヨペット店へ（大阪地区は大阪トヨタ）
スピードはひかえめに。シートベルトは忘れずに。クルマが未来になっていく。TOYOTA
PROGRÈS プログレ
プログレ PROGRÈS
「むずかしい問題ほど、面白いんでしょうね。」
私は、作るほうではなく、
乗るほうなので、かってに思っていました。
小さなクルマで、でも室内は広くて、
走りもよくて、静かで、私にしっくりくるような・・・。
そういうクルマができないかなと。
むずかしいのだろう、と想像はできました。
高い壁、厚い壁、固い壁、いろんな壁があったのでしょうね。
でも、簡単に解けない問題ほど、
それを見事にクリアした時はすごくうれしいんじゃないですか。
小さな高級車、プログレ。いいクルマに会いました。
プログレ
第十九章（苦労）

101

●お近くのトヨペット店へ（大阪地区は大阪トヨタ）
スピードはひかえめに。シートベルトは忘れずに。クルマが未来になっていく。TOYOTA
PROGRÈS プログレ
プログレ PROGRÈS
「人生、色々、悩むものですね。」
色までちゃんとプログレらしいな、と思いました。
ふつうはある白、がない。
しかも、どの色もいい意味で個性があって、
いままで日本にあまりなかったカラーバリエーションでした。
勇気があっていい、のですが、なんだか自分の勇気も
試されているような感じがして、さすがにどの色にするか迷いました。
しかも私は1色しか選べないわけですからね。
小さな高級車、プログレ。いいクルマに会いました。
プログレ
第二十章（カラーリング）

102

103
AMATAKE (海报) 1999年
AMATAKE Poster 1999

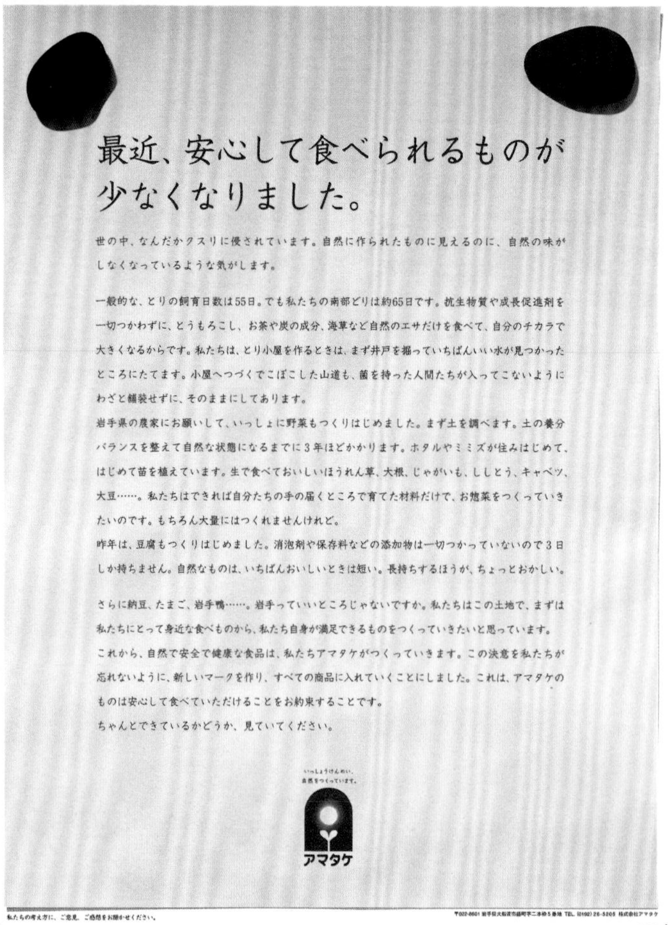
最近、安心して食べられるものが
少なくなりました。
世の中、なんだかクスリに侵されています。自然に作られたものに見えるのに、自然の味がしなくなっているような気がします。
一般的な、とりの飼育日数は55日。でも私たちの南部どりは約65日です。抗生物質や成長促進剤を一切つかわずに、とうもろこし、お茶や炭の成分、海草など自然のエサだけを食べて、自分のチカラで大きくなるからです。私たちは、とり小屋を作るときは、まず井戸を掘っていちばんいい水が見つかったところにたてます。小屋へつづくでこぼこした山道も、菌を持った人間たちが入ってこないようにわざと舗装せずに、そのままにしてあります。
岩手県の農家にお願いして、いっしょに野菜もつくりはじめました。まず土を調べます。土の養分バランスを整えて自然な状態になるまでに3年ほどかかります。ホタルやミミズが住みはじめて、はじめて苗を植えています。生で食べておいしいほうれん草、大根、じゃがいも、ししとう、キャベツ、大豆……。私たちはできれば自分たちの手の届くところで育てた材料だけで、お惣菜をつくっていきたいのです。もちろん大量にはつくれませんけれど。
昨年は、豆腐もつくりはじめました。消泡剤や保存料などの添加物は一切つかっていないので3日しか持ちません。自然なものは、いちばんおいしいときは短い。長持ちするほうが、ちょっとおかしい。
さらに納豆、たまご、岩手鴨……。岩手っていいところじゃないですか。私たちはこの土地で、まずは私たちにとって身近な食べものから、私たち自身が満足できるものをつくっていきたいと思っています。
これから、自然で安全で健康な食品は、私たちアマタケがつくっていきます。この決意を私たちが忘れないように、新しいマークを作り、すべての商品に入れていくことにしました。これは、アマタケのものは安心して食べていただけることをお約束することです。
ちゃんとできているかどうか、見ていてください。
いっしょうけんめい、
自然をつくっています。
アマタケ
私たちの考え方に、ご意見、ご感想をお聞かせください。
〒022-8601 岩手県大船渡市盛町字二本枠5番地 TEL.(0192)26-5205 株式会社アマタケ

103

104
集英社 (海报) 1997年
Shueisha Poster 1997

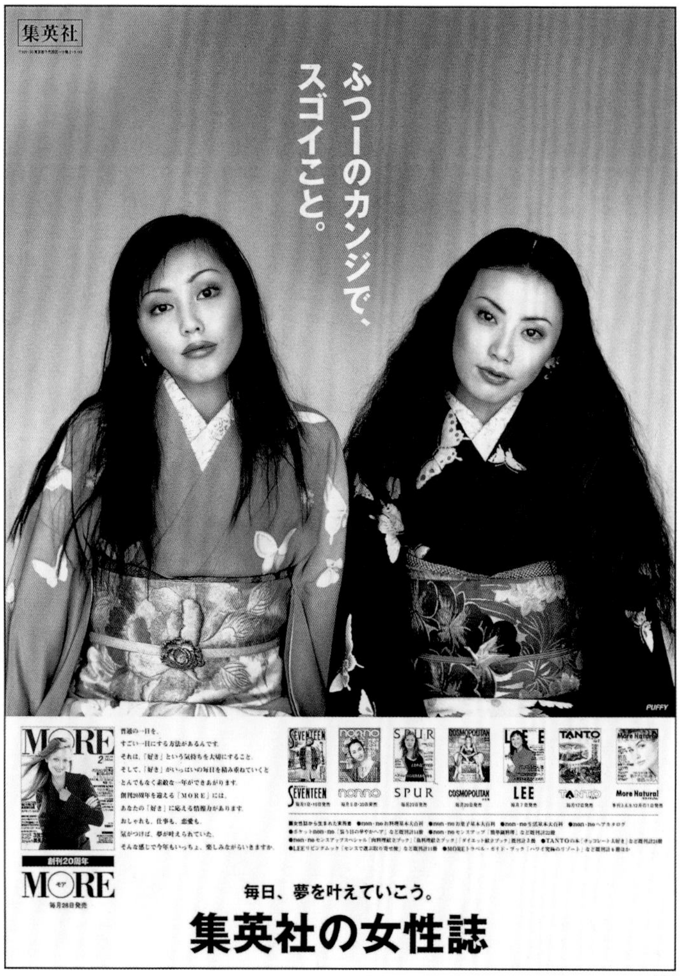
集英社
ふつーのカンジで、
スゴイこと。
PUFFY
MORE
普通の一日を、
すごい一日にする方法があるんです。
それは、「好き」という気持ちを大切にすること。
そして、「好き」がいっぱいの毎日を積み重ねていくと
とんでもなく素敵な一年ができあがります。
創刊20周年を迎える「MORE」には、
あなたの「好き」に応える情報力があります。
おしゃれも、仕事も、恋愛も。
気がつけば、夢が叶えられていた。
そんな感じで今年もいっちょ、楽しみながらいきますか。
SEVENTEEN
non-no
SPUR
COSMOPOLITAN
LEE
TANTO
More Natural
創刊20周年
MORE
毎月28日発売
毎日、夢を叶えていこう。
集英社の女性誌

104

MARK & LOGOTYPE

105
WAGAMAMADA (标志) 1995年
WAGAMAMADA 1995

105

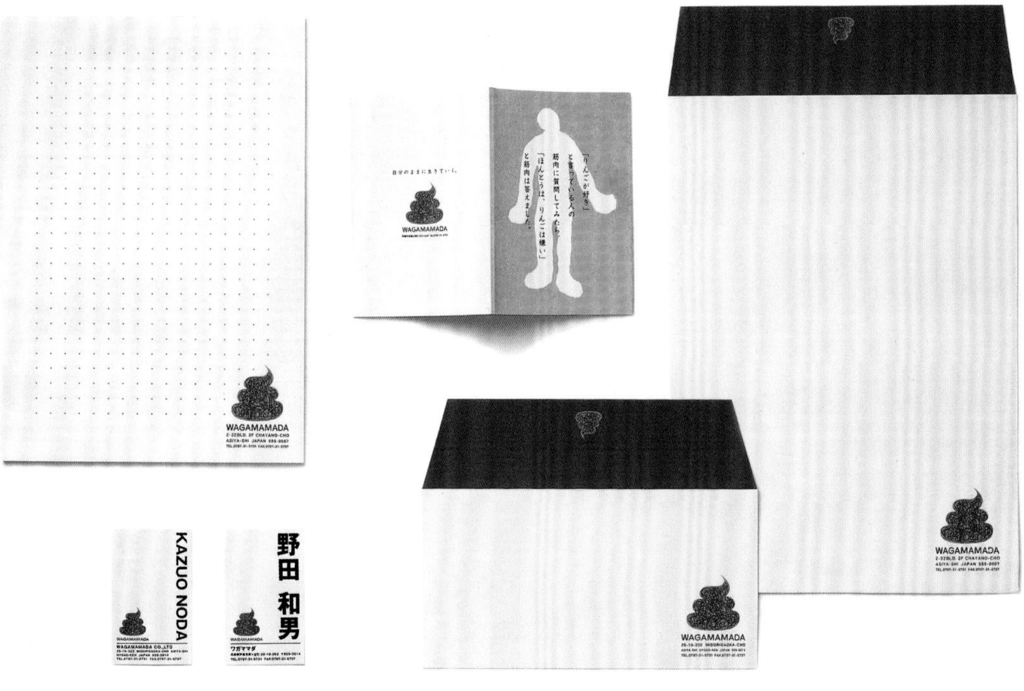

106
AMATAKE（标志）
1999年
AMATAKE 1999

AMATAKE

106

107
东京TCC 1998年
Tokyo Copywriters Club 1998

TCC
広告年鑑
1998

TCC最高賞
TCC GRAND PRIX AWARDS

A部門
DIVISION A

B部門
DIVISION B

C部門
DIVISION C

D部門
DIVISION D

E部門
DIVISION E

F部門
DIVISION F

G部門
DIVISION G

H部門
DIVISION H

I部門
DIVISION I

J部門
DIVISION J

K部門
DIVISION K

L部門
DIVISION L

TCC審査委員長賞
TCC CHAIRMAN FOR JURY AWARDS

TCC最高新人賞
TCC NEWCOMER GRAND PRIX

TCC新人賞
TCC NEWCOMER AWARDS

TCC新人賞一次通過者
QUALIFIED ENTRANTS IN THE 1ST SELECTION
IN NEWCOMER AWARDS

TCC
GRANDPRIX AWARDS/TA
KASHI YAMAMOTO/HISASHI
HA YASHI/HIROAKI YOKOMICHI/
TAKU YA ONUKI TCC DIVISION A
/NAOFU MI ONKURA/TAKU TADA
TCC DIVISI ON B/TAKASI ANDO/
YASUYUKI O MAGARI TCC DIVISI
ON C/TAKASHI NAKAHATA TCC
DIVISION D/HIROYUKI HARA TCC
DIVISION E/REIKO KOJIMA/YASU
MICHI OKA TCC DIVISION G/MEGUMI
OTA/TARO TADA TCC DIVISION H/RYU
NOSUKE KAMITANI/MAKOTO TSUNODA
TCC DIVISION K/RYOJI YAMAMOTO
TCC DIVISION L/HIROSHI ICHIKURA
TCC CHAIRMAN FOR JURY AWARDS/
KOTARO YOSHIOKA/TORU KIMURA/HI
SAMU YAMADA TCC NEW COMER GRAND
PRIX AWARDS/JURO SHIGAKI TCC
NEWCOMER AWARDS/TETSURO ASO/
YOI CHIRO ABE/SADAHIRO IKEDA/TATSUYA IKO
MA/YUKI IMAE/TAKEHIKO IWAZAKI/KUNIE URABE/ KA
ZUKI ENDOH/IKUKO OHGA/TOMOYUKI OGI/YOSHIHI SA OZA
KI/AKIO OYAMADA/KATSUMI KASHIWAGI/HIROYU KI KIDO/
SHOICHI KUME/SHINICHI KOBAYASHI/KOHTARO SHIMADA/
TAKUMA TAKASAKI/RYOJI TANAKA/EITA NAKAJIMA/HIDEO
FUJIMOTO/EIICHI HOYA/YASUHIKO MATSUMOTO/SEIJI MACHI
DA/HISAO MIYAMO TO/YUICHI MUTO/JIGEN YASUTA
NI/TAE YA NO/TA TSUYA YAMADA/
HWA SUK LEE

107

108
DOLCE (标志) 1999年
DOLCE 1999

108

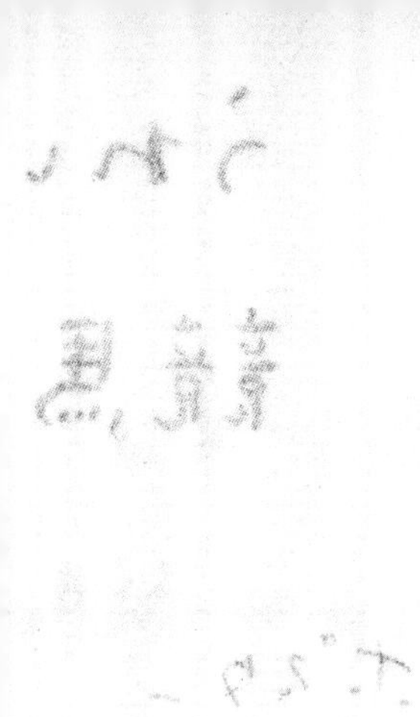

MAGAZINE ADVERTISING

109-111
兼松 1992年
Kanematsu 1992

KG
兼松株式会社

109

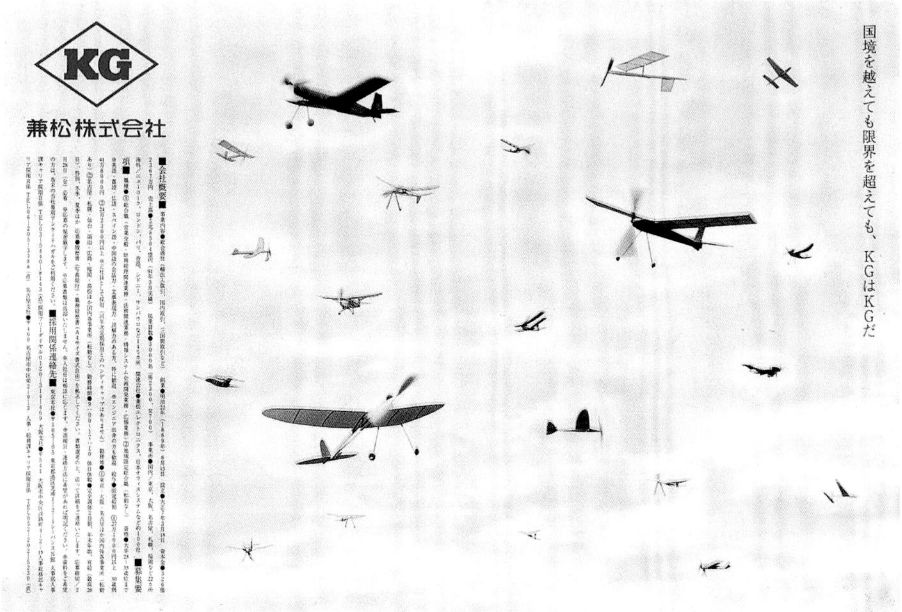
国境を越えても限界を超えても、ＫＧはＫＧだ
KG
兼松株式会社
■会社概要
■募集要項
■採用関係連絡先

110

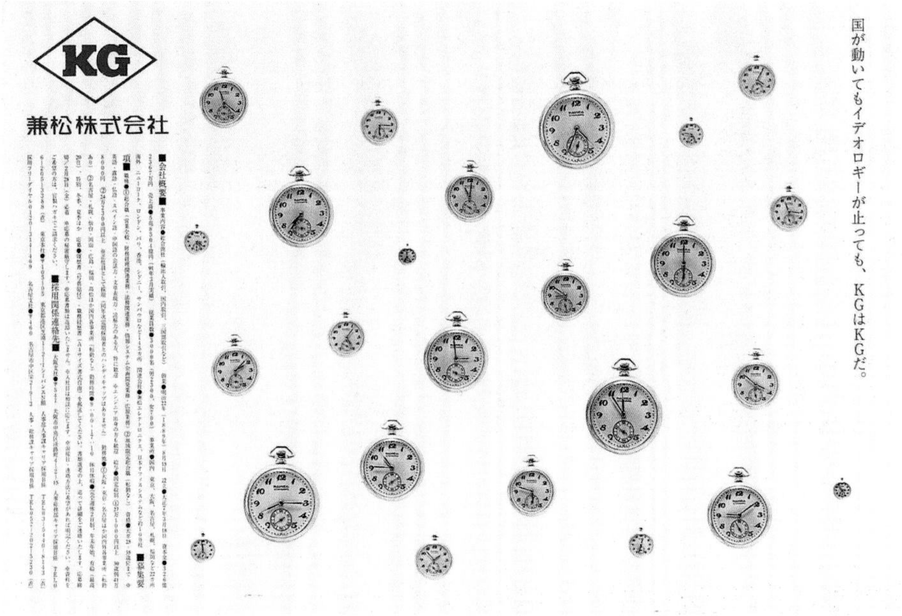
国が動いてもイデオロギーが止っても、ＫＧはＫＧだ。
KG
兼松株式会社
■会社概要
■募集要項
■採用関係連絡先

111

112-114
飞翔建设公司 1993年
Hisho 1993

HISHOH
迷うな、建築やる人。

112

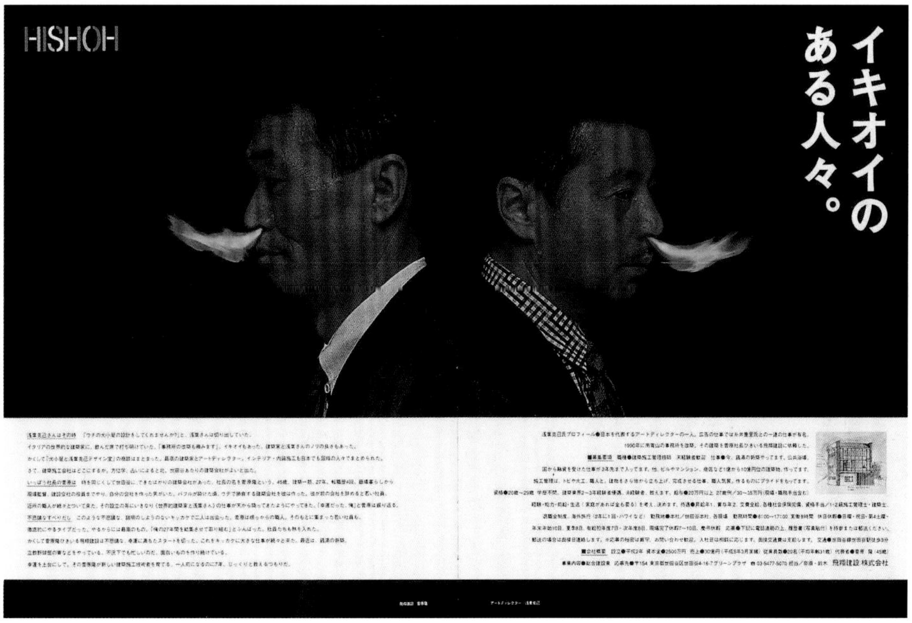
HISHOH
イキオイのある人々。

113

HISHOH
ウチらと建築やらんか。

114

115-117
持田制药公司"Collage" 1994年
Mochida"Collage" 1994

MOCHIDA
無香料。
スキンケア製品は肌に直接触れるもの。なかには香料が苦手な方もいらっしゃいます。
持田製薬では、そんな方のために、無香料のスキンケア製品をシリーズでそろえました。
とくに苦心したのはクレンジングクリームを無香料にすること。そもそもクレンジングクリームは、
鉱物油や植物油などを主成分にしているため独特の油臭さが生じてしまいます。
そこで、原料そのものを精製し、臭いの原因となるものを取り除いていったのです。
原料にこだわる。これもコラージュシリーズのポリシーのひとつです。
健やかな肌は、美しい肌。持田製薬コラージュ基礎化粧品
持田製薬株式会社
Collage
コラージュ

115

MOCHIDA
長時間。
洗顔後、何もお手入れをしないと、2~3分でつっぱった感じになってきます。みずみずしく
うるおいのある肌をめざすなら、水分をキープしておく必要があります。持田製薬のコラージュ
化粧水は、油分を使わず、水分を長時間保つ基礎化粧品。その鍵は、保湿成分として配合している
水溶性コラーゲンにあります。そもそもコラーゲンとは、皮膚の真皮の中にあるたんぱく質で、
水分をしっかり保持して肌のはりをささえているものです。さっぱりとした使用感で、
肌をなめらかに保ちます。効果が持続すること。これも、コラージュシリーズのポリシーのひとつです。
健やかな肌は、美しい肌。持田製薬コラージュ基礎化粧品
持田製薬株式会社
Collage
コラージュ

116

MOCHIDA
保護膜。
みずみずしくうるおいのある肌を、無防備に乾燥した空気にさらしていませんか。
暖房や冷たい外気など、私たちをとりまく環境は肌の水分を奪う要因がいっぱい。肌を保護する必要が
あります。持田製薬のコラージュクリームは、水溶性コラーゲンと皮脂の成分に近いスクワラン
(油性成分)を配合した保護クリームです。コラーゲンがうるおいをしっかり保持した肌をスクワランの
ベールがやさしく守ります。どちらも自然の成分に近いもの。しっとりしながらも、触れた感じは
さらっとしています。使い心地が自然なこと。これも、コラージュシリーズのポリシーのひとつです。
健やかな肌は、美しい肌。持田製薬コラージュ基礎化粧品
持田製薬株式会社
Collage
コラージュ

117

118-120
持田制药公司"Collage"
1993年
Mochida"Collage"
1993

MOCHIDA
肌の環境問題を考えたスキンケア製品です。
Collage
コラージュ
持田製薬株式会社

118

MOCHIDA
水分が逃げていく。これは、肌の環境問題です。
Collage
コラージュ
持田製薬株式会社

119

MOCHIDA
人間は、肌の環境問題もつくっています。
Collage
コラージュ
持田製薬株式会社

120

121-122
持田制药公司"Collage" 1994年
Mochida"Collage" 1994

肌は、一生異性を愛す。
年齢を重ねるにつれて、豊かな表情を手に入れることができます。一方で、みずみずしさが失われ、
シワやたるみがめだってくるのも残念ながら事実。心も肌も、うるおいが必要です。
コラージュ基礎化粧品は、保湿成分として、※S-コラーゲンを配合しています。
コラーゲンとは、皮膚の真皮の中にあるたんぱく質（膠原線維）で、
水分をしっかり保持して肌のはりをささえているものです。
さらっとした使用感で、肌をなめらかに整えます。香料、色素を含みません。
香料に敏感な方にもご使用いただけます。※S-コラーゲン〔水溶性コラーゲン液(1)：保湿成分〕
肌に基礎体力。持田製薬コラージュ基礎化粧品。
○コラージュクレンジングクリーム：120g 2,550円 化粧品 ○コラージュ化粧水：100ml 2,550円 医薬部外品
○コラージュ乳液：100ml 3,050円 医薬部外品 ○コラージュクリーム：35g 3,850円 医薬部外品
価格はメーカー希望小売価格（税抜き） 東京都新宿区四谷1丁目7番地 〒160 持田製薬株式会社
Collage
コラージュ
MOCHIDA

121

肌は、年中 水不足に悩む。

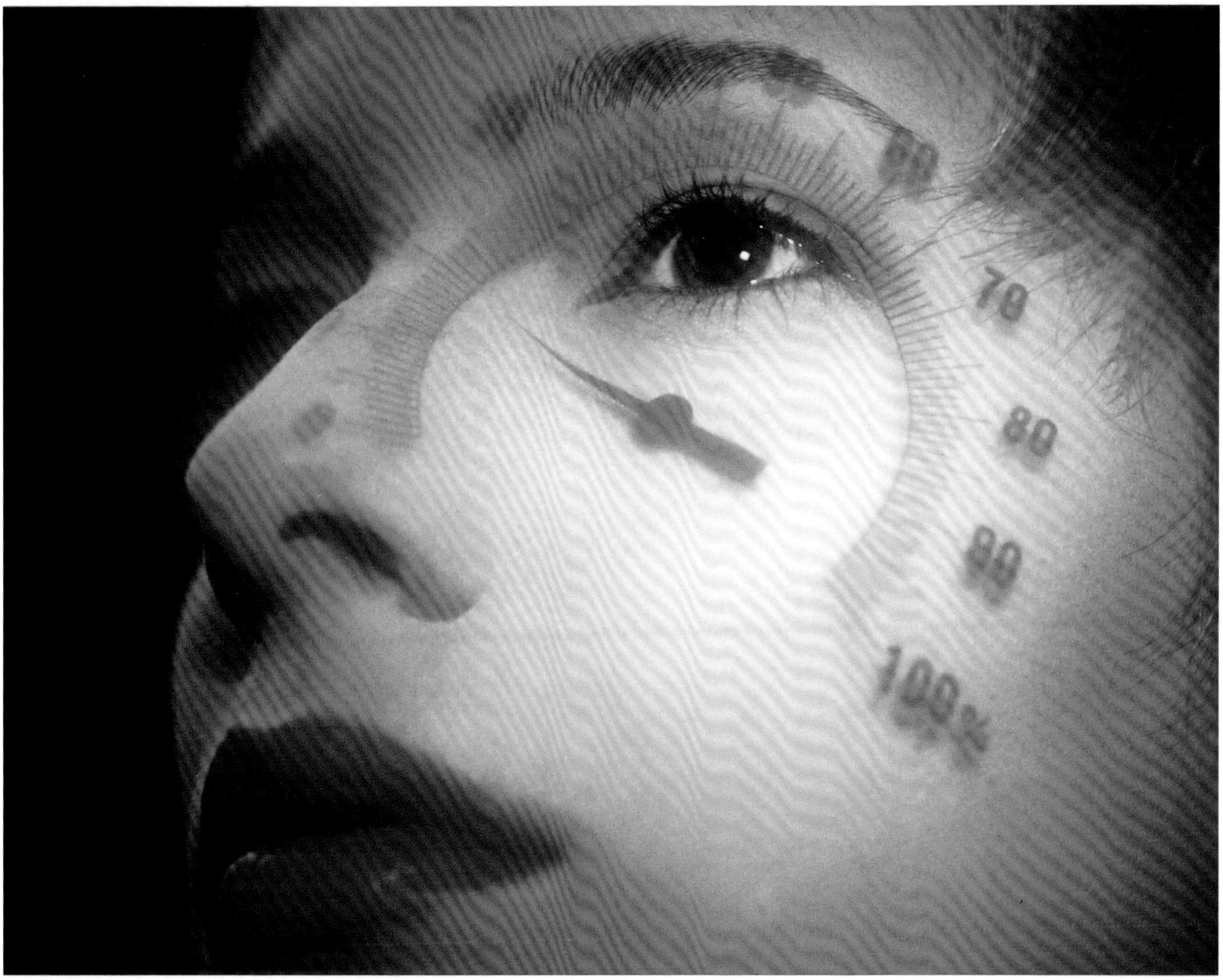

Collage
コラージュ

冬ばかりではありません。夏の冷房も、秋の冷たい外気も、春の風も、
絶えず肌の水分を奪っています。あなたの、みずみずしくうるおいのある肌を守るためには、
水分を長時間保つ必要があります。コラージュ基礎化粧品は、保湿成分として、
*S-コラーゲンを配合しています。コラーゲンとは、皮膚の真皮の中にある
たんぱく質（膠原線維）で、水分をしっかり保持して肌のはりをささえているものです。
肌にしっとりなじみながらも、さらっとした仕上がり。香料、色素を含みません。
香料に敏感な方にもご使用いただけます。*S-コラーゲン〔水溶性コラーゲン液（1）：保湿成分〕

肌に基礎体力。持田製薬コラージュ基礎化粧品。

○コラージュクレンジングクリーム：120g 2,550円 化粧品 ○コラージュ化粧水：100ml 2,550円 医薬部外品
○コラージュ乳液：100ml 3,050円 医薬部外品 ○コラージュクリーム：35g 3,850円 医薬部外品
価格はメーカー希望小売価格（税抜き） 東京都新宿区四谷1丁目7番地 〒160 持田製薬株式会社

MOCHIDA

123-125
朝日新闻报社 1995年
Asahi Newspaper 1995

東北地方のどこかの町で、
朝日新聞の販売所をやりませんか。
これまで大々的に公募してこなかったことをまずはあやまります。
朝日新聞は、毎日
必ず売れます。
朝日新聞販売協同組合
ASA

123

500万円以上お持ちの方へ。
これまで大々的に公募してこなかったことをまずはあやまります。
朝日新聞は、毎日
必ず売れます。
朝日新聞販売協同組合
ASA

124

朝日新聞の販売所が
どんなにいい商売かを
知っている人は少ない。
これまで大々的に公募してこなかったことをまずはあやまります。
朝日新聞は、毎日
必ず売れます。
朝日新聞販売協同組合
ASA

125

126-128
片山食品公司 1994年
Katayama Foods 1994

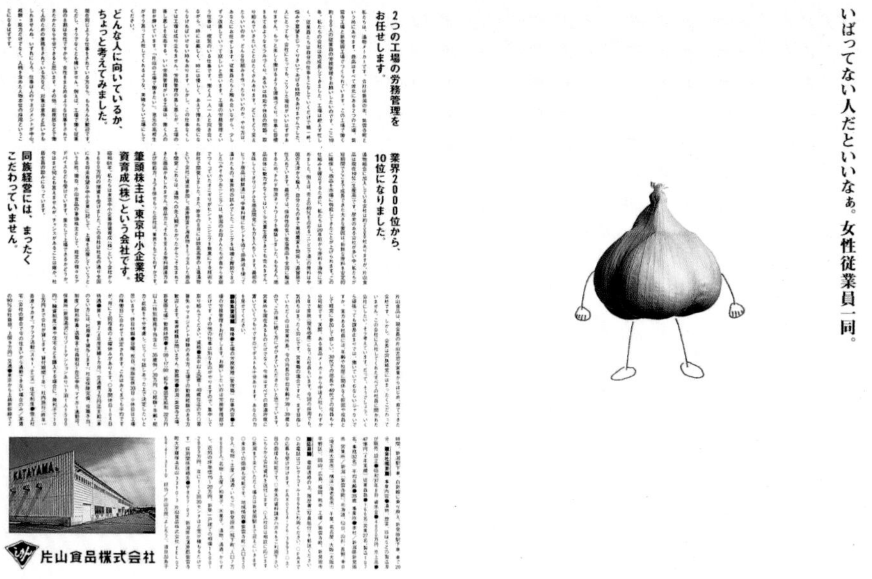
いばってない人だといいなぁ。女性従業員一同。
2つの工場の労務管理を
お任せします。
業界2000位から、
10位になりました。
筆頭株主は、東京中小企業投資育成(株)という会社です。
どんな人に向いているか、
ちょっと考えてみました。
同族経営には、まったく
こだわっていません。
KATAYAMA
片山食品株式会社

126

身近で、地道が、いちばん。漬物の営業
をしてみませんか。
30年で、業界2000位から10位にな
ることができました。
パリポリパリポリ47億
全国展開の総仕上げ。東京での営業を
お任せします。
入社5年で常務になった社員もいます。
★会社説明会を行ないます
片山食品株式会社

127

ヌカミソ
くさくない
経営。
全国展開は、どうあるべきか。
原料確保は、どうあるべきか。
漬物営業は、どうあるべきか。
商品開発は、どうあるべきか。
人材登用は、どうあるべきか。
★会社説明会を行ないます
片山食品株式会社

128

129-131
BANDAI“斯通 · 海奇” 1992年
BANDAI "Stone Henji"
1992

ストーンズ
緊急発表！
コーリングストーンズが突然改名。
大胆に「ストーンヘンジ」の名前でデビュー。
株式会社バンダイ

129

STONE HENGE
ENGLAND
1970
OVERVIEW,
LOOKING SOUTHWEST,
EARLYMORNING.
STONE HENGE
ENGLAND
なぜ、この世紀末に？
石の上にも約三千五百年ぶり、
「ストーンヘンジ」、復活へ。
株式会社バンダイ

130

奇跡の奇石か？
各地で珍事件、発生。
驕れる人類への警鐘か？ まるで仕組まれた様な珍事件続発！
株式会社バンダイ

131

132-133
田原屋 1995年
Tawaraya 1995

女性のスカートや下着に詳しくなるのに
3～5年かかるだろうということです。

132

「ねえ、ほかの女を見るのはやめてよ。」
「仕方ないじゃない、仕事なんだから。」

133

134-136
24小时超市 1995年
Family Mart 1995

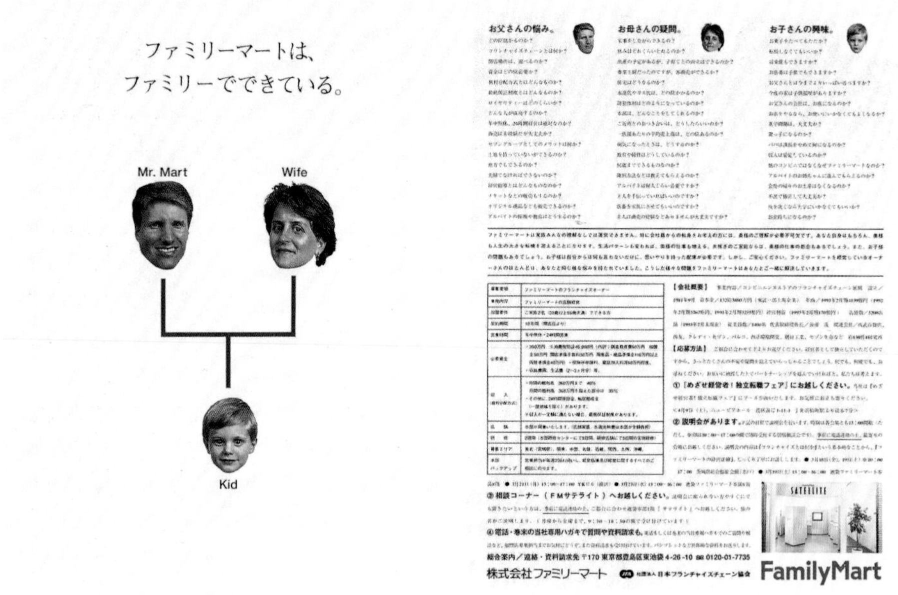
ファミリーマートは、
ファミリーでできている。
Mr. Mart
Wife
Kid
お父さんの悩み。
お母さんの疑問。
お子さんの興味。
株式会社ファミリーマート
FamilyMart

134

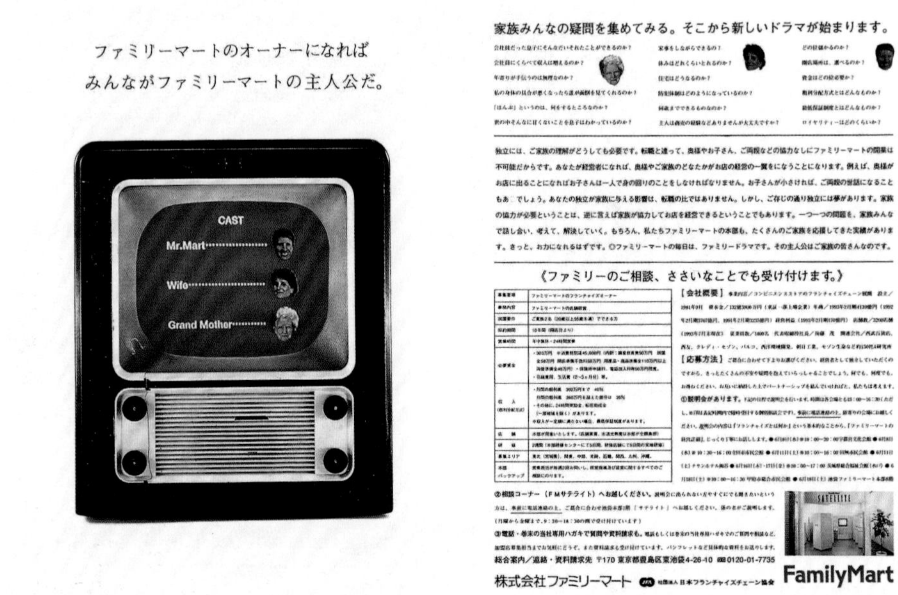
ファミリーマートのオーナーになれば
みんながファミリーマートの主人公だ。
CAST
Mr.Mart
Wife
Grand Mother
家族みんなの疑問を集めてみる。そこから新しいドラマが始まります。
《ファミリーのご相談、ささいなことでも受け付けます。》
【会社概要】
【応募方法】
株式会社ファミリーマート
FamilyMart

135

FamilyMart
最近、「とりあえず、コンビニだったらできるだろう」
と応募される方がいます。心配です。
独立は挑戦です。コンビニエンスストアは商売です。
株式会社ファミリーマート
FamilyMart

136

137-139
24小时超市 1995年
Family Mart 1995

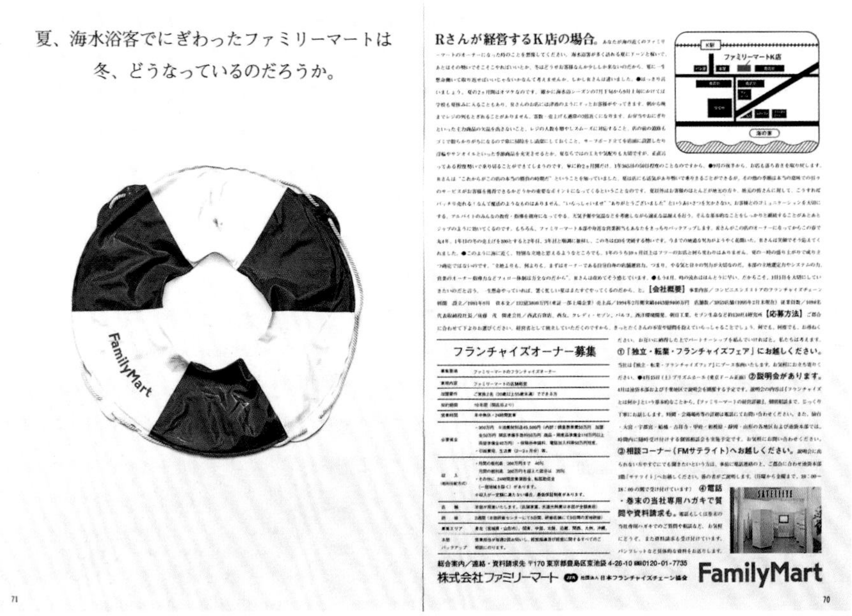
夏、海水浴客でにぎわったファミリーマートは
冬、どうなっているのだろうか。
FamilyMart
Rさんが経営するK店の場合。
ファミリーマートK店
フランチャイズオーナー募集
株式会社ファミリーマート
FamilyMart

137

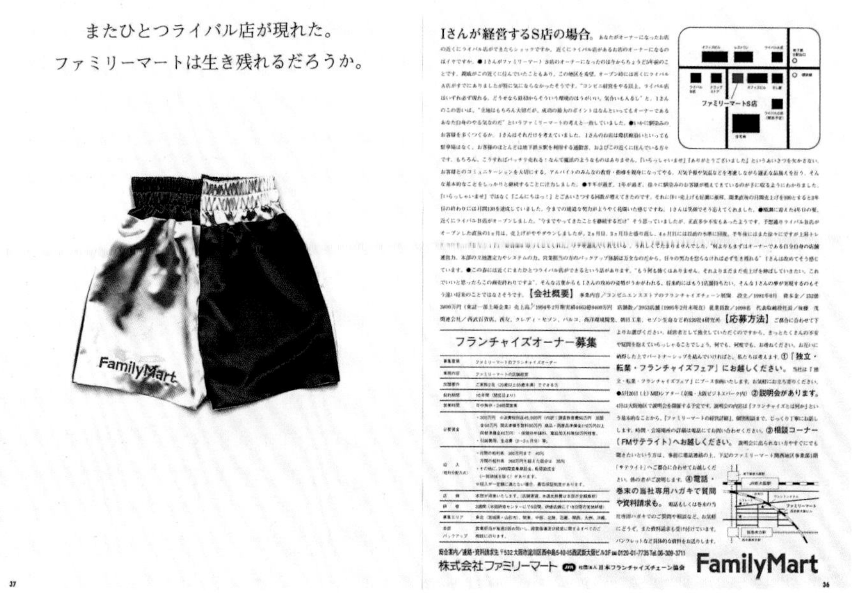
またひとつライバル店が現れた。
ファミリーマートは生き残れるだろうか。
FamilyMart
Iさんが経営するS店の場合。
ファミリーマートS店
フランチャイズオーナー募集
株式会社ファミリーマート
FamilyMart

138

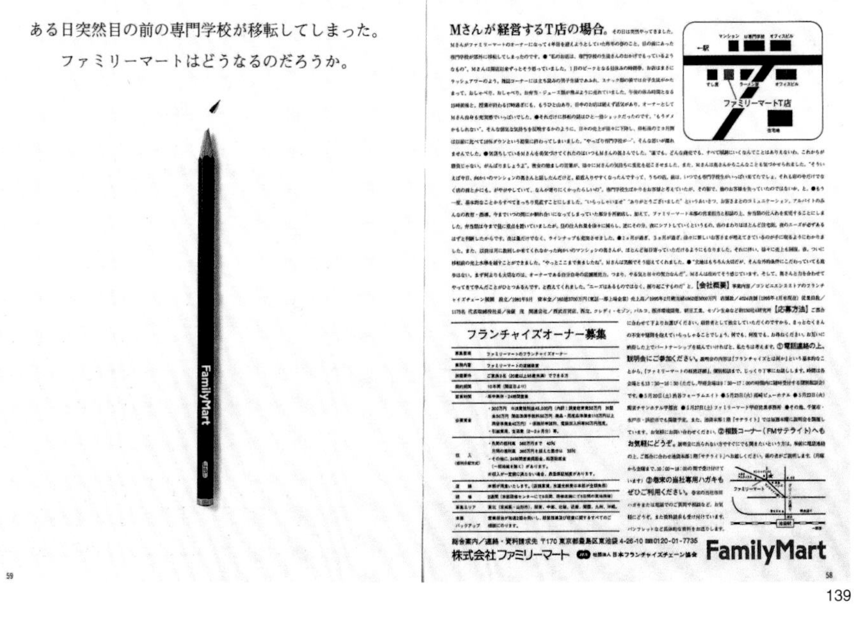
ある日突然目の前の専門学校が移転してしまった。
ファミリーマートはどうなるのだろうか。
FamilyMart
Mさんが経営するT店の場合。
ファミリーマートT店
フランチャイズオーナー募集
株式会社ファミリーマート
FamilyMart

139

140-147
株式会社BANDAI
BANDAI 1995

昔は、亀でガメラごっこしたものです。

30年ぐらい前は、東京でもちょっとした池に亀がたくさんいました。その頃の人なら、池で亀をつかまえた経験をお持ちの方、結構いらっしゃると思います。ガメラの映画が作られたのも、ちょうどその頃です。——— 今回、そのガメラの映画が復活するので、新たにガメラのオモチャを作りました。ほんとうに筋肉が動いているようなリアルな歩き、口の動き、表情、雄叫び、まさに1995年のオモチャです。近ごろ、池で亀を見かけませんが、プラズマウォーク大怪獣ガメラ、4.980円で新発売いたします。

★お子様モニター募集 ★モニター対象品・募集人数…プラズマウォーク大怪獣ガメラのモニターを募集します。募集人数は10名様です。お子様に遊んでいただき、商品のご意見ご感想をお聞かせください。応募者多数の場合は、厳正な抽選のうえ決定いたします。尚、結果は商品の発送をもってかえさせていただきます。★お申込方法…官製はがきにモニター券をお貼りのうえ、1.モニター商品名(プラズマウォーク大怪獣ガメラ)、2.住所、3.氏名、4.年齢、5.お子様の名前・生年月日・年齢・性別、6.お電話番号、7.この広告に関する、ご意見ご感想をお書きのうえ、下までお送りください。★締切…1995年3月20日消印有効 ★宛先…〒119-21浅草郵便局内 株式会社バンダイ 玩具第1事業部「プラズマウォーク大怪獣ガメラ」モニター係 ©大映・日本テレビ・博報堂 1995 ※価格はメーカー希望小売価格です。なお、この広告には、消費税が含まれておりません。※単3電池4本使用(別売) ※全高約230ミリ ※写真は実際の商品と一部異なるものもございます。予めご了承ください。●全国の有名デパート、玩具店、スーパーでお求めください。

株式会社バンダイ
玩具第1事業部
東京都台東区駒形2-5-4 〒111-81
TEL.03-3847-5111

BANDAI

★モニター券★ 1995年3月20日消印有効

140

あつ、俺が見える。

©円谷プロ

これはミニクルという名前の小さな映画館です。まずカセットを中にセットしてください。そしてのぞきながら、左下のボタンを押してください。するとカタカタカタカタと音がして、8ミリフィルムがまわり、名場面のはじまりはじまり、です。「カクレンジャー」「セーラームーンS」に続いて第三回目の上映は「ウルトラマンパワード」。本体が一つあれば、その後はカセットだけを購入すれば、お好きな映画を楽しむことができます。お母さんも、のぞいてみてください。

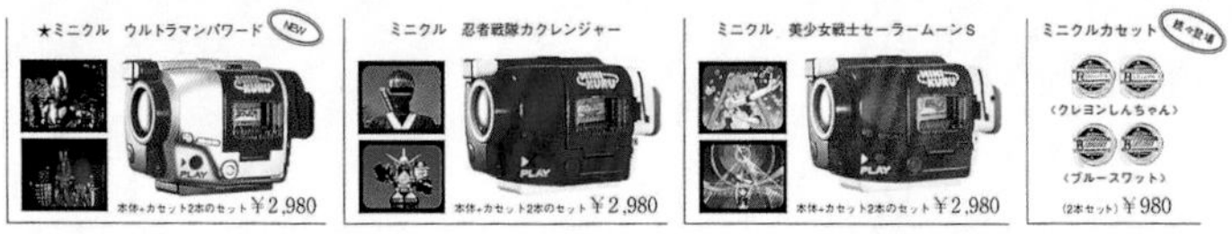

★お子様モニター募集★ モニター対象品・募集人数…ミニクル ウルトラマンパワード(本体+カセット2本)のモニターを募集します。募集人数は10名様です。お子様に遊んでいただき、商品のご感想ご意見をお聞かせください。応募者多数の場合は、厳正な抽選のうえ決定いたします。尚、結果は商品の発送をもってかえさせていただきます。★お申込方法…官製はがきにモニター券をお貼りのうえ、1.モニター希望商品名(ミニクル ウルトラマンパワード)、2.住所、3.氏名、4.年齢、5.お子様の名前・性別・年齢、6.お電話番号、7.この広告に関するご意見、ご感想をお書きのうえ、下記までお送りください。★締切…1994年9月20日消印有効 ★宛先…〒119-21 浅草郵便局区内 株式会社バンダイ 玩具第1事業部「ミニクル」モニター係
©テレビ朝日・東映 ©武内直子・講談社・テレビ朝日・東映動画 ©臼井儀人／双葉社・シンエイ・テレビ朝日 ©テレビ朝日・東映・旭通 ※価格はメーカー希望小売価格です。なお、この広告には、消費税が含まれておりません。※写真は実際の商品と一部異なる場合がございます。予めご了承ください。※単3電池1本使用(別売) ●全国の有名デパート、玩具店、スーパーでお求めください。

株式会社バンダイ
玩具第1事業部
東京都台東区駒形2-5-4 〒111-81
TEL.03-3847-5111

BANDAI

★モニター応募券★ 1994年9月20日消印有効

141

それをのぞいたら、静かになりました。
お母さんも、のぞいてみてください。お父さんの真似をして「はいポーズして、笑って笑って、写真じゃないんだから何かしゃべってください…」とか言いながらビデオ撮影ごっこを楽しむこともできますが、でも実は、このおもちゃにはもっともっと楽しい使い方があるのです。その遊び方をお教えします。これは、小さな映画館です。第一回目の上映はカクレンジャー。まずカセットを中にセットしてください。そして、のぞきながら、左下のボタンを押してください。するとカタカタカタカタと音がして、8ミリフィルムがまわりはじめ、カクレンジャーの名場面を見ることができます。いつでも、どこでも、見たいときに、見ればいい。ちなみにこの本体があれば第二回目以降はカセットだけを購入すればその映画を楽しむことができるようになっています。2本セット¥980続々登場。
ミニクル 忍者戦隊カクレンジャー
PLAY
¥2,980
★お子様モニター募集★
株式会社バンダイ
BANDAI

142

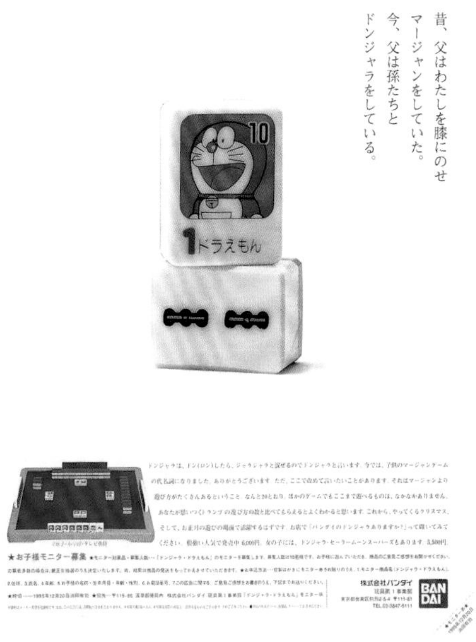
昔、父はわたしを膝にのせマージャンをしていた。今、父は孫たちとドンジャラをしている。
10
1ドラえもん
ドンジャラは、ドン(ロン)したら、ジャラジャラと混ぜるのでドンジャラと言います。今では、子供のマージャンゲームの代名詞になりました。ありがとうございます。ただ、ここで改めて言いたいことがあります。それはマージャンより遊び方がたくさんあるということ。なんと20とおり。ほかのゲームでもここまで遊べるものは、なかなかありません。あなたが思いつくトランプの遊び方の数と比べてもらえるとよくわかると思います。これから、やってくるクリスマス。そして、お正月の遊びの場面で活躍するはずです。お店で「バンダイのドンジャラありますか?」って聞いてみてください。根強い人気で発売中6,000円。女の子には、ドンジャラ・セーラームーンスーパーズもあります。5,500円
★お子様モニター募集
株式会社バンダイ
BANDAI

143

満腹のポーズ。
喜びのポーズ。
各関節がリアルに動きます。サスケは風雲幻城(ふううんまぼろしじょう)の中で、先祖の忍者たちが残したまきものを見つけました。そしてそのまきものを読んで興奮しました。なんとそこにはものすごい忍法が書かれてあったのです。「巨大獣将ファイターの術」。その術により、カクレンジャーたちはそれぞれの獣将の分身を出現させることができるのです。それがこのようなおもちゃになりました。お父さんの手の平ほどのサイズのおもちゃですが、なかなかよくできています。関節が柔らかいというか、全身の関節がリアルにフル可動しますので、自由自在に様々なポーズを楽しむことができ想像力や創造力がどんどん広がっていきます。
★お子様モニター募集
株式会社バンダイ
BANDAI

144

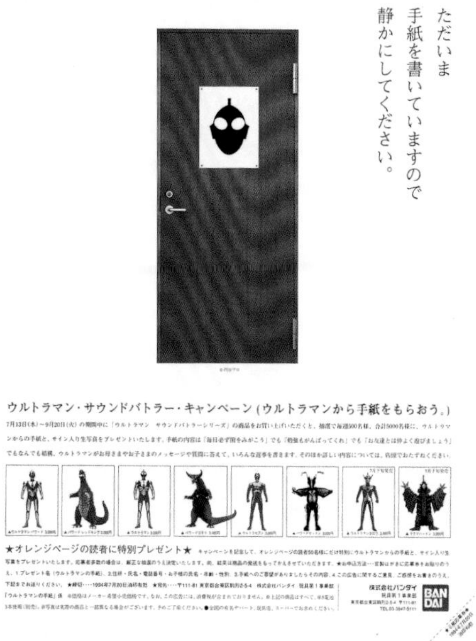
ただいま手紙を書いていますので静かにしてください。
ウルトラマン・サウンドバトラー・キャンペーン(ウルトラマンから手紙をもらおう。)
7月13日(木)~9月20日(火)の期間中に「ウルトラマン サウンドバトラーシリーズ」の商品をお買い上げいただくと、抽選で毎週500名様、合計5000名様に、ウルトラマンからの手紙と、サイン入り生写真をプレゼントいたします。手紙の内容は「毎日必ず歯をみがこう」でも「勉強もがんばってくれ」でも「お友達とは仲よく遊びましょう」でもなんでも結構。ウルトラマンがお母さまやお子さまのメッセージや質問に答えて、いろんな返事を書きます。そのほか詳しい内容については、店頭でおたずねください。
★オレンジページの読者に特別プレゼント★
株式会社バンダイ
BANDAI

145

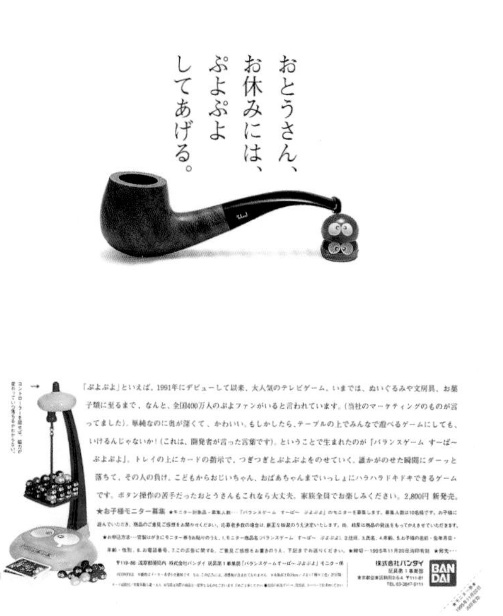
おとうさん、お休みには、ぷよぷよしてあげる。
「ぷよぷよ」といえば、1991年にデビューして以来、大人気のテレビゲーム。いまでは、ぬいぐるみや文房具、お菓子類に至るまで、なんと、全国400万人のぷよファンがいると言われています。(当社のマーケティングのものが言ってました)。単純なのに奥が深くて、かわいい。もしかしたら、テーブルの上でみんなで遊べるゲームにしても、いけるんじゃないか!(これは、開発者が言った言葉です)。ということで生まれたのが「バランスゲーム すーぱ~ぷよぷよ」。トレイの上にカードの指示で、つぎつぎとぷよぷよをのせていく。誰かがのせた瞬間にダーッと落ちて、その人の負け。こどもからおじいちゃん、おばあちゃんまでいっしょにハラハラドキドキできるゲームです。ボタン操作の苦手だったおとうさんもこれなら大丈夫。家族全員でお楽しみください。2,800円 新発売。
★お子様モニター募集
株式会社バンダイ
BANDAI

146

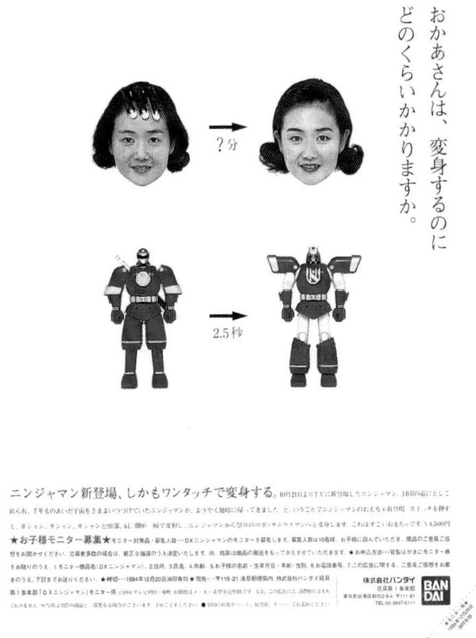
おかあさんは、変身するのにどのくらいかかりますか。
?分
2.5秒
ニンジャマン新登場、しかもワンタッチで変身する。
★お子様モニター募集★
株式会社バンダイ
BANDAI

147

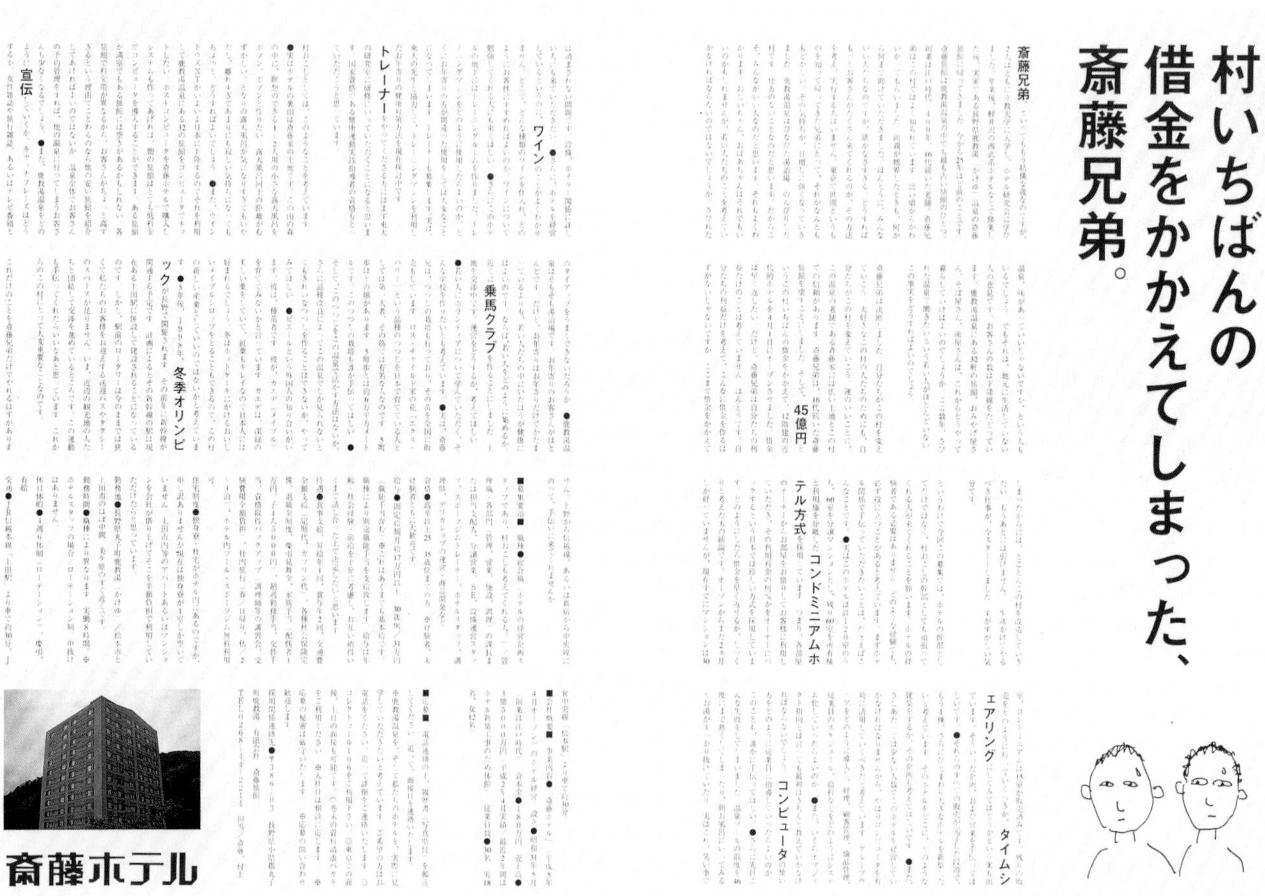

村いちばんの借金をかかえてしまった、斎藤兄弟。

斎藤兄弟

斎藤ホテル

148

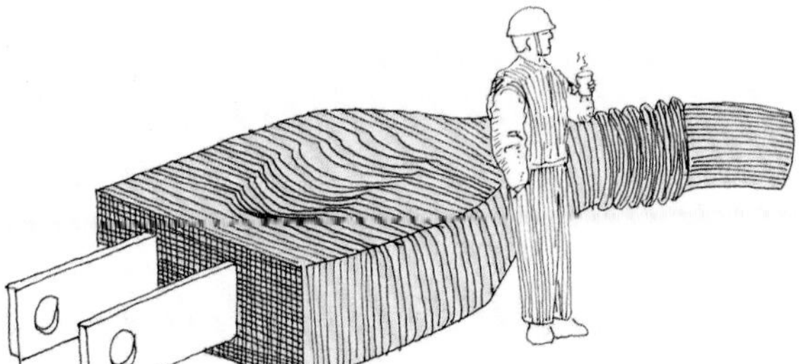

駅の電気工事の現場監督をやってみませんか。
経験者でも、未経験者でもいいと思っています。

私たちはとくに、ＪＲ東日本をはじめとした駅の電気工事を得意としています。これまでＪＲ信濃町駅、大井町駅、新宿駅、渋谷駅、高田馬場駅や、小田急大和駅などの実績があります。いずれも業者が数社入っているうちの1社というのではなく、一括受注です。信濃町駅の受注金額は約1億8000万円ほどで、工事期間は1年ほどでした。多い日は20人ほど少ない日は2～3人の職人さんに協力いただきながら仕事は無事に完了いたしました。大井町駅の場合は受注金額約2億円で、1年半ほどの工事期間でした。現在大きな仕事としては恵比寿駅の改良にともなう電気工事が進行中です。小さなところでは原宿駅の電気室のリニューアルなども行なっています。そうそう、駅の電気工事とひと言で言ってしまいましたが、外の線路のほうではなく、ホームや駅舎などの中のほうを担当しています。高圧線から太いケーブルを引っぱり、変電所を作り、そこから数ヶ所の分電盤へと配線し、そこからさらに細かくホームの電灯や放送設備や自動改札機やシャッターなどへと配線していくのです（実際に工事をするのは協力会社の技術職人の人たちなのですが、私たちは図面を読んで、工事スケジュールや作業に応じた人員計画を立て、協力会社に依頼し、資材・材料を手配し、工事を総合的に指揮監督しています）。実際に仕事をしてみなければ理解できない専門的なこともありますので、現時点であなたが電気に詳しいとか詳しくないとかは気にしないでください。経験者も、未経験者も歓迎しています。14名の社員がいます。いちばん若い社員は18歳で、20代が4名、30代が3名、40代が4名、そして社長と総務部長がともに61歳です。できれば、私たちのこの会社に骨を埋めてくれませんか。ずっと、付き合っていきませんか、ということです。私たちはよく社員旅行にでかけます。昨年は春に1泊で伊豆へ、秋に2泊で鳥取砂丘に行ってきました。北海道も、沖縄にも、金沢にも行きました。毎年2回は旅行を実施しています。一昨年はさらに香港にも行ってカジノなども楽しんできました。2年前には坂口さんという女性の現場監督がいたのですが、彼女が結婚のために退社することになり、彼女の送別会もかねて能登半島に行って紅ずわいがにを食べ放題してきたこともありました。毎年、近所の公園での花見も恒例行事です。2ヶ月に1回ほど焼肉屋さんや小料理屋さんで誕生会も行なっています。社員同士仲良くベタベタしようとかそういうことではなく、普段はそれぞれ別の現場に行って会えないことも多いし、なんていうかやっぱりいい付き合いをしたいじゃないですか。給料は悪くはないと思いますよ。とくに**ボーナスは夏3ヵ月、冬3ヵ月に、さらに決算ボーナスとして11月に3ヵ月の計9ヵ月分をこれまで4年連続して支給しています**。基本給25万円だとすると25×9=225万円ですよ。ただ年末年始はいつも忙しいです。年末になるとやけに深夜の道路工事が増えるじゃないですか。それと同じことなのですが、始発が走りはじめる前の深夜4時頃まで仕事をしなければならない日が12月、1月、2月はあわせて15日くらいあることを覚悟してください。そのかわり夏はヒマになります。年間を通して平均すると、深夜まで仕事をする日は1ヶ月に2～3日ほどです。残業時間は1年間を平均すると1日1時間程度だと思います。ところでもう一度繰り返しますが、経験者でも未経験者でも構いません。電気に詳しいことも大切ですが、それよりもＪＲ東日本さんをはじめとした多くの方とうまく打ち合わせができる方、職人さんの気持ちも考えてうまく指示がだせる方を私たちは歓迎します。昨年11月に五階建ての新しい本社ビルが完成しました。そのビルの電気工事を、昨年未経験で入社した3人に担当してもらい、電気について少しずつ勉強していただきました。

募集要項 職種●電気工事エンジニア（現場監督）　仕事内容●屋内工事全般。※鉄道関連（ＪＲ、各私鉄）をメインに官公庁関連（庁舎：世田谷区役所など、学校：烏山小学校・都立高校など、福祉施設：大原幼稚園・福祉施設など）、民間関連（ビル、マンション）などの変電所設備、照明設備、通信設備の設計・施工の管理。　資格●高卒以上18歳～45歳位迄　※未経験者、女性大歓迎。もちろん経験者は優遇します。※普通免許取得者歓迎（運転手当あり）勤務地●世田谷区経堂　勤務時間●8：30～17：00　給与●固定給制21万5000円以上（住宅手当含む）給与例／未経験入社6年目25歳　年収650万円（月額固定給26万円、住宅・職務手当含む、賞与9ヶ月：決算賞与含む／92年実績）経験者入社3年33歳　年収810万円（月額固定給33万円、住宅・職務手当含む、賞与9ヶ月：決算賞与含む／92年実績）※当社規定により、経験・年齢・前給を考慮の上、優遇いたします。　待遇●昇給年1回、賞与年2回（9ヶ月：決算賞与含む／92年・91年・90年実績）、交通費全額支給、社会保険完備、手当／資格（電気工事施工管理技士／1級3000円・2級2000円、電気事業主任技術者／1種5000円・2種3000円・3種2000円、ＪＲ工事指揮者：これはＪＲ工事での実務経験が5年以上必要な資格です。入社後に取得してください／2000円）・役職（工事長1万円、主任1万5000円、課長代理2万円、課長5万円、次長6万円、部長7万5000円）・運転（50kmにつき5000円）・住宅（全員一律3万5000円）・家族（配偶者1万円、子供3人まで1人につき2000円）・残業・休日出勤、独身寮完備（新築のワンルームです。一般の人にも家賃7万3000円で賃貸しているのですが、そこを社員の方は家賃4万5000円で利用していただくことができます。住宅手当が3万5000円支給されますから本人負担は月々1万円ということです）、資格取得応援制度（講習会へ参加する場合には講習会費用とさらに残業手当の一部を支給します。もちろん受験費用なども会社が負担いたします）、会社負担で特定退職金共済会に加入、社内旅行（年2回）、健康診断（年1回）　休日休暇●第2・4・5土曜日、日曜、祝日、年末年始（7日）、ゴールデンウィーク（8日／創立記念日含む）、夏季（8日）、年次有給（11日）、慶弔　※年間休日115日　**会社概要** 設立●昭和63年3月（大雅電設工業（株）より分社独立いたしました。）資本金●3000万円　従業員数●14名　売上高●10億円（1993年実績）事業内容●変発電設備、配電線、電灯電力設備、通信設備の設計ならびにその施工。主要取引先●ＪＲ東日本（株）、東京都、建設省、法務省、文部省、警視庁、東京消防庁、日本道路公団、世田谷区役所、小田急電鉄（株）、京王電鉄（株）、西武鉄道（株）、その他　**応募方法** 採用関係連絡先まで事前に電話連絡の上、履歴書（写真貼付）をご持参ください。郵送による応募も可。その場合、面接日等の詳細は追って連絡いたします。※面接日・入社日は相談に応じます。※応募の秘密は厳守いたします。　採用関係連絡先●〒156 東京都世田谷区経堂5-35-17　株式会社 雄伸 TEL.03-3425-7251 担当／中川　※交通／小田急線千歳船橋駅下車徒歩8分、小田急線経堂駅下車徒歩10分

株式会社 雄伸

149

150-152
富士影印公司 1996年
Fuji Xerox 1996

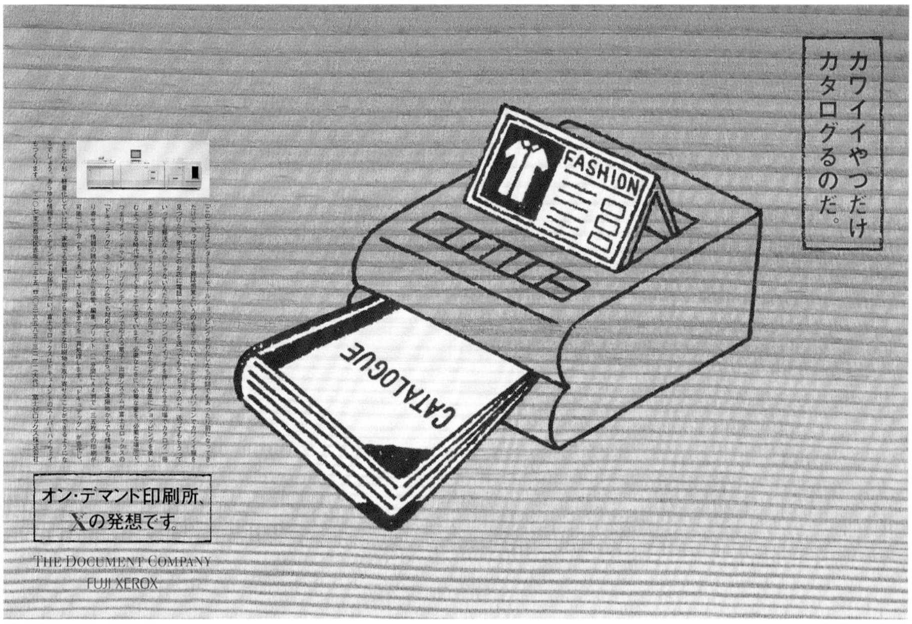
カワイイやつだけ
カタログるのだ。
FASHION
CATALOGUE
オン・デマンド印刷所、
Xの発想です。
THE DOCUMENT COMPANY
FUJI XEROX

150

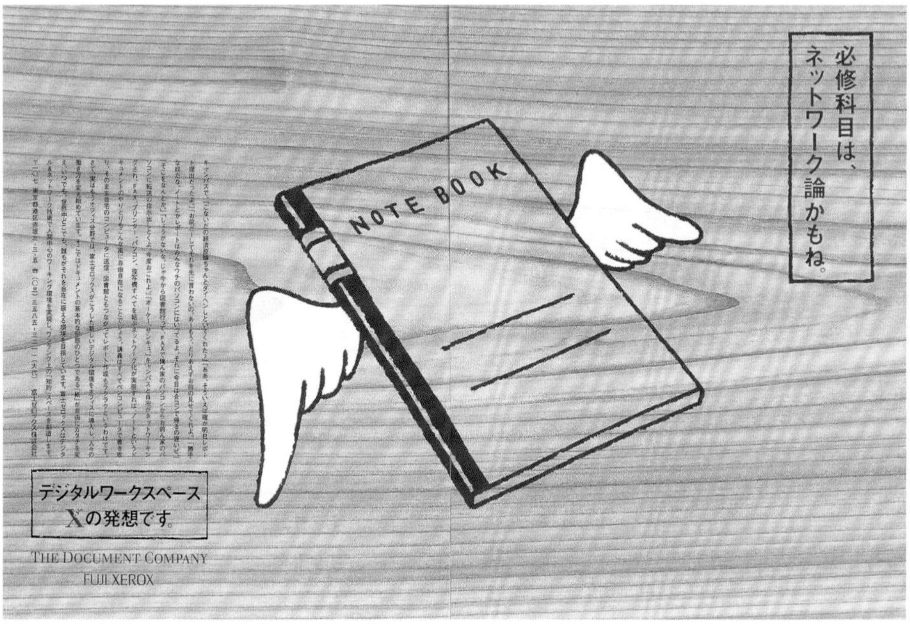
必修科目は、
ネットワーク論かもね。
NOTE BOOK
デジタルワークスペース
Xの発想です。
THE DOCUMENT COMPANY
FUJI XEROX

151

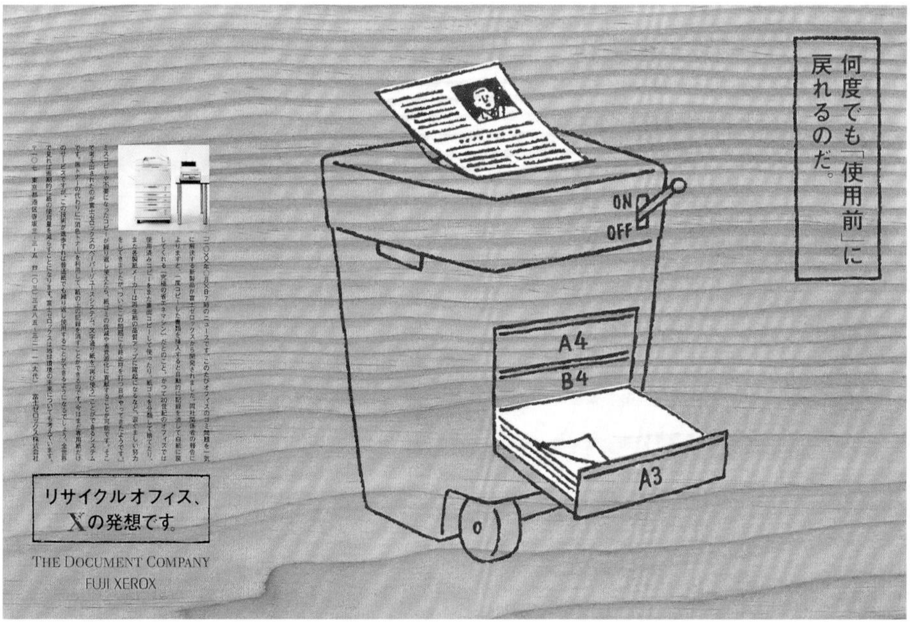
何度でも「使用前」に
戻れるのだ。
ON
OFF
A4
B4
A3
リサイクルオフィス、
Xの発想です。
THE DOCUMENT COMPANY
FUJI XEROX

152

153-155
Acom公司 1996年
Acom 1996

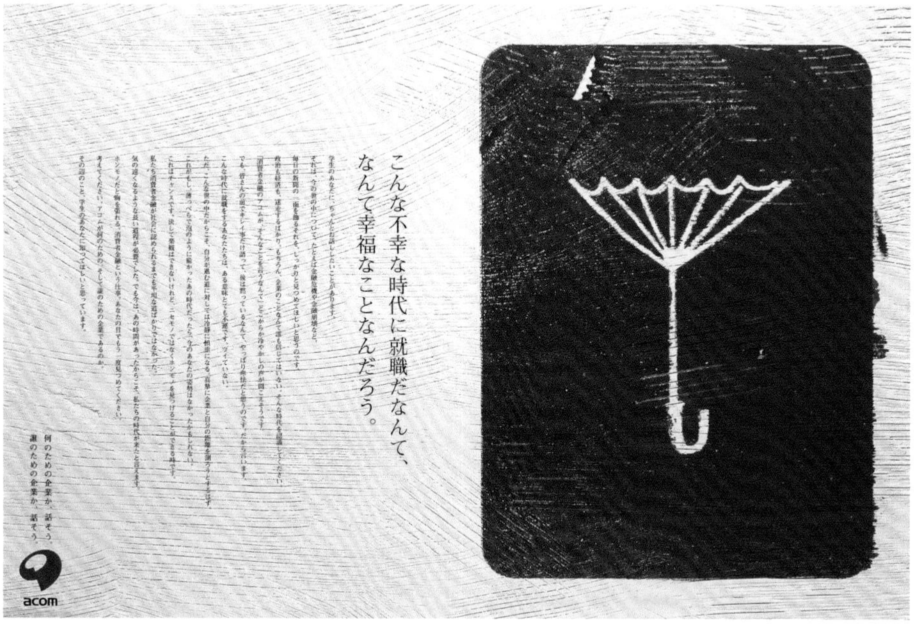
こんな不幸な時代に就職だなんて、
なんて幸福なことなんだろう。
何のための企業か、話そう。
誰のための企業か、話そう。
acom

153

お金を貸し出す仕事は、
お金じゃないものを信じるから、
できる。
何のための企業か、話そう。
誰のための企業か、話そう。
acom

154

ご就職は計画的に。
何のための企業か、話そう。
誰のための企業か、話そう。
acom

155

156-158
日本Amway公司 1994年
Amway Japan 1994

グアテマラやスロベニア、
ホンジュラスの主婦も使っています
Amway

156

980000組の人たちが
このビジネスに
参加してくれました
Amway

157

製品開発にかかわる
科学者の数、400人。
#400
Amway

158

159-161
中信乐器制造公司 1994年
Chushin Musical Instruments
MFG 1994

日本の
（つまり、この国の自動車やビデオだけではなく、世界に負けないギター、完成する）
COBRAN
made in Nippon
CHUSHIN

159

1を取る
（A 1・最上のステージ、NO.1をこれからめざす人々にこのギターを捧げる）
COBRAN
made in Nippon
CHUSHIN

160

春の余韻
（そんな繊細な音もじつは得意です。きめこまかな迫力、日本が作ったエレクトリックギター）
COBRAN
made in Nippon
CHUSHIN

161

162-163
日本电信电话公司
1997年
Nippon Telegraph And
Telephone 1997

NTT
ナンバー1は、
ナンバー2より
がんばれ。
2
3
日本の通信網をしょってます。NTTソフトウェア本部は、こうがんばる。
激変する通信業界、激化する業界内競争。すべての情報通信企業はいま、大きなプレッシャーのただ中にいます。ナンバー1企業NTTも例外ではありません。ナンバー1企業だからこそ、さらに別のプレッシャーがあるともいえます。それは、NTTがさぼれば日本の通信も遅れてしまうぞ、という使命感です。NTTの提供するサービスの大部分は、ソフトウェアが支えています。私たちソフトウェア本部がシステム設計を考えることは、すなわち、通信事業全体をどうデザインしていくかを考えること。企画開発も運用保守も、外部に依存していては、ナンバー1を誇る資格などない。自らの手とアイデアで、トータルにシステムインテグレートすること。それなくして、ユーザー思いのサービスは実現できない。私たちの開発姿勢は、そんな考えに深く根ざしているのです。自らデザインし、自ら決定するプロセスは、社員たちの意見のぶつかりあいを活発にします。これがNTTか、おそらく外部の目から見れば驚くような、激しい討論も日常茶飯事です。私たちNTTソフトウェア本部のエネルギーは、この社員たちの熱気をおいて他にはありません。「21世紀の通信をデザインする責任」。これからもそのすべてを自分たちの手で担っていきます。ナンバー1の名のもとに、日本の通信網をしょって立つ。決意と意志、ここに改めて表明させていただきます。
0120(814)581

162

164-165
综合警备保安公司
1997年
Sogo Security Service
1997

かぞくを、まもる人。
くらしを、まもる人。
●説明会日程
SOK
綜合警備保障株式会社

164

166-167
EDWIN公司 1997年
EDWIN 1997

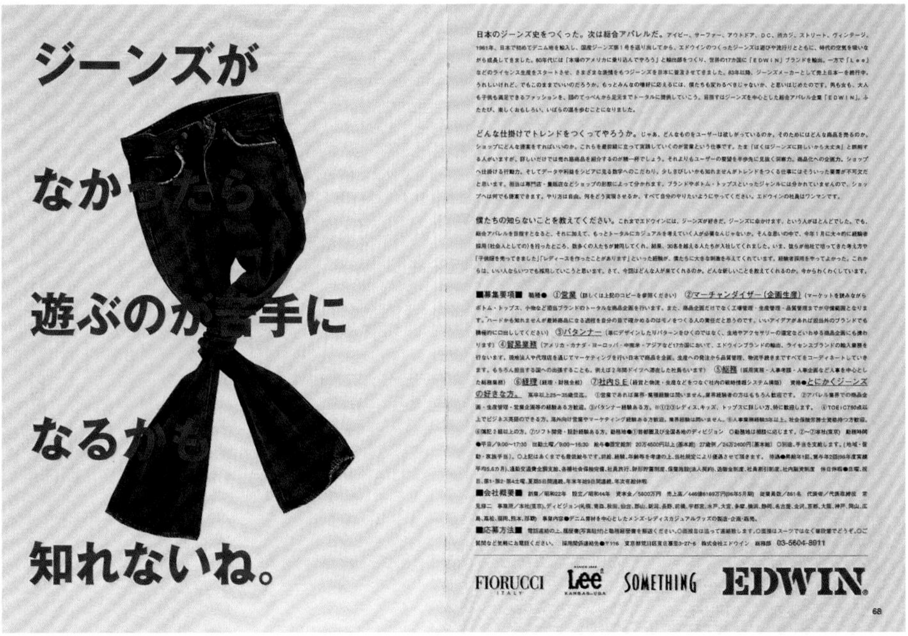

ジーンズが
なか
遊ぶの
手に
なる
知れないね。
日本のジーンズ史をつくった。次は総合アパレルだ。
どんな仕掛けでトレンドをつくってやろうか。
僕たちの知らないことを教えてください。
■募集要項■
■会社概要■
■応募方法■
03-5604-8911
FIORUCCI
Lee
SOMETHING
EDWIN

166

NTT
ひろがるマルチメディア
通いあい、信じあうための知恵。通信のソフトウェアと呼ぶ。
開発テーマの中心には、いつも人間という発信者がいます。
加入電話数は6102万件、ケーブルの全長は、地球33周ぶんにあたる132万km。まさに天文学的スケールのNTT通信ネットワーク。私たちNTTソフトウェア本部は、もはやこれらを一企業のビジネス資産とはとらえていません。アクセスミスも、通信データの不良もおこさない。そんな信頼感こそが、高度通信社会ニホンにおけるいちばんの社会資本なのだ、ととらえています。顔をあわさなくとも、心があわさるコミュニケーションってなんだろう。もっと通いあい、もっと信じあえるために、ソフトウェアにできることってなんだろう。それを考え実現することが、私たちの使命なのです。日本列島をすきまなく結ぶ通信ノード、それを監視、制御するオペレーション。膨大な顧客情報とNTTのビジネス情報を、有機的につむぎあわせる情報システム。そして、キャッチホン・フリーダイヤル・テレコングなどの各種サービス。これらはすべて、ソフトウェアによって支えられています。私たちがシステムをインテグレートするということは、すなわち、21世紀の通信のあり方そのものをデザインするということに他なりません。もうそこまできている通信のマルチメディア化。私たちはそれを、人間という発信者にいちばん近い視点からナビゲートしていきます。NTTソフトウェア本部のめざす先には、いつも人間という発信者がいます。
NTTソフトウェア本部

163

ぶんかを、まもる人。
ぶんかざいを、まもる人。
●説明会日程
SOK
綜合警備保障株式会社

165

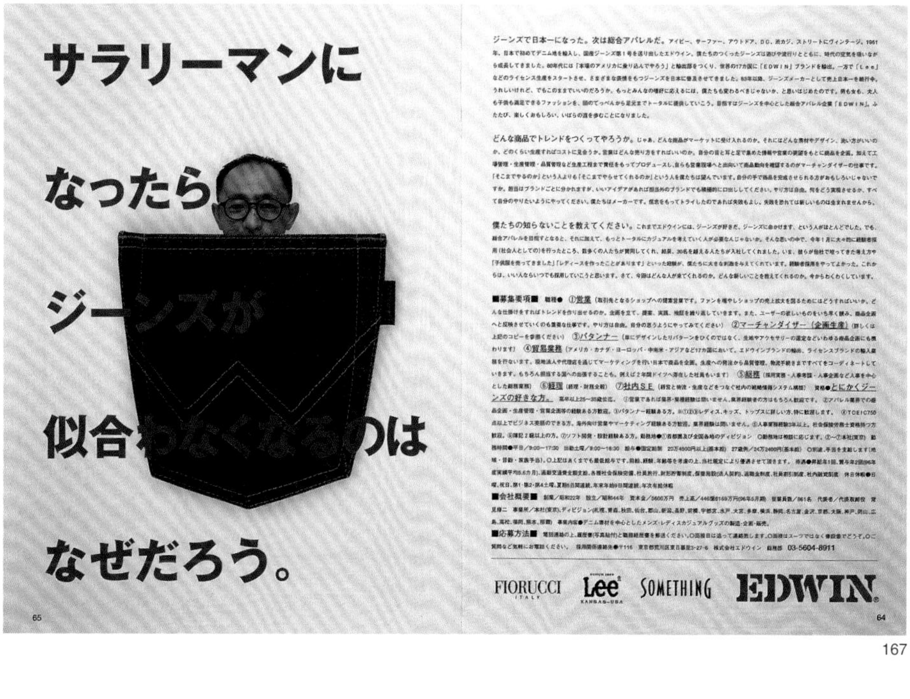

サラリーマンになったらジーンズが似合わなくなるのはなぜだろう。
ジーンズで日本一になった。次は総合アパレルだ。
どんな商品でトレンドをつくってやろうか。
僕たちの知らないことを教えてください。
■募集要項■
■会社概要■
■応募方法■
FIORUCCI
Lee
SOMETHING
EDWIN
65
64

167

168-173
Recruit人才交流中心
1997年
Recruit Jinnzai
Center
1997

あなたがいま辞めたい会社は、
あなたが入りたかった会社です。
●ご利用方法は、前ページをご覧ください。
正社員の転職バンク
リクルート人材センター
インターネットホームページ http://www.rjc.co.jp

168

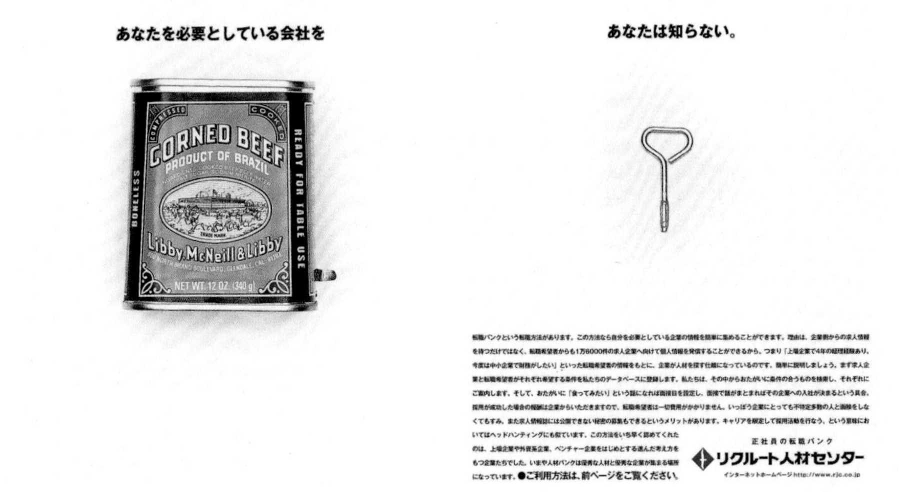
あなたを必要としている会社を
CORNED BEEF
PRODUCT OF BRAZIL
Libby, McNeill & Libby
NET WT. 12 OZ (340 g)
BONELESS
READY FOR TABLE USE
あなたは知らない。
●ご利用方法は、前ページをご覧ください。
正社員の転職バンク
リクルート人材センター
インターネットホームページ http://www.rjc.co.jp

169

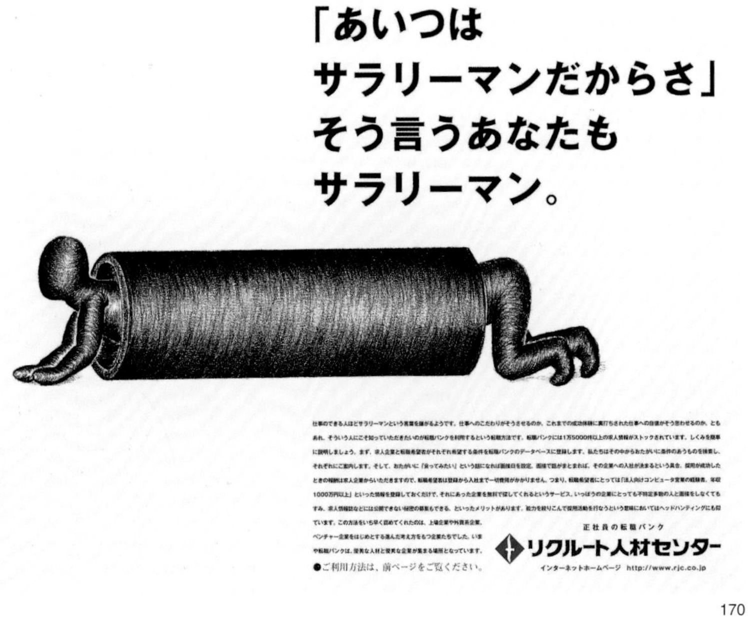
「あいつは
サラリーマンだからさ」
そう言うあなたも
サラリーマン。
●ご利用方法は、前ページをご覧ください。
正社員の転職バンク
リクルート人材センター
インターネットホームページ http://www.rjc.co.jp

170

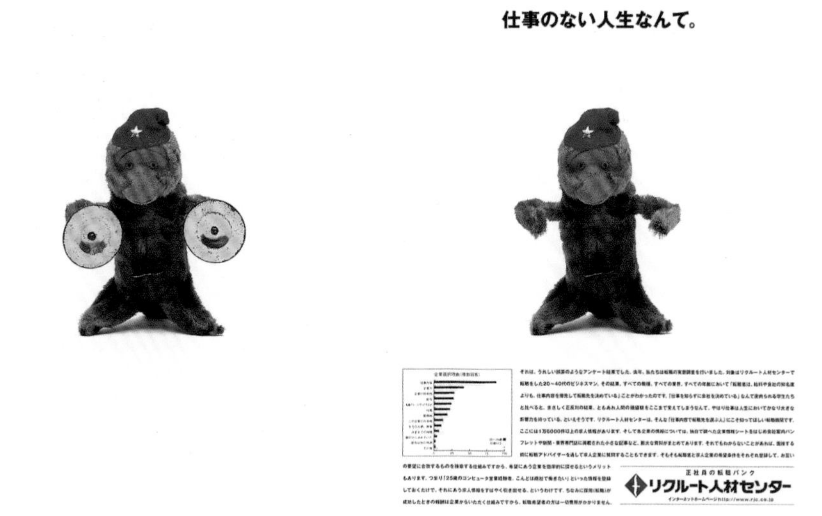
仕事のない人生なんて。
正社員の転職バンク
リクルート人材センター

171

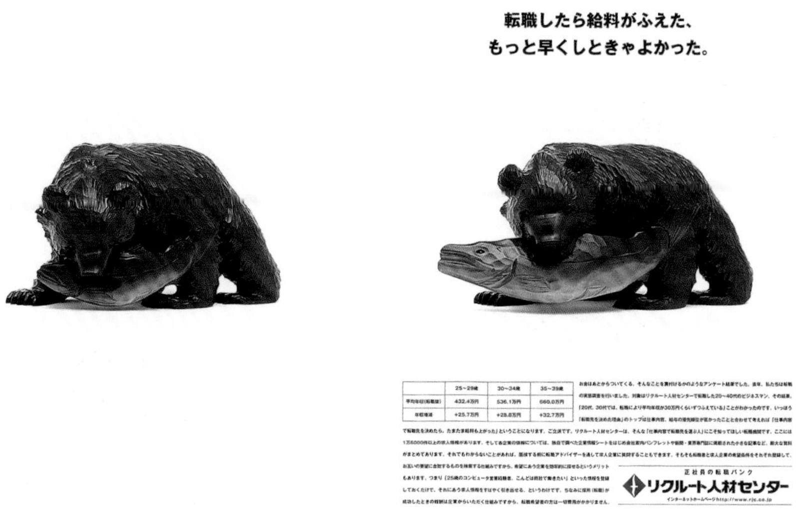
転職したら給料がふえた、
もっと早くしときゃよかった。
正社員の転職バンク
リクルート人材センター

172

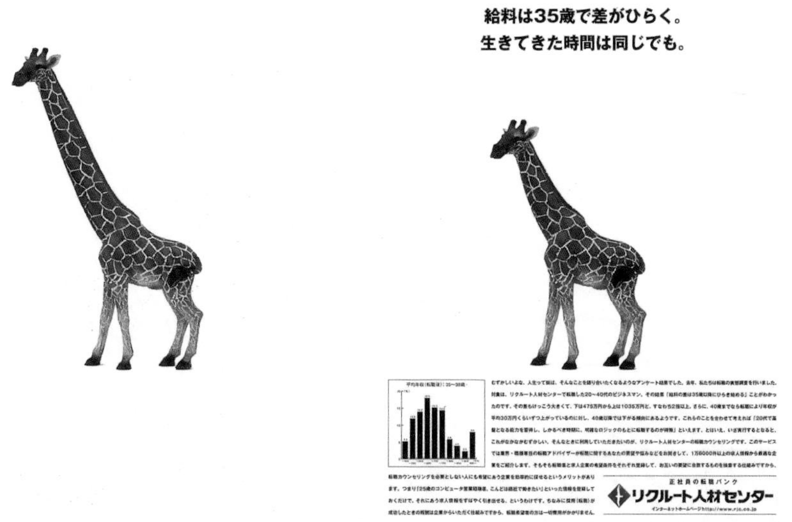
給料は35歳で差がひらく。
生きてきた時間は同じでも。
正社員の転職バンク
リクルート人材センター

173

174-176
综合警备保安公司 1997
Sogo Security Service 1997

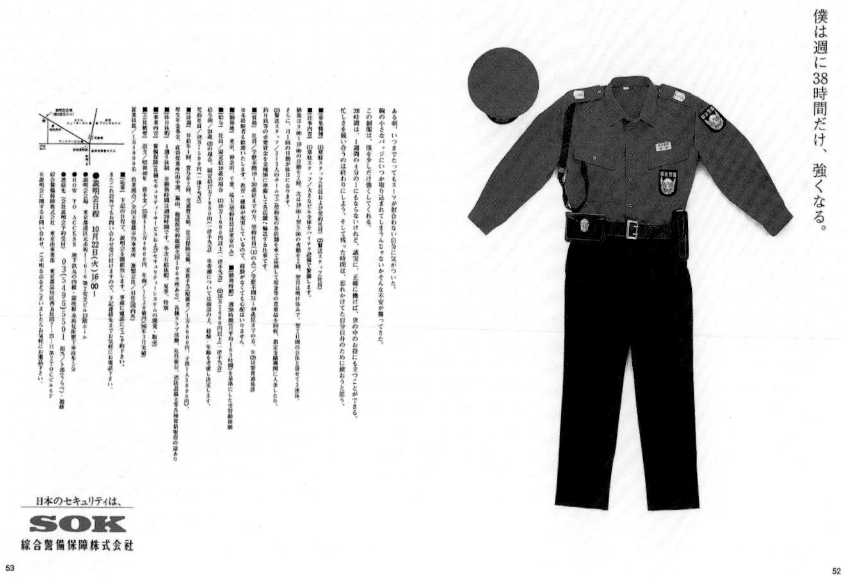

僕は週に38時間だけ、強くなる。
日本のセキュリティは、
SOK
綜合警備保障株式会社

174

宇宙警備隊に入りたかったみなさん、
街の平和を守る警備隊があります。
日本のセキュリティは、
SOK
綜合警備保障株式会社

175

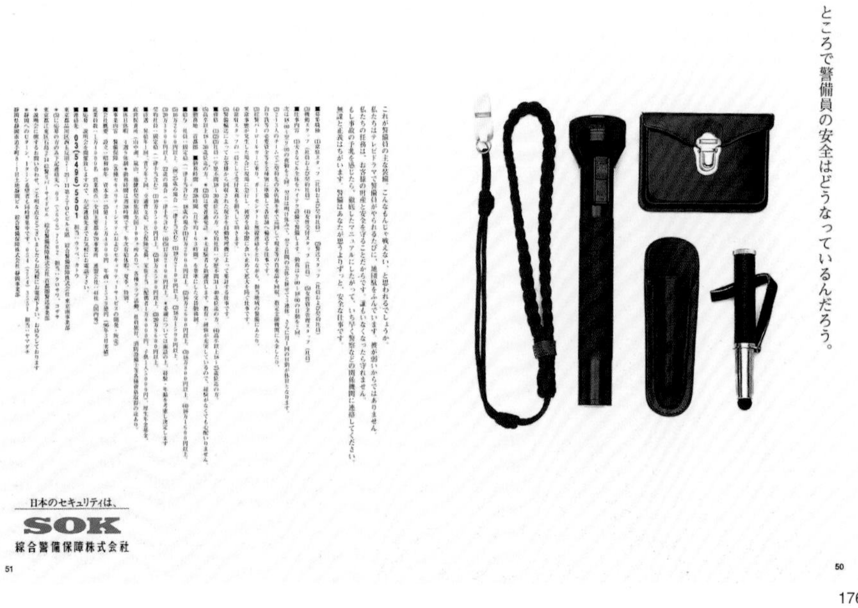

ところで警備員の安全はどうなっているんだろう。
日本のセキュリティは、
SOK
綜合警備保障株式会社

176

あなたの人間の幅はどのくらいですか。
募集要項
会社概要
HRD(人材開発)関連部門概要
応募方法
応募関係連絡先
TEL.0120-234-032
RECRUIT

177

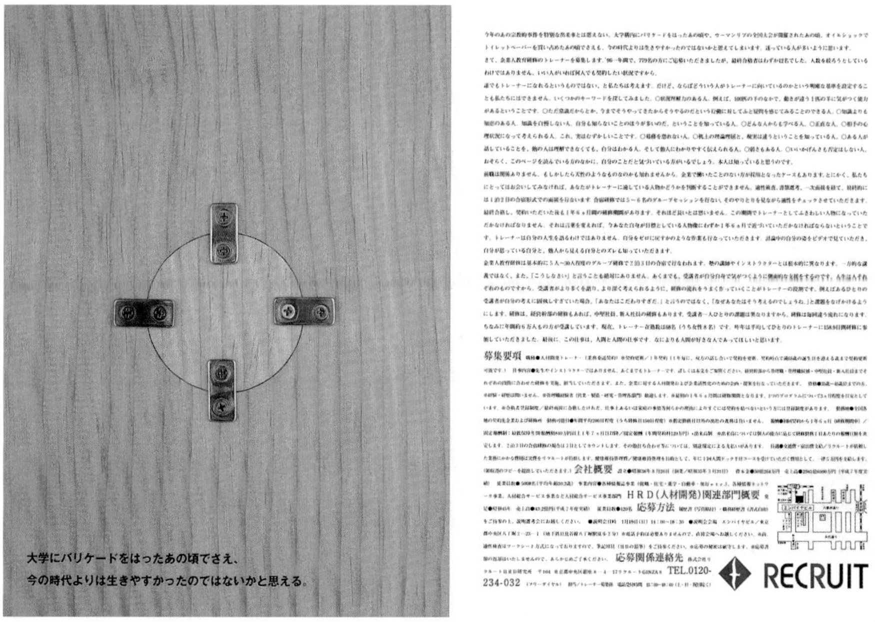
大学にバリケードをはったあの頃でさえ、
今の時代よりは生きやすかったのではないかと思える。
募集要項
会社概要
HRD(人材開発)関連部門概要
応募方法
応募関係連絡先
TEL.0120-234-032
RECRUIT

178

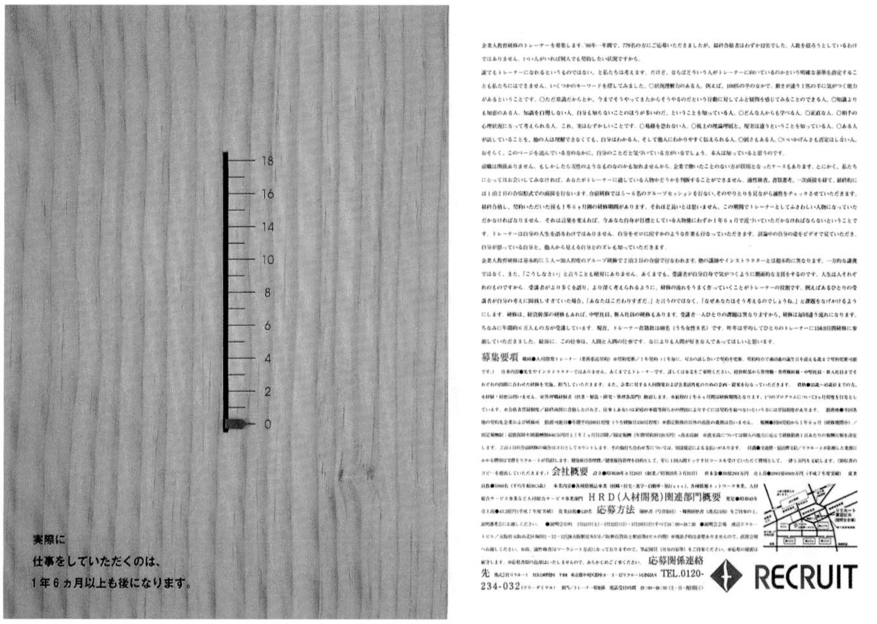
18
16
14
10
8
6
4
2
0
実際に
仕事をしていただくのは、
1年6ヵ月以上も後になります。
募集要項
会社概要
HRD(人材開発)関連部門概要
応募方法
応募関係連絡先
TEL.0120-234-032
RECRUIT

179

180-181
Serute 1998

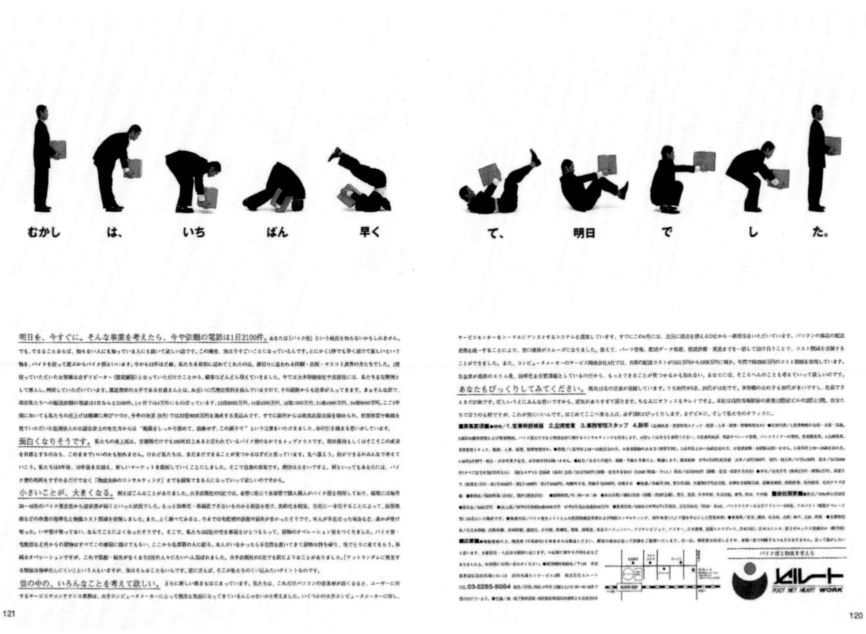
むかし は、 いち ばん 早く て、 明日 で し た。
明日を、今すぐに。

180

182-183
ASTEL 1997

ないもの、をつくってください。
ASTEL

182

184-185
JTSS网络服务中心
1999年
JTSS 1999

満足できないのは、成長できる証拠です。
世界有数のERPプロジェクトが、あなたを待っています。
株式会社 ジェイティ ソフト サービス
JTSS

184

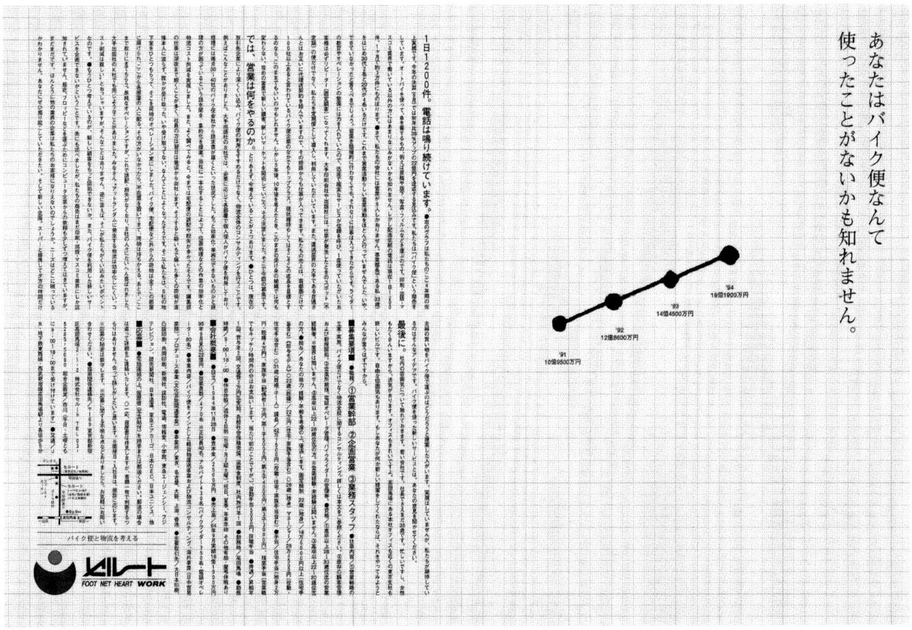
あなたはバイク便なんて使ったことがないかも知れません。
'91 10億9500万円
'92 12億8600万円
'93 14億4500万円
'94 19億1900万円
1日1200件。電話は鳴り続けています。
では、営業は何をやるのか。
最後に、
バイク便と物流を考える
FOOT NET HEART WORK

181

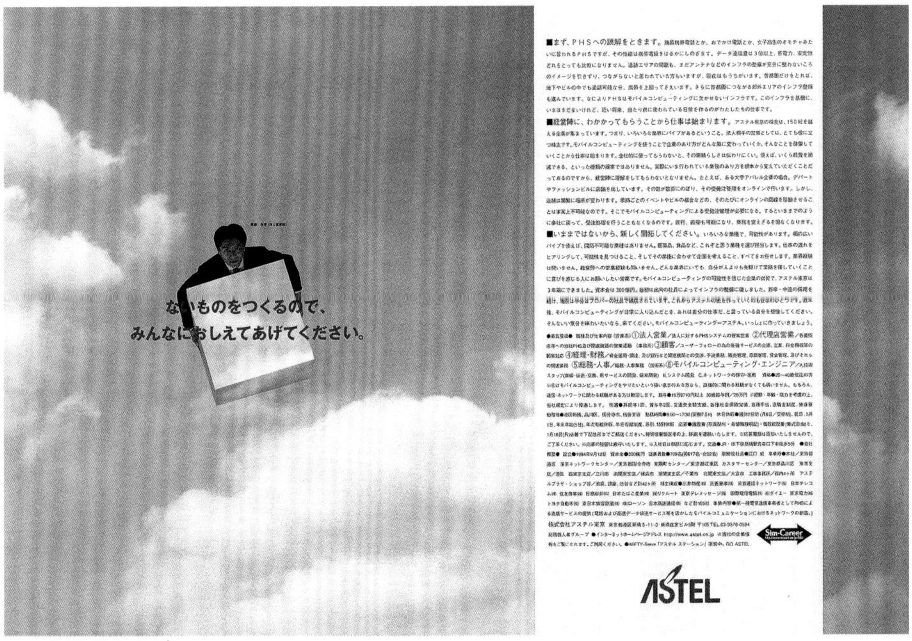
ないものをつくるので、
みんなにおしえてあげてください。
■まず、PHSへの誤解をときます。
■経営陣に、わかかってもらうことから仕事は始まります。
■いままではないから、新しく開拓してください。
①法人営業
②代理店営業
③顧客
④経理・財務
⑤総務・人事
⑥モバイルコンピューティング・エンジニア
株式会社アステル東京
Sim-Career
ASTEL

183

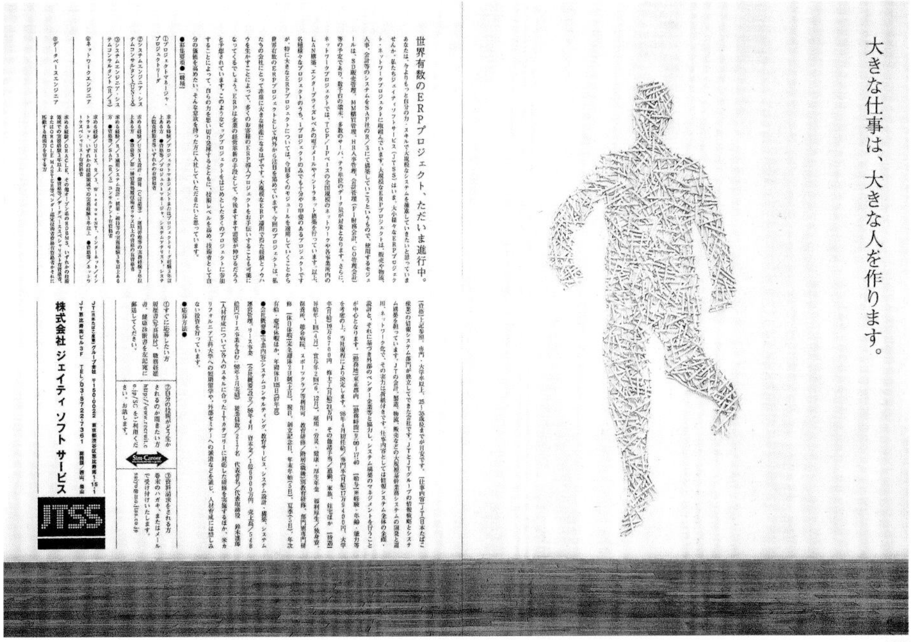
大きな仕事は、大きな人を作ります。
世界有数のERPプロジェクト、ただいま進行中。
●募集要項●
●会社概要●
●応募方法●
Sim-Career
株式会社 ジェイティ ソフト サービス
JTSS

185

186-191
Tenpstaff 1998

正社員と同じ。
正社員と違う。
どっちも困る。
急に残業ですか？そのことについては代理人《エージェント》を通してください。
私の敏腕《親身だね。うれしいね。》エージェント。テンプスタッフ
●くわしいお仕事情報はモノクロの派遣ページに載っています。／テンプスタッフ株式会社 フリーダイヤル 0120-106-102

186

入社は
断固として
拒否します。
社員旅行へですか？ そのことについては代理人《エージェント》を通してください。
私の敏腕《親身だね。うれしいね。》エージェント。テンプスタッフ
●くわしいお仕事情報はモノクロの派遣ページに載っています。／テンプスタッフ株式会社 フリーダイヤル 0120-106-102

187

お金のために　働いています。
これ以上は私の時間です。そのことについては代理店エージェントを通してください。
私の敏腕《親身だね。うれしいね。》エージェント。テンプスタッフ
●くわしいお仕事情報はモノクロの派遣ページに載っています。／テンプスタッフ株式会社 フリーダイヤル 0120-106-102

188

お金のために会社にいる。
お金のために仕事をする。
同じじゃなかった。

私の敏腕《親身だね。うれしいね。》エージェント。テンプスタッフ

189

働きたくないので、
働くことにしました。

私の敏腕《親身だね。うれしいね。》エージェント。テンプスタッフ

190

やりたいことも
やらされることも、
仕事と呼びます。

私の敏腕《親身だね。うれしいね。》エージェント。テンプスタッフ

191

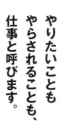

192-194
Acom 1998

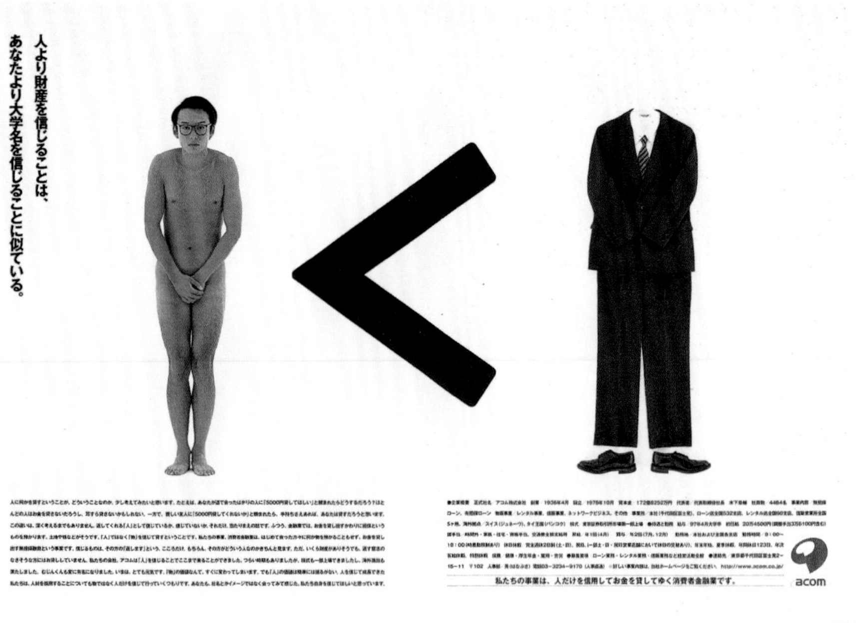

人より財産を信じることは、
あなたより大学名を信じることに似ている。
私たちの事業は、人だけを信用してお金を貸してゆく消費者金融業です。
acom

192

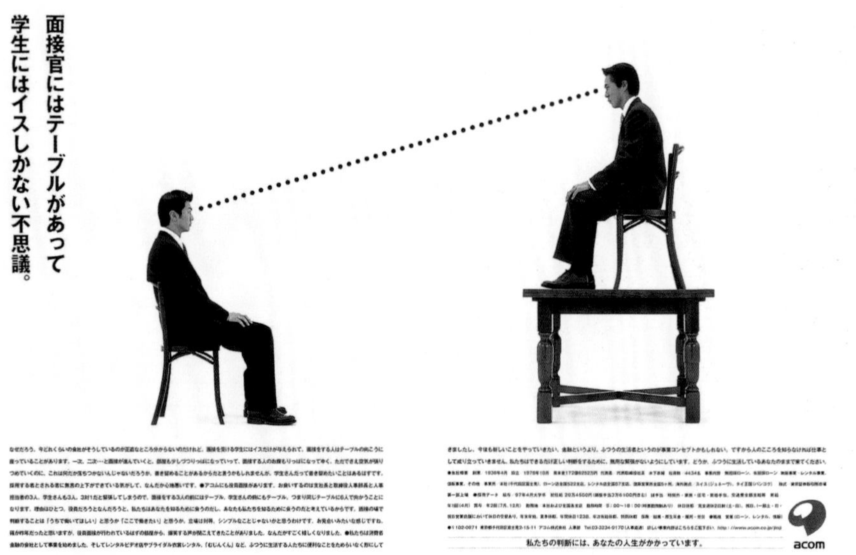

面接官にはテーブルがあって
学生にはイスしかない不思議。
私たちの判断には、あなたの人生がかかっています。
acom

193

先輩だと思って話していたら、
面接だったりする恐怖。
私たちの判断には、あなたの人生がかかっています。
acom

194

195-197
日本新空气 1998年
Air Liquide Japan 1998

精子の数が、減っている。
…空気を資源にした会社…
AIR LIQUIDE

195

気体に、胸がふくらんでいる。
…空気を資源にした会社…
AIR LIQUIDE

196

命が、保存されている。
…空気を資源にした会社…
AIR LIQUIDE

197

198-200
Ricruit人才交流中心
1998年
Ricruit Jinzai Center
1998

あなたが紹介したその人は、
社史に名を残す人かも知れない。
企業に人を紹介する仕事です。
4年で4倍の求人件数。人材ビジネスに火がつきました。
一歩前に出て、新しい扉を開けてください。
リクルート人材センター

198

サラリーマン、
直訳すると
給料人間。
仕事のできる人ほどサラリーマンという言葉を嫌がるようです。
仕事へのこだわりがそうさせるのか、これまでの成功体験に裏打ちされた仕事への自信がそう思わせるのか。
ともあれ、そういう人にこそ知っていただきたいのが転職バンクを利用するという転職方法です。
転職バンクには1万5000件以上の求人情報がストックされています。
しくみを簡単に説明しましょう。まず、求人企業と転職希望者がそれぞれ希望する条件を転職バンクのデータベースに登録します。
私たちはその中からおたがいに条件のあうものを検索し、それぞれにご案内します。
そして、おたがいに「会ってみたい」という話になれば面接日を設定。
面接で話がまとまれば、その企業への入社が決まるという具合。
採用が成功したときの報酬は求人企業からいただきますので、転職希望者は登録から入社まで一切費用がかかりません。
つまり、転職希望者にとっては「法人向けコンピュータ営業の経験者。年収○○○万円以上」といった情報を登録しておくだけで、
それにあった企業を無料で探してくれるというサービス。
いっぽうの企業にとっても不特定多数の人と面接をしなくてもすみ、
求人情報誌などには公開できない秘密の募集もできる、といったメリットがあります。
能力を絞りこんで採用活動を行なうという意味においてはヘッドハンティングにも似ています。
この方法をいち早く認めてくれたのは、上場企業や外資系企業、
ベンチャー企業をはじめとする進んだ考え方をもつ企業たちでした。
いまや転職バンクは、優秀な人材と優秀な企業が集まる場所となっています。
●ご利用方法は、前ページをご覧ください。
正社員の転職バンク
リクルート人材センター
インターネットホームページ http://www.rjc.co.jp

199

サラリーマンは日本の資源です。
リクルート人材センター

天然資源に
乏しい国を
人材資源が
豊かにしました。

200

201-206
Career Staff 1998

残業できないカラダでも、仕事はあなたを待っている。
0120-33-1737
Work
Study
Enjoy
Career Staff
キャリアスタッフ

201

アホな上司にサヨナラしても、仕事はあなたを待っている。
0120-33-1737
http://www.career-staff.co.jp
Work
Study
Enjoy
Career Staff
キャリアスタッフ

204

会社員をやめたとしても、仕事はあなたを待っている。
0120-33-1737
http://www.career-staff.co.jp
Work
Study
Enjoy
Career Staff
キャリアスタッフ

202

結婚しても、何回しても、仕事はあなたを待っている。
0120-33-1737
http://www.career-staff.co.jp
Work
Study
Enjoy
Career Staff
キャリアスタッフ

205

どんな恋をしていても、仕事はあなたを待っている。
0120-33-1737
http://www.career-staff.co.jp
Work
Study
Enjoy
Career Staff
キャリアスタッフ

203

転職回数にかかわらず、仕事はあなたを待っている。
0120-33-1737
http://www.career-staff.co.jp
Work
Study
Enjoy
Career Staff
キャリアスタッフ

206

207

国际生命保险公司 1996年

Nationale-Nederlanden Life Insurance 1996

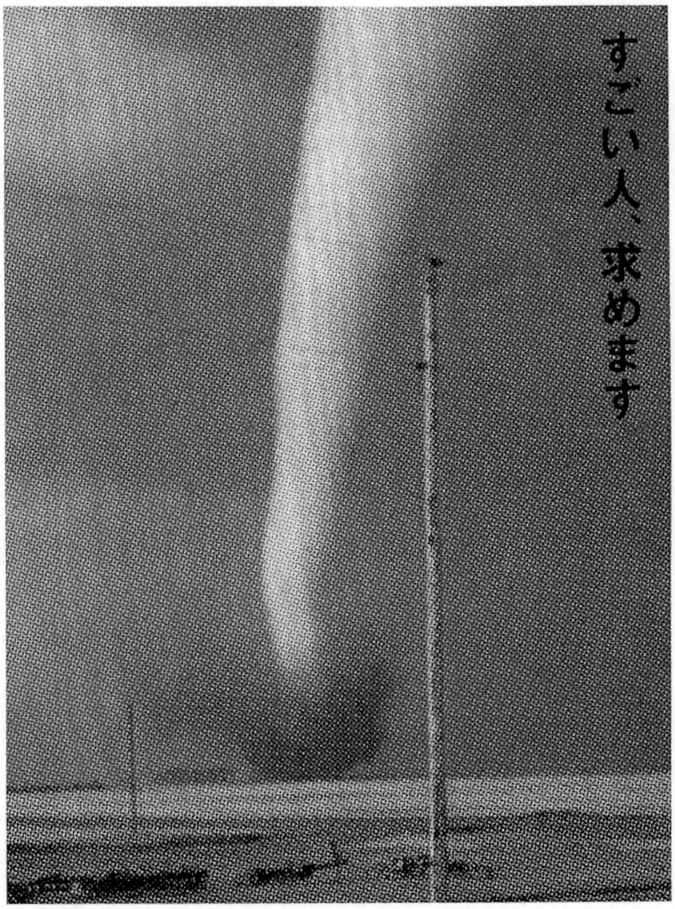

あなたなら、できるはずだ。

来年1月、私たちナショナーレ・ネーデルランデン生命保険は、日本において直販ビジネスを開始します。ビジネスのベースとなるのは、新しく設置する東京地区12拠点(2支社・10営業所)。これらすべての拠点長を公募します。入社後はまず2ヵ月間の社内研修を受け、続く2ヵ月間に実際の営業を体験し、更にマネジメント研修を経て拠点長として配属。同時に直販営業社員をはじめとするスタッフの採用を開始し、各拠点を自らの手で立ち上げていただきます。

日本の生命保険業界を変えるのは自分たちだ。1986年、私たちのオフィスはそんな熱気に溢れていました。その年、私たちは日本での本格的な活動をするにあたって、今回と同じように社員を公募。様々な業界から入社した人間たちによって、毎日のように議論が繰り返されていたのです。やがて、その議論の中から様々な発想が生まれ、かたちになっていきました。まず商品面では、中小企業経営者を対象とする「ステディ」を開発し、91年に発売しました。この商品は中小企業にとって経営者の健康は経営に直結するという考え方から、経営存続のリスクヘッジ商品として企画されたもの。保障面でも、毎月毎年の支払保険料は一定ながら保障額が年々拡大していくといった従来の商品にはなかった特徴が盛り込まれています。「ステディ」は発売初年度の新契約において250%の伸びを記録、翌年はさらに50%アップ、いまでは保険料収入の7割を占める主力商品に育っています。営業面では、欧米型の代理店販売方式によるマーケティング手法を導入しました。公認会計士・税理士チャネル、損保代理店チャネル、商社系等機関代理店チャネルの3系統で代理店を開拓。その数は、現在4461店(8月現在)にものぼります。中でも特に力を入れたのが、全代理店の約4割を占める公認会計士・税理士チャネル。生命保険だけでなく金融商品全般にわたるファイナンシャル・プランニングができるというのが、その理由です。これらはすべてビジネスの基本である顧客ニーズを第一に考えた商品やサービスですが、もし私たちが業界の慣習や固定観念にとらわれていたら生まれてこなかったに違いありません。つまり、生命保険を特殊ではなく普通のビジネスとして考えたこと。そこに、過去5年間で収入保険料を10倍にできた最大の要因があると、私たちは確信しています。

今回立ち上げる直販ビジネスは、これまでの経験と実績をもとに対象を一般顧客にまで広げていこうという新規事業です。日本の生命保険業界を取り巻く環境は、いま大きく変化しようとしています。しかし、日本の生命保険会社は縁故関係や情緒的な接客手法に依存する体質から抜け切っておらず、また外資系生命保険会社も日本流を否定するだけにとどまっているように思えます。私たちはそのいずれとも異なる生命保険のあり方を創出し、日本市場に提起していきたい。あなたなら、それができるはずだ。

日本の生命保険を変える12人。オープン公募。

【募集要項】 職種●新設営業組織リーダー12名(営業支社長及び営業所長) 仕事内容●新たに立ち上げる営業組織の管理職として、支社及び営業所の経営全般、直販営業社員のリクルーティング・育成・サポートなど。新しい部門ですので決められたやり方や前例は社内にありません。今までの経験を活かしてあなたのやり方でやってください。 資格●大卒以上30歳～45歳位までの営業経験のある方、業界不問。○前職において平均以上の実績を有する方。○マネージメント経験のある方、特に歓迎いたします。 勤務地●東京都内 ※入社後半年間は研修期間として本社(千代田区紀尾井町)勤務。 勤務時間●9:00～17:00 給与●(入社後24ヶ月)保証給制 年俸制600万～1200万円 ※以後は固定給+業績給制に変わります。○あなたの今までの経験や能力などを考慮しできる限り優遇します。じっくり話し合って決めましょう。 待遇●交通費全額支給、各種社会保険完備、慶弔見舞金(結婚祝い金10万円など)、財形貯蓄制度、代用社宅制度、各種研修制度、社員旅行、社内イベント(クリスマスパーティー他)、英会話教室、クラブ活動(野球・テニスなど)、会員制リゾートクラブ、会員制スポーツクラブ、社員保険料補助制度、自己啓発・資格取得補助制度、各種研修制度 休日休暇●完全週休2日制(土日)、祝日 年末年始・夏季休暇 ○年間休日122日 有給(初年度10日、最高20日)・慶弔・特別休暇

【会社概要】 ○私たちナショナーレ・ネーデルランデン生命保険は、1985年10月、総合金融企業グループ"インターナショナーレ・ネーデルランデン・グループ"(INGグループ)の一員であるナショナーレ・ネーデルランデン生命保険会社NVの日本支店として活動を開始。その後、順調に業績を伸ばし、94年には目標より1年早く累積黒字目標を達成。そして、今年1月、日本法人として新たなスタートを切りました。これからも、夢と愛にあふれる新しいかたちの生命保険をつくりだし、全ての日本のお客様にご提供してまいります。

日本法人設立●1995年1月(日本支店開設1985年10月) 代表取締役●千葉 信 従業員数●366名 収入保険料●497億円 純利益51億円(94年3月実績 ※INGグループ会計方式による) 事業所●本社/東京 支社/札幌、仙台、東京北、東京西、東京東、大宮、千葉、横浜、名古屋、大阪第1、大阪第2、神戸、広島、岡山、福岡、大分 営業所/盛岡、金沢、松本、静岡、岐阜、鹿児島 事業内容●生命保険業

INGグループ概要 ●総資産/3373億円オランダギルダー(約24兆円:1ギルダー約61円:95年10月現在) ※95年フォーチューン誌世界企業ランキング(複合金融部門)第1位 ※世界47カ国にグループ企業 INGグループ本社/オランダ・ギンズハーグ

【採用関係連絡先】 〒102 東京都千代田区紀尾井町4-1 ニューオータニガーデンコート26階 ℡03-5210-0533(℡受付17:00～19:30) LP営業推進部B係

【応募方法】 右記採用関係連絡先まで、履歴書(写真貼付)及び職務経歴書 営業及び管理上の成功体験書(書式自由)をご郵送ください。書類選考の上追ってこちらからご連絡させていただきます。第一次応募締切日/11月17日(金)必着 ○問い合わせ歓迎します。どのようなことでも構いません。お気軽にお電話ください。 ○入社日は相談に応じます。

ING GROUP ナショーナーレ・ネーデルランデン生命保険株式会社

安心にもクオリティがあります

ナショナル・ライフ保険

207

208
Yuko 1996

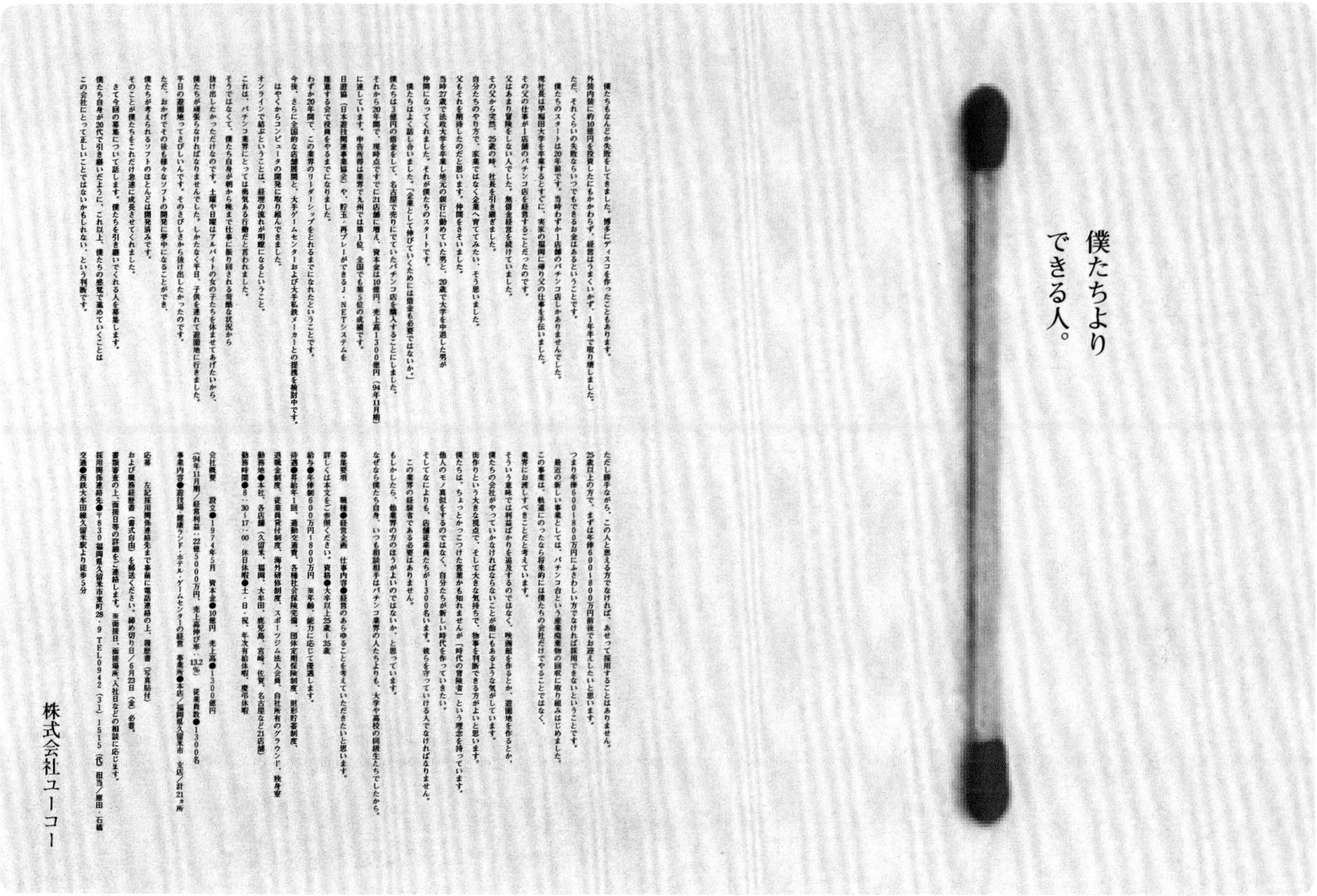
僕たちより
できる人。
僕たちもなんどか失敗をしてきました。博多にディスコを作ったこともあります。
外装内装に約10億円を投資したにもかかわらず、経営はうまくいかず、1年半で取り壊しました。
ただ、それくらいの失敗ならいつでもできるお金はあるということです。
僕たちのスタートは20年前です。当時わずか1店舗のパチンコ店しかありませんでした。
現社長は早稲田大学を卒業するとすぐに、実家の福岡に帰り父の仕事を手伝いました。
その父の仕事が1店舗のパチンコ店を経営することだったのです。
父はあまり冒険をしない人でした。無借金経営を続けていました。
その父から突然、25歳の時、社長を引き継ぎました。
自分たちのやり方で、家業ではなく企業へ育ててみたい、そう思いました。
父もそれを期待したのだと思います。仲間をさそいました。
当時27歳で法政大学を卒業し地元の銀行に勤めていた男と、20歳で大学を中退した男が
仲間になってくれました。それが僕たちのスタートです。
僕たちはよく話し合いました。「企業として伸びていくためには借金も必要ではないか。」
僕たちは3億円の借金をして、名古屋で売りにでていたパチンコ店を購入することにしました。
それから20年間で、現時点ですでに21店舗に増え、資本金は10億円、売上高1300億円（94年11月期）
に達しています。申告所得は業界で九州では第1位、全国でも第5位の成績です。
日遊協（日本遊技関連事業協会）や、貯玉・再プレーができるJ・NETシステムを
推進する会で役員をやるまでになりました。
わずか20年間で、この業界のリーダーシップをとれるまでになれたということです。
今後、さらに全国的な店舗展開と、大手ゲームセンターおよび大手私鉄メーカーとの提携を検討中です。
はやくからコンピュータの開発に取り組んできました。
オンラインで結ぶということは、経理の流れが明瞭になるということ。
これは、パチンコ業界にとっては勇気ある行動だと言われました。
そうではなくて、僕たち自身が朝から晩まで仕事に振り回される苛酷な状況から
抜け出したかっただけなのです。土曜や日曜はアルバイトの女の子たちを休ませてあげたいから、
僕たちが頑張らなければなりませんでした。しかたなく平日、子供を連れて遊園地に行きました。
平日の遊園地ってさびしいんです。そのさびしさから抜け出したかったのです。
ただ、おかげでその後も様々なソフトの開発に夢中になることができ、
僕たちが考えられるソフトのほとんどは開発済みです。
そのことが僕たちをこれだけ急速に成長させてくれました。
さて今回の募集について話します。僕たちを引き継いでくれる人を募集します。
僕たち自身が20代で引き継いだように、これ以上、僕たちの感覚で進めていくことは
この会社にとって正しいことではないかもしれない、という判断です。
ただし勝手ながら、この人と思える方でなければ、あせって採用することはありません。
25歳以上の方で、まずは年俸600～800万円前後でお迎えしたいと思います。
つまり年俸600～800万円にふさわしい方でなければ採用できないということです。
最近の新しい事業としては、パチンコ台という産業廃棄物の回収に取り組みはじめました。
この事業は、軌道にのったなら将来的には僕たちの会社だけでやることではなく、
業界にお渡しすべきことだと考えています。
そういう意味では利益ばかりを追及するのではなく、映画館を作るとか、遊園地を作るとか、
僕たちの会社がやっていかなければならないことが他にもあるような気がしています。
街作りという大きな視点で、そして大きな気持ちで、物事を判断できる方がよいと思います。
僕たちは、ちょっとかっこつけた言葉かも知れませんが「時代の冒険者」という理念を持っています。
他人のモノ真似をするのではなく、自分たちが新しい時代を作っていきたい。
そしてなによりも、店舗従業員たちが1300名います。彼らを守っていける人でなければなりません。
この業界の経験者である必要はありません。
もしかしたら、他業界の方のほうがよいのではないか、と思っています。
なぜなら僕たち自身、いつも相談相手はパチンコ業界の人たちよりも、大学や高校の同級生たちでしたから。
募集要項　職種●経営企画　仕事内容●経営のあらゆることを考えていただきたいと思います。
詳しくは本文をご参照ください。資格●大卒以上25歳～35歳
給与●年俸制600万円～800万円　※年齢、能力に応じて優遇します。
待遇●昇給年1回、通勤交通費、各種社会保険完備、団体定期保険制度、財形貯蓄制度、
退職金制度、従業員貸付制度、海外研修制度、スポーツジム法人会員、自社所有のグラウンド、独身寮
勤務地●本社、各店舗（久留米、福岡、大牟田、鹿児島、宮崎、佐賀、名古屋など21店舗）
勤務時間●8：30～17：00　休日休暇●土・日・祝、年次有給休暇、慶弔休暇
会社概要　設立●1974年5月　資本金●10億円　売上高●1300億円
（94年11月期／経常利益：22億5000万円、売上高伸び率：13.2%）　従業員数●1300名
事業内容●遊技場・健康ランド・ホテル・ゲームセンターの経営　事業所●本店／福岡県久留米市　支店／計21ヵ所
応募　左記採用関係連絡先まで事前に電話連絡の上、履歴書（写真貼付）
および職務経歴書（書式自由）を郵送ください。締め切り日／6月23日（金）必着。
書類審査の上、面接日等の詳細をご連絡します。※面接日、面接場所、入社日などの相談に応じます。
採用関係連絡先●〒830 福岡県久留米市東町28・9 TEL0942（31）1515（代）担当／原田・石橋
交通●西鉄大牟田線久留米駅より徒歩5分
株式会社ユーコー

208

209-210
丰田汽车公司“PROGRES”新型车
1999年
TOYOTA “PROGRES” 1999

スピードはひかえめに。シートベルトは忘れずに。
人へ、社会へ、地球へ。TOYOTA
PROGRÈS プログレ
プログレ PROGRÈS
本を読むにもちょうどよい部屋があるんです、
このクルマには。
日曜日、クルマの窓をトントンとたたいて妻が、
「また、クルマで読書ですか。そんなに、ひとりになりたいのですか?」
いや、べつに、ひとりになりたかったというよりも、ちょっと離れていると
また戻りたくなる場所、気に入った場所、というのがあるじゃないですか。
小学校の校庭や、銭湯、そば屋、このクルマの中もそうかもしれない。
でもまあそろそろ、あなたのところへ戻ろうかなと思っていたところですよ、
と考えていると妻はひとこと、
「うそですよ。それより、きょうは、おそば屋さんに連れていってください。」
小さな高級車、プログレ。いいクルマに会いました。
いいクルマに会いました。
【プログレ】
Photo : NC300 "ウォールナットパッケージ" (オプション装着車) ボディカラーはグリーンマイカメタリック (6R2) 全長×全幅×全高 (mm) : 4,500×1,700×1,435
エンジン : 3.0ℓ BEAMS 2JZ-GE VVT-i 最高出力(ネット) : 215PS/5,800r.p.m. 最大トルク(ネット) : 30.0kg・m/3,800r.p.m. ホームページアドレス : http://www.toyota.co.jp/Progres
お近くのトヨペット店へ。(大阪地区は大阪トヨタ)
クルマが未来になっていく。TOYOTA

209

スピードはひかえめに。シートベルトは忘れずに。
人へ、社会へ、地球へ。TOYOTA
PROGRÈS プログレ
プログレ PROGRÈS
そういえば、ペンを走らせる、とも言いますね。
漢字とか平仮名にも、まっすぐな線があったり、カーブがあったり、
なんだか道に似てるなあ。
とすると、私のクルマは、いちばん気にいっている万年筆の
書き味に似ているということか。
すっとらくにカーブを書ける、というか、走れるのですよ。
実は、エンジンやバッテリー、燃料タンクといった重量物が
クルマの中心に寄せて配置されているらしく、
専門的には、ヨー慣性モーメントが小さい、と言うのだそうです。
最近、カーブが少ない道はつまらなくなってきました。
小さな高級車、プログレ。いいクルマに会いました。
走
PROGRÈS
もうひとつのプログレ
iR version 新登場
Photo : NC300 " iR version ウォールナットパッケージ" (オプション装着車) ボディカラーはシルバーメタリック (1C0) 全長×全幅×全高 (mm) : 4,500×1,700×1,435
エンジン : 3.0ℓ BEAMS 2JZ-GE VVT-i 最高出力(ネット) : 215PS/5,800r.p.m. 最大トルク(ネット) : 30.0kg・m/3,800r.p.m. ホームページアドレス : http://www.toyota.co.jp/Progres
お近くのトヨペット店へ。(大阪地区は大阪トヨタ)
クルマが未来になっていく。TOYOTA

210

211-212
丰田汽车公司“PROGRES”新型车
1999年
TOYOTA “PROGRES” 1998

スピードはひかえめに。シートベルトは忘れずに。
人へ、社会へ、地球へ。TOYOTA
【PROGRÈS】
ゆっくり好きになりたいと思った。
このクルマは。
When we first met, it was like nothing I'd ever felt before.
This is the kind of car I want to spend a long time growing to love. Just like my friends.
'1998'
と26-90
P
progrès —「標準は自分でなくてはならん。」夏目漱石—
このクルマを外から見ただけの人は、どう思うのだろう。外型はふつうサイズである。しかし、ドアをあけてみる。座ってみる。動かしてみる。たんなる高級感とは違う。新鮮な何かがそこにあった。しっくりきたという言い方がいちばん近いか。このクルマがいいクルマかどうかは、私が決めようと思う。ゆっくりつきあってみるつもりである。私のクルマ探しは、やっとこれで終われるかも知れない。
いいクルマに会いました。
【プログレ】
[ビデオカタログをプレゼント]
プログレのすべてがわかるビデオカタログ［プログレ日記］をご希望の方全員にプレゼントします。('98年6月末日締め切り)
TEL./0070-800-552690(無料) FAX./0070-800-862690(無料) インターネット/http://www.progres-jp.com

211

スピードはひかえめに。シートベルトは忘れずに。
クルマが未来になっていく。TOYOTA
【PROGRÈS】
落ちつける部屋があるんです。
このクルマには。
As I open the door, it appears before me! A space where I can relax.
Is it just good fortune? Or was this car designed especially for me?
'1998'
と26-90
P
progrès—「あまり合わない背広を無理に着るとほころびる。」夏目漱石—
どんなに高級なホテルでも、居心地がいいとはかぎらない。たんに豪華とかではなく、人は自分との相性を大切にする。高級だから気に入るのではなく、気に入ったものが高級なのだ。はじめてこのクルマに座ってみたとき、私のために作ってくれたクルマかな、と思ってしまった。どこか私に似ているのかも知れない。
［プログレのこだわり］広い室内空間と、恵まれた走行安定性、操縦性を実現したロングホイールベース＋ショートオーバーハングの新発想パッケージ。エンジンノイズ、ロードノイズ、風切り音などすべての面でトップレベルの静粛性を追求。"ウォールナットパッケージ"では、ステアリングをはじめシフトレバー、スイッチなどに、本物の木を使用。時計は、あえてアナログ式のものをセレクト。ボディ塗装はぜいたくに5コート仕様です。
いいクルマに会いました。
【プログレ】
プログレに月々29,800円で
お乗りいただける
方法があります。
スマイルリース[選択型]
車両本体価格から3年後のクルマの価格を差し引き、3年間に必要な費用(※)を加えた金額を分割払いいただきます。(※…3年間に必要な費用は、登録諸費用・取得税・重量税・自動車税・自賠責保険料です。ただし、登録諸費用は、販売店によって異なりますので、右記の支払い例には含まれておりません。)
■スマイルリース「選択型」
ご利用のお支払い例(NC250の場合)
頭金 395,000円
初回のお支払い額 31,330円
月々のお支払い額 (×29回) 29,800円
ボーナス月のお支払い額 (×6回) 200,000円
お支払い金合計 2,490,530円
●スマイルリース[選択型]は、トヨタファイナンス(株)のスーパーバリューリース(実質年率4.9%)をご利用になり、'98年9月までの新車プログレのご契約に限らせていただきます。●お支払い例は初回お支払い月が7月、ボーナス月が12月、6月で計算した一例です。●表示の各月リース料には消費税は含まれておりません。●お支払い金額は、北海道・沖縄を除く地区の金額です。●詳しくは各販売店にお問い合わせ下さい。

212

213-214
Visine 1998

お星さま、ある？
鮎原こずえ〈アタック NO.1〉
Visine
Visine COOL
バイシン
バイシンクール
目の充血・疲れに
【効能・効果】目の疲れ、結膜充血、眼病予防（水泳のあと、ほこりや汗が目に入ったときなど）、
ハードコンタクトレンズを装着しているときの不快感、目のかすみ（目やにの多いときなど）。
清涼感をお求めの方は、バイシンクールをどうぞ。ファイザー製薬株式会社 東京都新宿区西新宿2-1-1
Pfizer
ファイザー
これらの医薬品は「使用上の注意」を
よく読んで正しくお使いください。

213

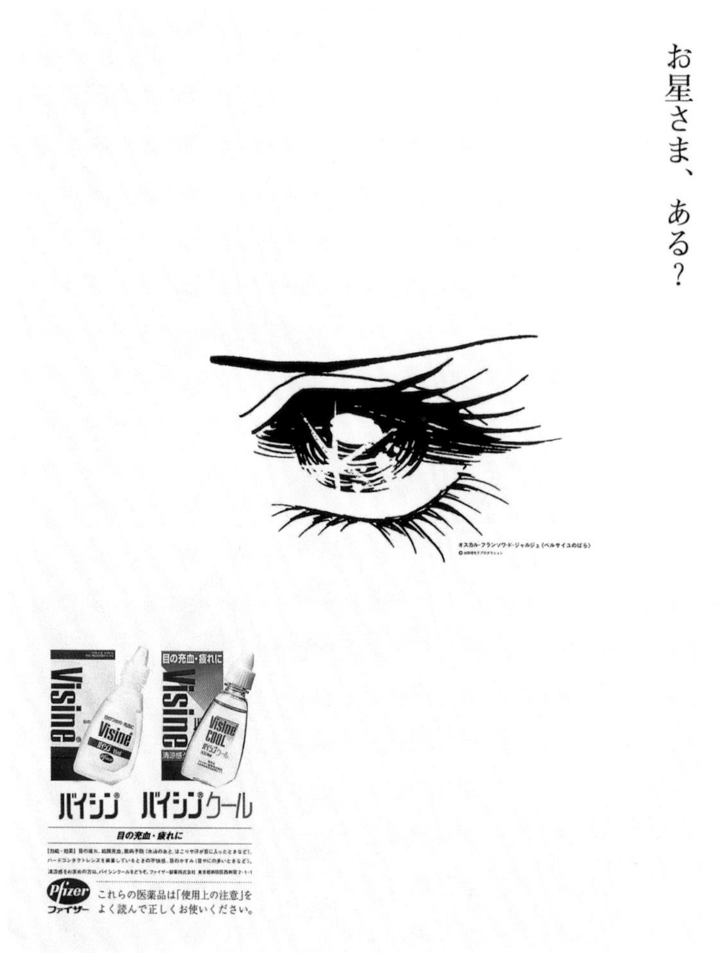
お星さま、ある？
オスカル・フランソワ・ド・ジャルジェ〈ベルサイユのばら〉
Visine
Visine COOL
バイシン
バイシンクール
目の充血・疲れに
【効能・効果】目の疲れ、結膜充血、眼病予防（水泳のあと、ほこりや汗が目に入ったときなど）、
ハードコンタクトレンズを装着しているときの不快感、目のかすみ（目やにの多いときなど）。
清涼感をお求めの方は、バイシンクールをどうぞ。ファイザー製薬株式会社 東京都新宿区西新宿2-1-1
Pfizer
ファイザー
これらの医薬品は「使用上の注意」を
よく読んで正しくお使いください。

214

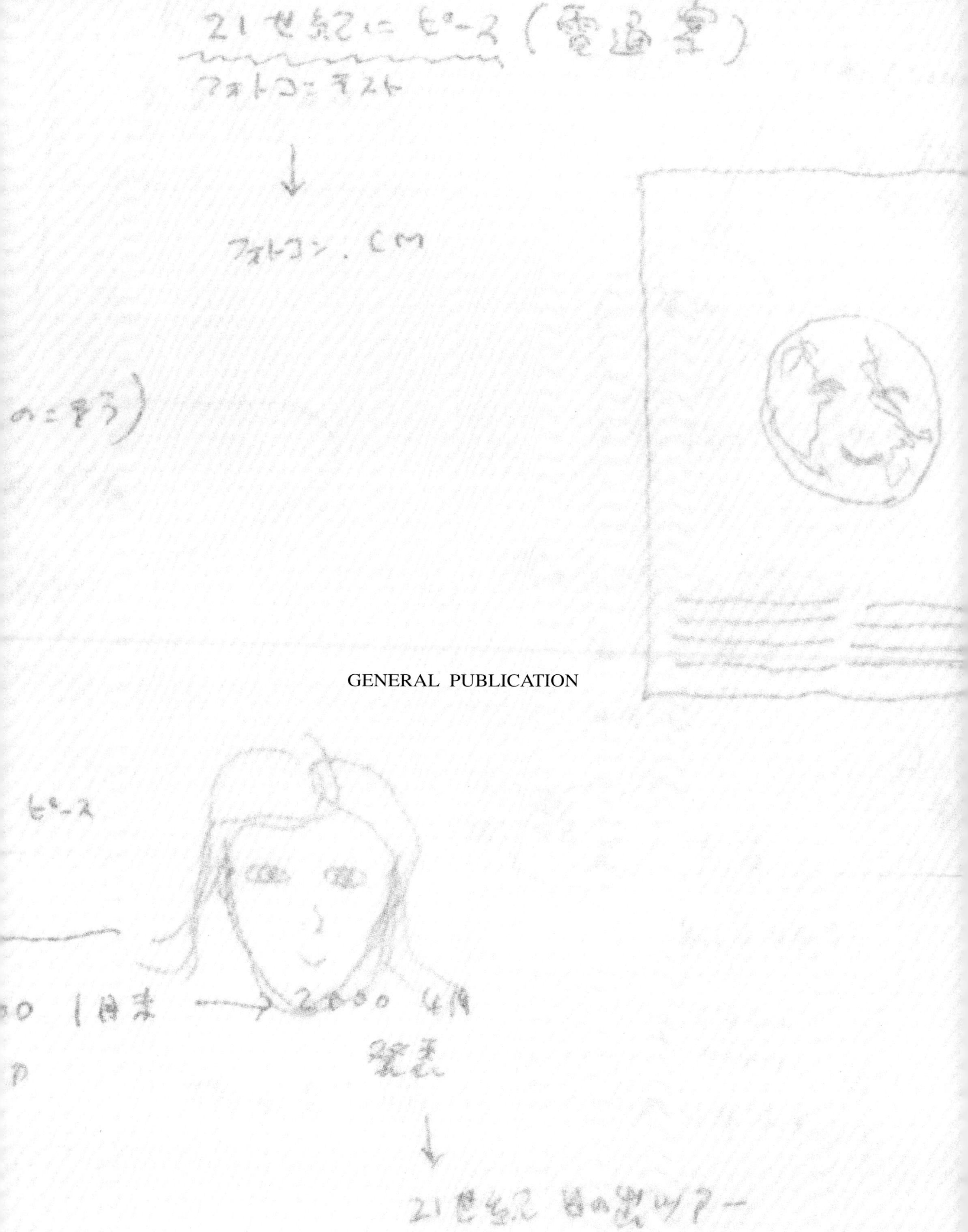

GENERAL PUBLICATION

215A-215L
虾名龙郎设计事务所“E”简介 1993年
“E” 1993

215-A

215-D

215-B

215-E

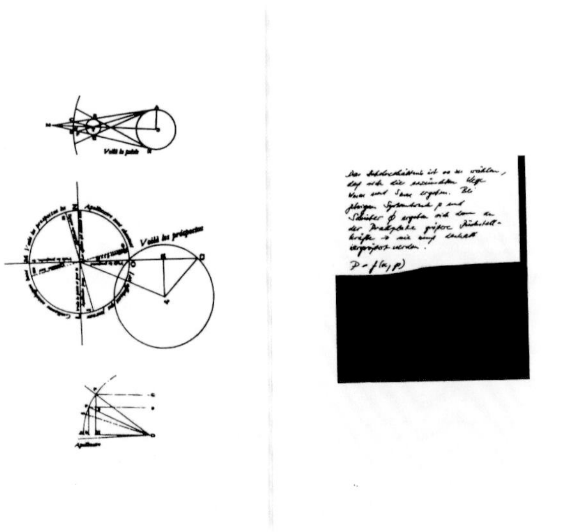

215-C

215-F

215-G

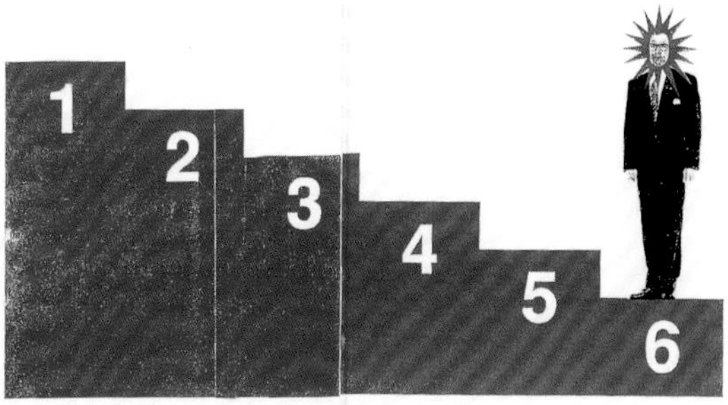

215-J

215-H

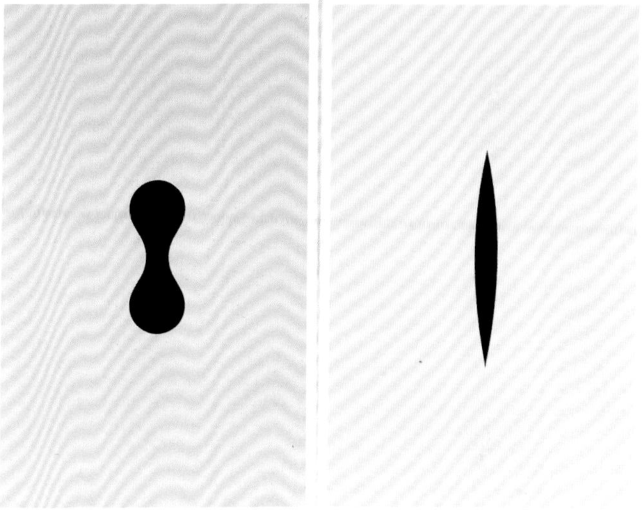

215-K

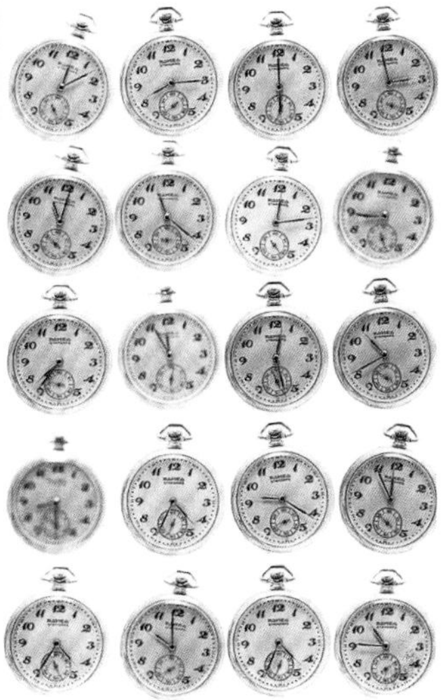

215-I

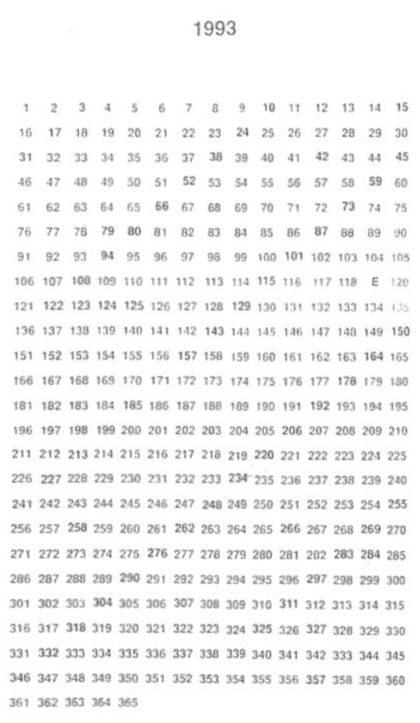

215-L

216A-216L
虾名龙郎设计事务所“E”简介 1995年
“E” 1995

Everyday's stools are
our business. 1995
E.

216-A

Everything in order. That's what I like.

216-D

This is Bandai advertisement was
done this summer vacation.
You win a surprise package
if you find the beaked man on a street corner.

216-B

Garlic has two aspects.
It makes us pleased and displeased.

216-E

Our sponsor did not like the hourglass
which we thought interesting.

216-C

How I wish I could come up with
many ideas like blowing soap bubbles.

216-F

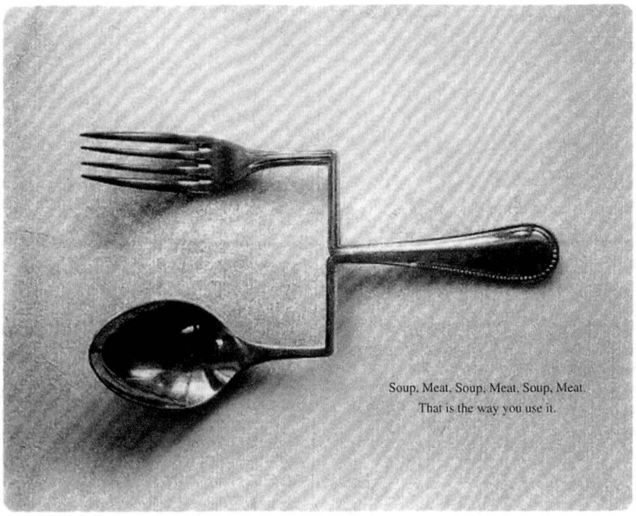
Soup, Meat, Soup, Meat, Soup, Meat.
That is the way you use it.

216-G

When does a man stop being a child
and turn to an adult?

216-J

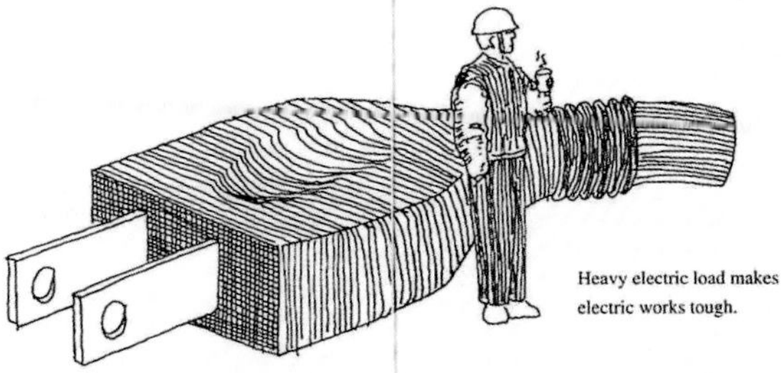
Heavy electric load makes
electric works tough.

216-H

Please turn off the T.V. while eating.

CAST
Mr.Mart
Wife
Grand Mother

216-K

My body is stiff.

216-I

I am always grateful to
my sponsors for
their flexible minds.

216-L

217A-217L
虾名龙郎设计事务所“E”简介 1996年
“E” 1996

E.

217-A

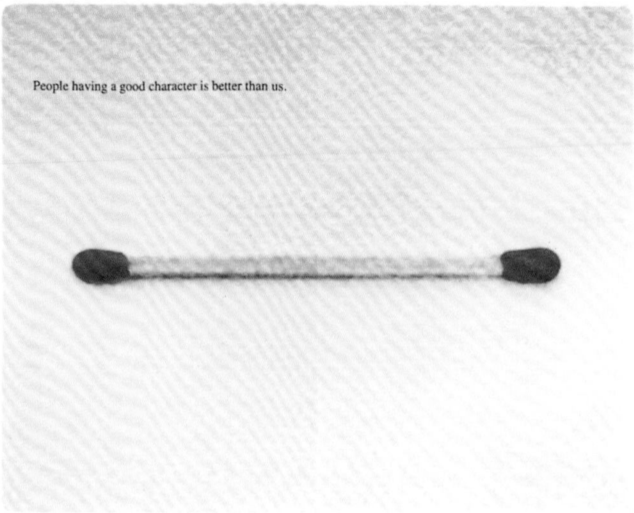
People having a good character is better than us.

217-D

4th of May. It's a general day.

217-B

In old times, I used to play with a tortoise
in place of GAMERA.

217-E

Things don't exist now a days are sure to
interesting.

217-C

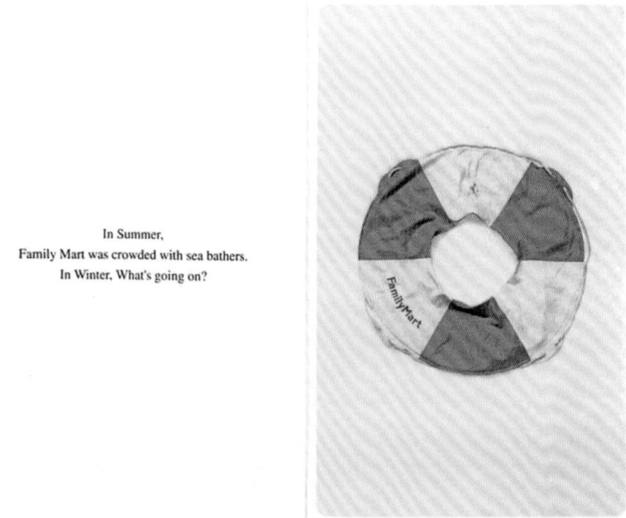
In Summer,
Family Mart was crowded with sea bathers.
In Winter, What's going on?
FamilyMart

217-F

They say that it takes a few years to know quite
a lot of about lingeries and skirts.

217-G

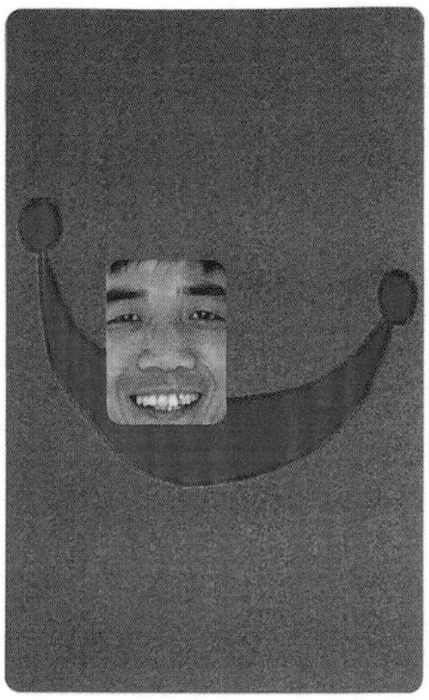

"8 o'clock in the morning.
Mr.Nishizawa working in Family Mart
is always at the park."
We tried to put Mr. Nishizawa's face which
appeared on that advertisement
on the illustration drawed by Computer.

217-J

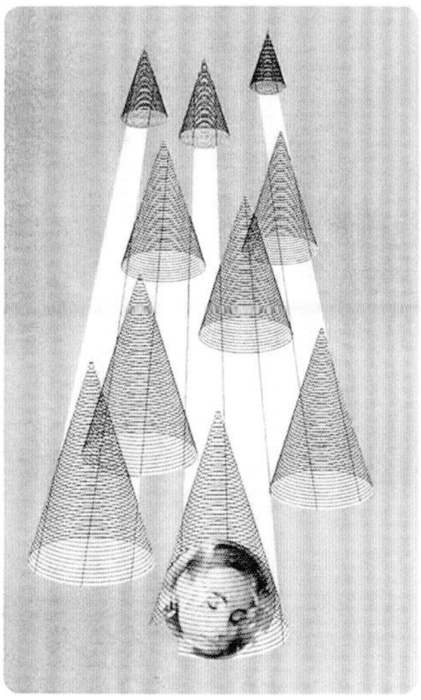

No way.

217-H

Merry, Merry Xmas will come soon.

217-K

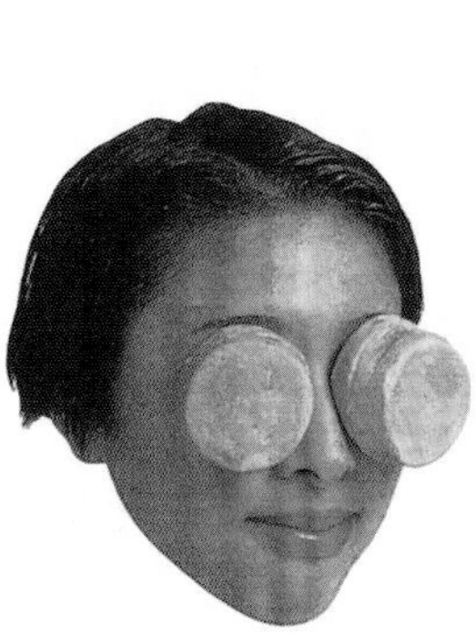

The nation people,
please be waiting. Though a bean jam
is forced out,
An AZIMAN costs still ¥90.

217-I

5th of may, It's a toy day.

217-L

218A-218L
虾名龙郎设计事务所“E”简介 1997年
“E” 1997

This is the fifth year since
we began publishing our company profile.
1997
E.

218-A

I am fired of the daily grind Stimulate me!

218-D

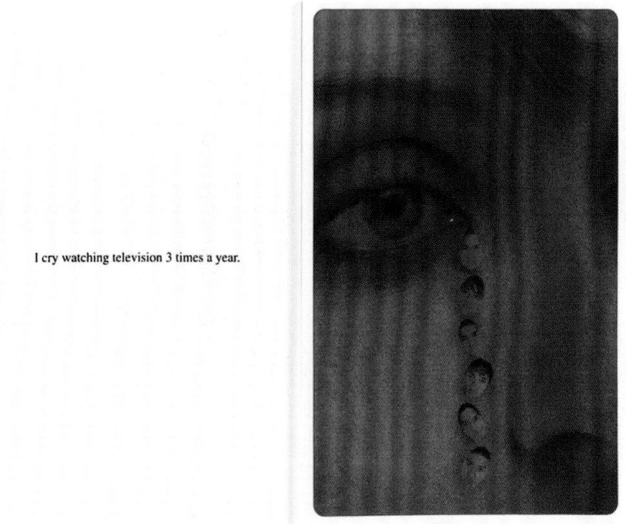
I cry watching television 3 times a year.

218-B

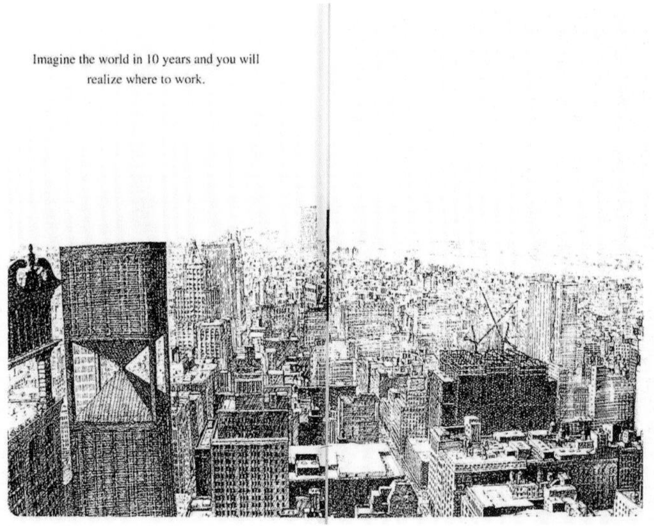
Imagine the world in 10 years and you will
realize where to work.

218-E

Unless you have interest in many thing,
you can't work for us.
Sports
Art
Fashion
Travel
Car
Performance

218-C

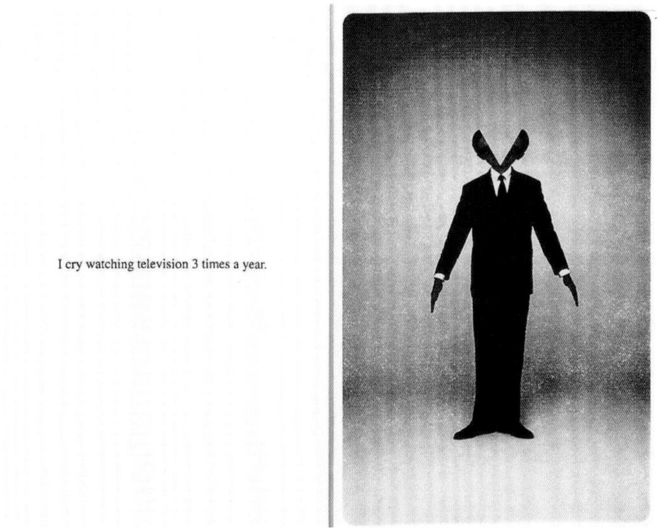
I cry watching television 3 times a year.

218-F

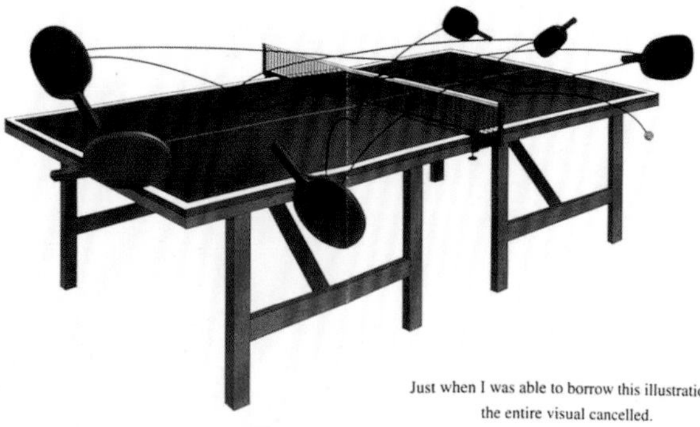

Just when I was able to borrow this illustration,
the entire visual cancelled.

218-G

When they hit the top of the charts,
we are ecstatic.

218-H

"He's just a working stiff." But aren't you too ?

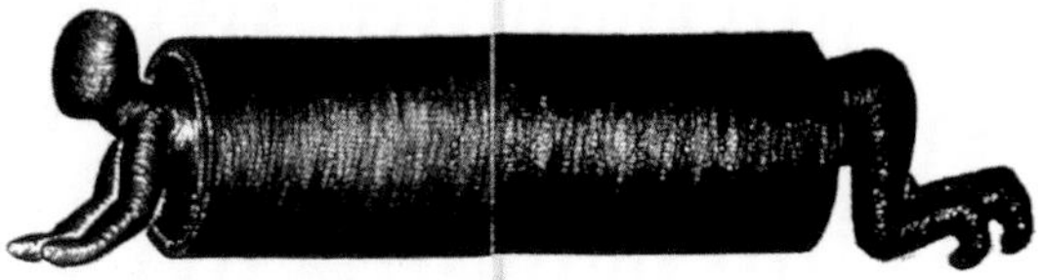

218-I

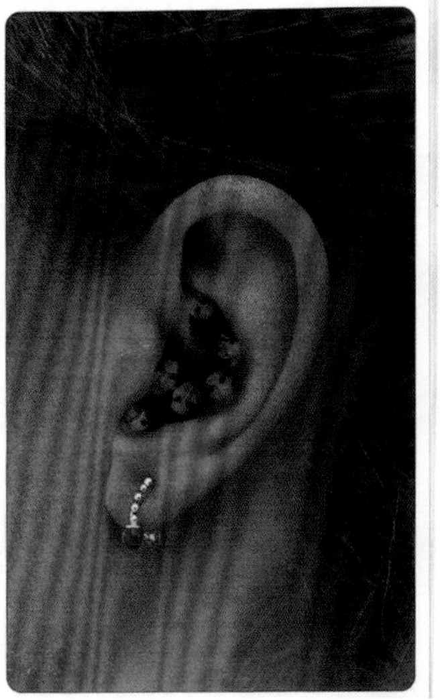

I've never gone a day without cleaning my ears .

218-J

#1, keep outdoing #2

218-K

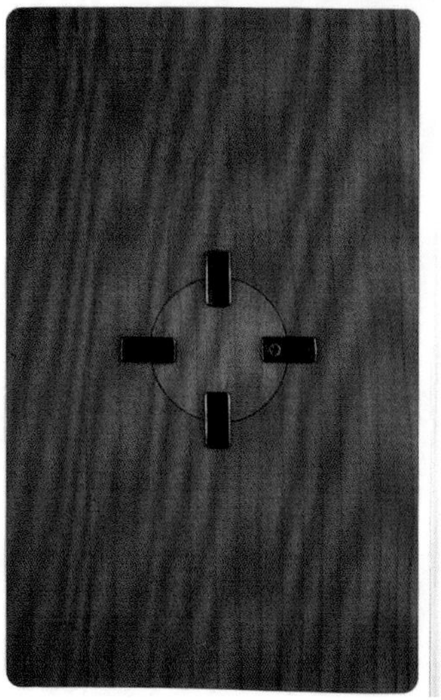

Even in the day when we barricaded the Universities,
life seemed easier then it is now.

218-L

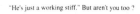

219A-219L

虾名龙郎设计事务所“E”简介 1998年

“E” 1998

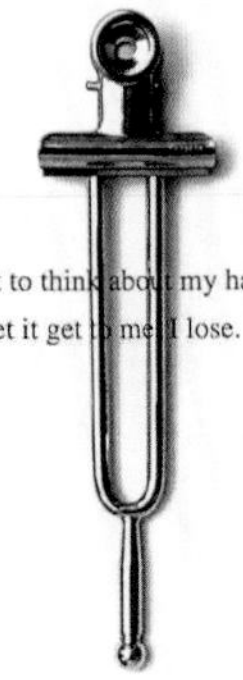

I try not to think about my hay fever.
If I let it get to me, I lose. 1998

E.

219-A

Although I was looking at the same thing as that guy,
I felt something different.

219-D

This profile contains silk screens of selected visuals
E made over the last year.

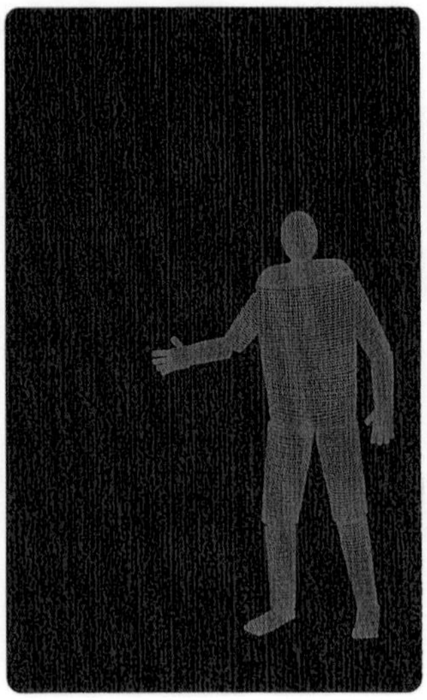

219-B

Who will do it? We will.

219-E

When I changed jobs, my salary went up.
I should have done it earlier.

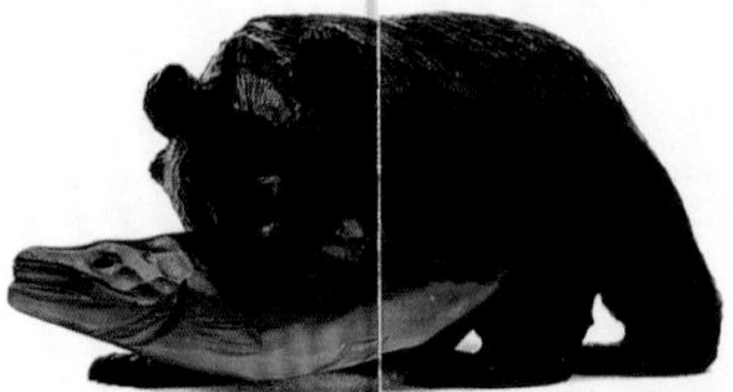

219-C

If you work with the best, you too will
become the best.

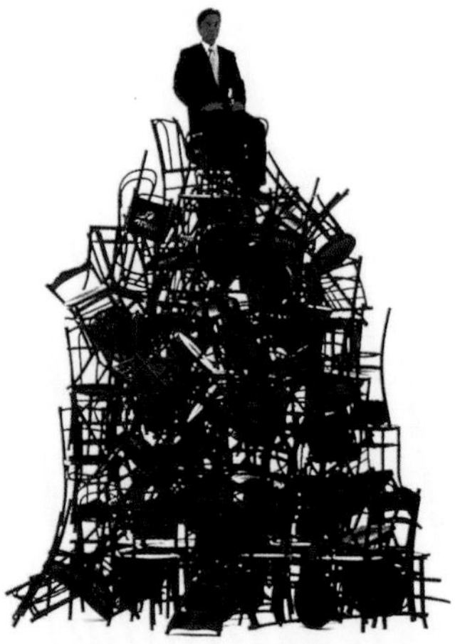

219-F

Art is not made, it is born.

219-G

In a daze the other day,
I poured tooth paste on my brush case.
Then, I laughed to myself.

219-J

I wonder why an office worker does not
become jeans once he is.

219-H

Who want's life without work?

219-K

You musn't produce stale work.

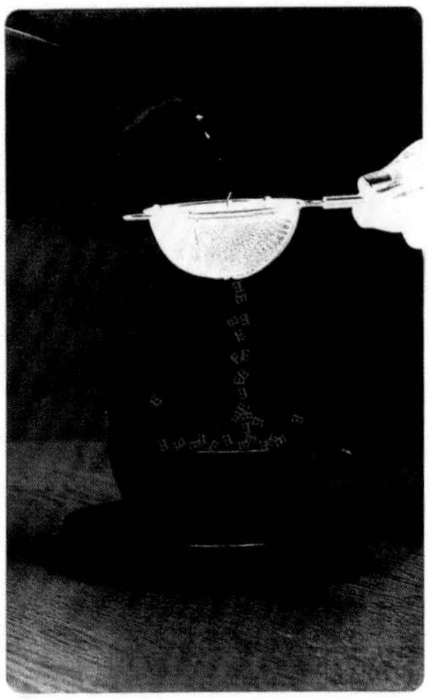

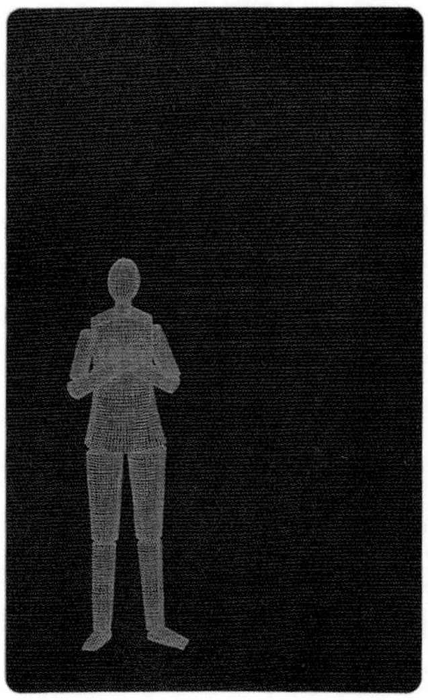

Who want's work without love?

219-I

219-L

220-222
竹尾纸展 1997年
Takeo 1997

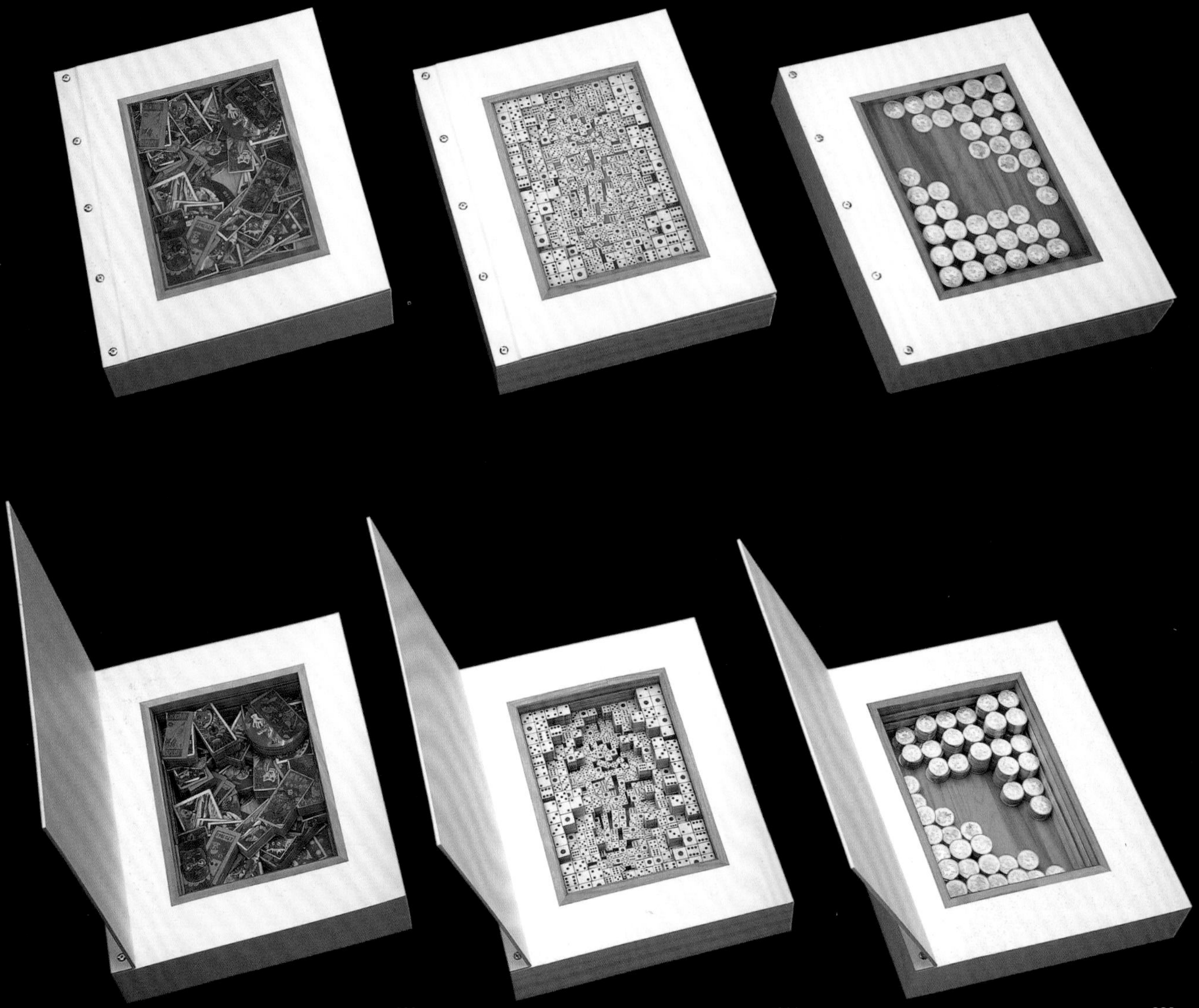

220 221 222

223
东京TCC广告年鉴 1998年
Tokyo Copywriters Club 1998

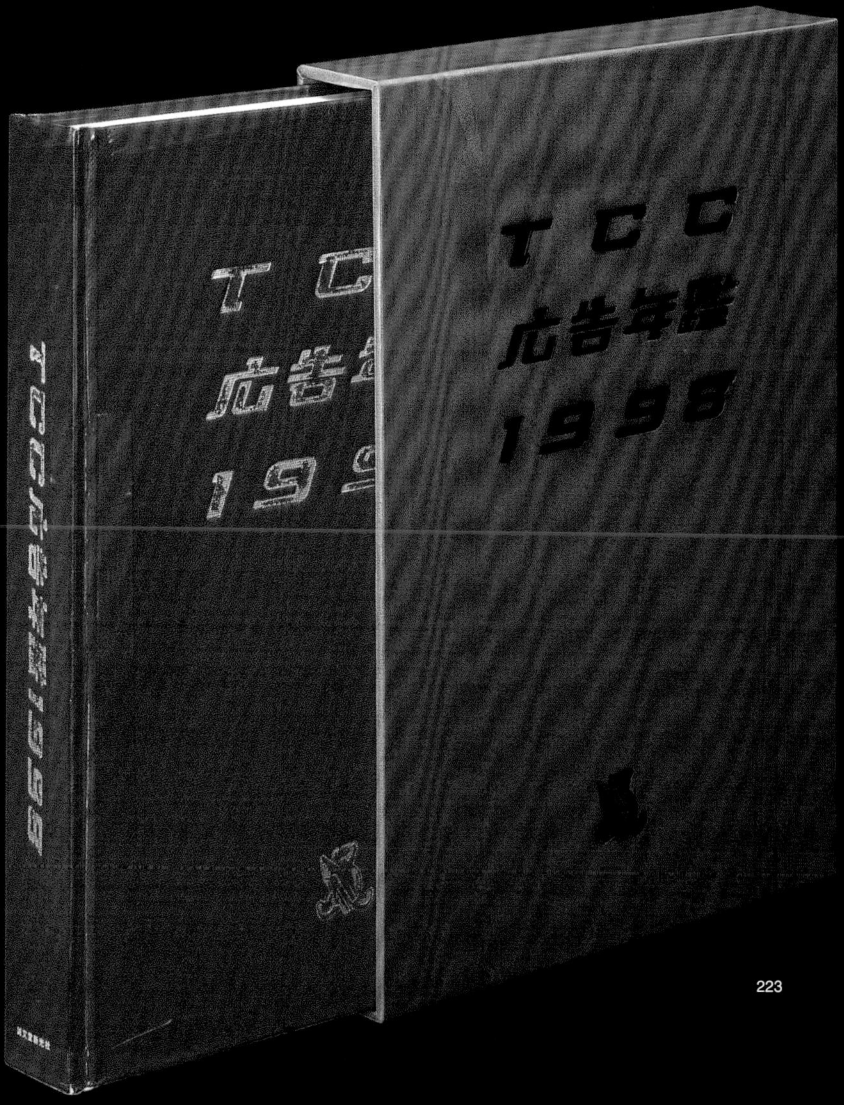

223

224A-224D
Nichii学馆 1997年
Nichii Gakkan 1997

誰がやる。私たちがやります。

その1

224A

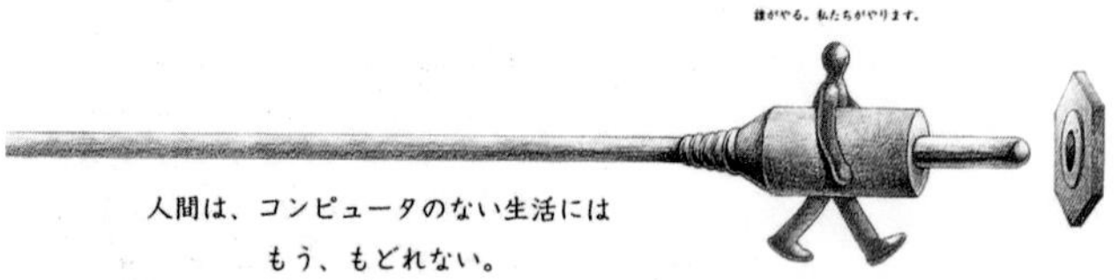

人間は、コンピュータのない生活には
もう、もどれない。

●出版　関係会社である株式会社東京丸ノ内出版では、働く女性のための月刊ライフマガジン「エルナイン」を編集・発行しています。さらに「医事研究」「メディカルクラーク」というメディカルジャーナルも発行しています。これらは大学教授による医学セミナー、最新医療ニュース、厚生省通知などで編集されており、病医院関係者には広く愛読されています。

●インターネット　さてこのように、これまで私たちは主に印刷物を通して情報を伝達してきました。しかし時代は変化しています。私たちはごく近い未来に全国と通信することになるであろう、と予測した上で新社屋（1995年8月1日完成）にコンピュータフロアーを設け、システムを完備させました。また来年4月より医療機関に向けてインターネットでの情報サービスを開始することにしました。点数改正、医師会報、学会などの情報をリアルタイムで提供します。有料ですがすでに多くの医師が入会したいと言ってくれています。

それでも人間は、
あの頃を忘れない。

●アイリス　株式会社ローリスという別会社を設立し、長野県上田およびカリフォルニア州サクラメントで7万平方メートルもの農園を経営しています。7万平方メートルというのは東京ドームが2つも入る広さです。ここで1500種類、40万株のジャーマンアイリスという花を栽培、球根を販売しています。毎年4月下旬の開花期には100人前後の社員たちがカリフォルニアの農園を見学に行きます。これが海外研修です。現地のメキシカンの農夫たちがバーベキューを焼いてくれます。夜、畑の真ん中でギターを弾いてくれます。それはそれは想い出にのこる夜です。日本での開花期はだいたい1ヵ月遅れでやってきます。その頃、長野の農園を一般開放します。今年は寒かったので、いつもより開花が少し遅れましたが、それでも1日5000人以上のお客様が来てくれました。私たちニチイ学館の社員たちも、受付係や駐車場の整備係として手伝いにいきます。今後は、花の種類を増やしていきたい。いつか、栽培が難しいとされるバラの花も育ててみたいと思っています。

たった28年間で、これだけの事業をおこなう会社になりました。
きっと誰かがやらなければいけないことなのに、誰もやっていないこと。
私たちはこれからも見つけていこうと思います。

224B

●在宅介護　人間が生きていくために必要な仕事は、本当はいくつあるんだろう。在宅介護はそのひとつなんじゃないだろうか。ビジネスとして考えてみても、日本の基幹産業である自動車産業の市場が40兆円であるのに対し、在宅介護の市場は56兆円にまで達するといわれています。56兆円市場の中で事業をやっていくとはどういうことなのだろう。在宅介護をビジネスとして立ち上げるということはどういうことなのだろう。私たちはその中でどこまでやれるんだろう。ひょっとすると、会社が変わってしまうくらいのことなのかもしれない。それでも誰かがはじめなければならない。私たちがやろうと考えました。1996年4月、在宅介護サービスなどをおこなうヘルスケア事業部のスタートです。現在、日本の65歳以上人口は約2000万人。そのうち寝たきりの人、介護を必要としている人は約200万人で、2000年には約280万人に、2025年には約530万人になることが予測されています。厚生省では老人福祉施設を2000年までに現在の23万床から30万床に増やす計画を打ち出していますが、それ以上に介護を必要とする人たちは増加することが予想されます。しかし在宅介護に進もうと思っても、ホームヘルパーをしている人は日本にたった9万人しかいない。しかもそのほとんどが資格を持たない人たちです。人手は足りない。勉強できる場所もない。これが現実でした。ホームヘルパーは家政婦とはちがいます。介護の目標は患者が自分の力で生活できるようになること。自立を助けることです。そのためには専門の知識が必要になります。まずは、6月より厚生省の指定のホームヘルパー養成の教育講座を開講することからはじめました。卒業時にはホームヘルパー2級を取得できるカリキュラムです。新宿校につづき、10月には新たに9ケ所が開校し、来年4月には全国59ケ所で開校します。第1期生は180人ですが、このペースでいくと毎年8000人近いホームヘルパーを養成することができます。そして卒業生の希望者に登録していただいて、仕事も紹介していきます。一人にいくつかの家庭を回ってもらったり、30人くらいをまとめて老人福祉施設などへ派遣していこうと考えています。ホームヘルパーを全国の町へ送り込んでいくために、サテライトオフィスを400ケ所につくる計画も動きはじめました。私たちがこの1年間でできたのはここまでです。これから考えなければならないことがたくさんあります。サテライトオフィスはどこにつくるの？ヘルパーに指示を与える看護婦やソーシャルワーカーたちの採用は？サービスの質を向上するには？ミーティングは？競合との差別化は？未来のことは誰にもわからないけれど、明日のこと、10年先のこと、もっと先のこと、私たちは考えていかなければなりません。

●介護物品販売、ドラッグストア　これからは在宅患者が増えていくのだから、患者さんにもっと近づいていくことが大切だと考えました。介護事業と連動して2つの事業を動かしはじめています。ひとつは在宅患者さん向けの看護・介護用品です。紙おむつ、寝たまま洗髪ができる簡易水槽、ポータブルトイレ、介護用肌着、車椅子、浴槽手すり、リハビリ用品、杖、介護用ベット、特殊な食器など、おじいさんや、おばあさんのことをよく知って、いい商品を提供していきたいと思います。もうひとつは、在宅介護の拠点（サテライトオフィス）に、日用品ではなく、あくまでも医薬品をメインとしたドラッグストアを併設していきたいと思っています。なぜなら、そもそも医薬分業の考え方は、わざわざ病院まで行かなくても自宅の近くで薬を受け取ることができるようにする、というのがひとつの目的だったのです。地域のいくつかの病院と提携し、各病院の処方箋を受け付けます。そして各病院の医師たちと常に連絡を取り合える体制を整えます。いきつけの病院があるように、いきつけのドラッグストアになっていくことが目標です。

高齢化社会という言葉は知っている。
でもそれがどんな世の中なのかは、よくわからない。

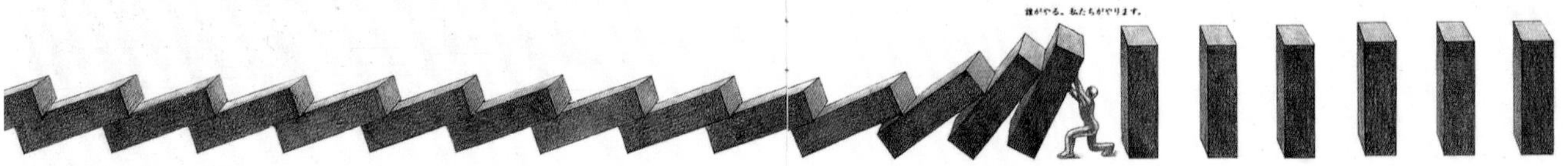

224C

●医事業務受託　病院には事務的な仕事もたくさんあります。例えばレセプト作成を行なう保険請求業務。どんな診察・治療をしたか、医療器具や薬剤は何を使用したかによってそれぞれ点数が決められており、しかも法律の改正により点数が変動しますから、複雑な上に常に新しい知識が必要とされます。医師や看護婦はこの作業にずいぶん時間を費やしていました。つまり本来、診療に専念すべき医師や看護婦が、事務の仕事で時間をとられていたのです。私たちがその仕事を請け負うことはできないだろうか、と考えました。1968年（昭和43年）、これがニチイ学館のはじまりです。その後、患者受付・患者案内・薬局受付などのフロント業務、病棟クラーク業務、ベットメーキング…。私たちが病院に派遣しているナイススタッフたちは、全国に約2万5000人にも増えました。契約している病院・診療所数は10000件以上にもおよんでいます。

●滅菌　1994年10月より滅菌事業をスタートさせました。注射器、手術着、ゴム手袋、静脈切開セット、分娩セット、電気メス柄、点眼ビン、ビーカーなど、使用済みの医療器具を滅菌する事業です。実は各病院が滅菌システムを揃えるためには約1億円もの費用がかかるんです。そこで私たちは考えました。私たちが設備を整えますから、いくつかの病院で共有しませんか。すでに17の医療機関と契約を結んでいます。

●給食　法律の改正で、病院外でも患者の食事がつくれるようになりました。今年の5月に株式会社ニッコクトラストとの合弁会社を設立し、院内外給食事業をスタートしています。クックチルという調理、保存方法を採用。調理したものを0～2度以内で保存します。この温度は細菌の繁殖が起きにくいだけでなく、味、ビタミンもこわさないのです。この事業は今後、在宅患者へもデリバリーが可能であると考えています。

企業ではアウトソーシング化が進んでいる。
病院はどうなんだろう。

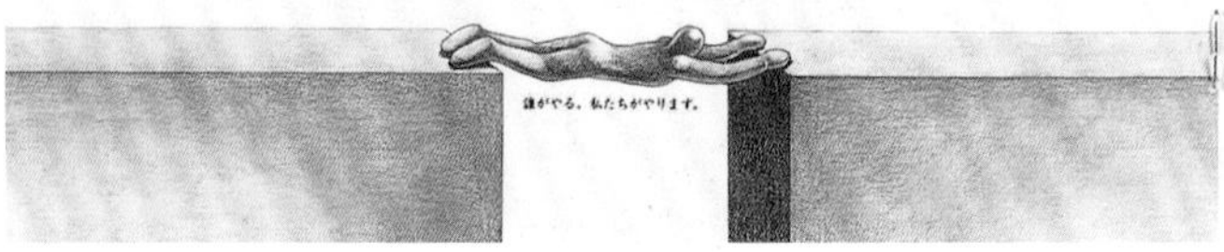

もっと勉強しておけばよかった。
大人になると、そう思う。

●教育講座　全国59ヵ所を拠点に、各種教育講座（通学・通信）を開講しています。そもそもは、病院に派遣するナイススタッフたちの教育からスタートした事業ですが、今では医療関係の講座以外にも、宅建主任講座、行政書士講座、社労士講座、公務員講座など国家試験に挑戦するためのもの、あるいはワープロ&秘書講座、POP講座、トレース講座、水墨画講座、レタリング講座、話し方講座など特技を身に付けたり趣味を生かして余暇を楽しむための講座も増えています。1995年には将棋講座、歌舞伎講座を開講し、今年はホームヘルパー講座を開講させました。

●生涯学習センター　教育講座の延長線上に、次のような事業を考えています。しかし、それはかなり上手に進んでいかなければ、実現できずに夢で終わってしまうことかも知れません。生涯学習センターの設立です。毒キノコの見分け方、野菜や花の育て方、梅干しや漬物の作り方、手話、風力発電の作り方、着物の着つけ、お葬式など冠婚葬祭の手順、ヨガや気功、漢方薬の作り方、ペットの病気への対処、釣り、コンピュータグラフィックの手法…。受験のための勉強ではなく、生活のための勉強。人間が生きていく上で実は大切なことを、知りたいときにいつでも勉強できる場所を全国の町に作りたい。私たちは、その目標に少しでも近づいていきたいと思います。

224D

225A-225D
Nichii学館 1998年
NIchii Gakkan 1998

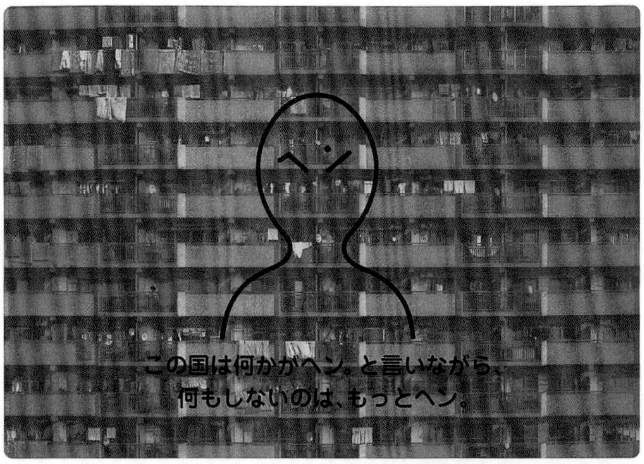

この国は何かかヘン。と言いながら、
何もしないのは、もっとヘン。

225A

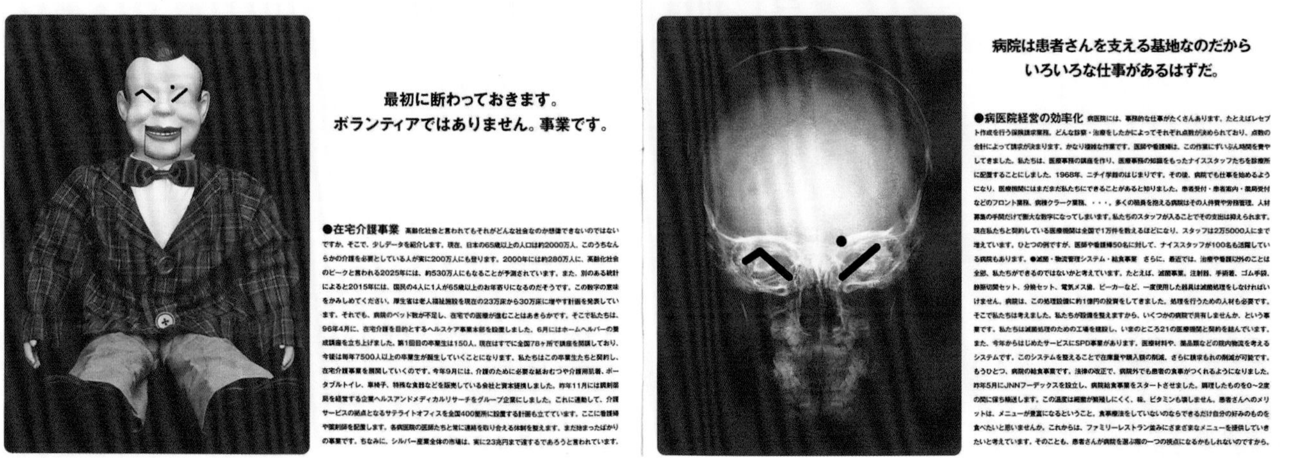

最初に断わっておきます。
ボランティアではありません。事業です。
●在宅介護事業
病院は患者さんを支える基地なのだから
いろいろな仕事があるはずだ。
●病医院経営の効率化

225B

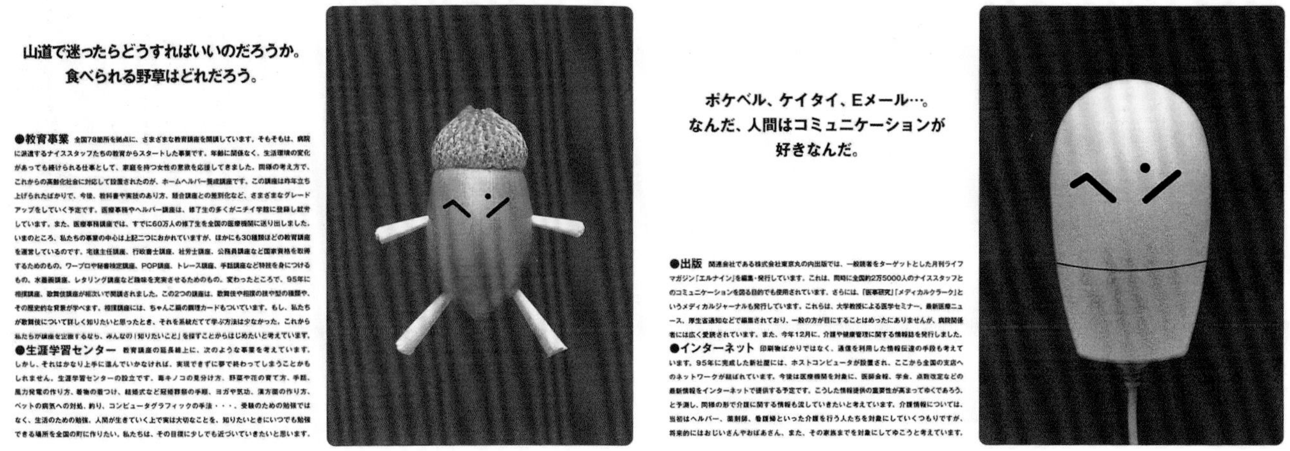

山道で迷ったらどうすればいいのだろうか。
食べられる野草はどれだろう。
●教育事業
●生涯学習センター
ポケベル、ケイタイ、Eメール…。
なんだ、人間はコミュニケーションが
好きなんだ。
●出版
●インターネット

225C

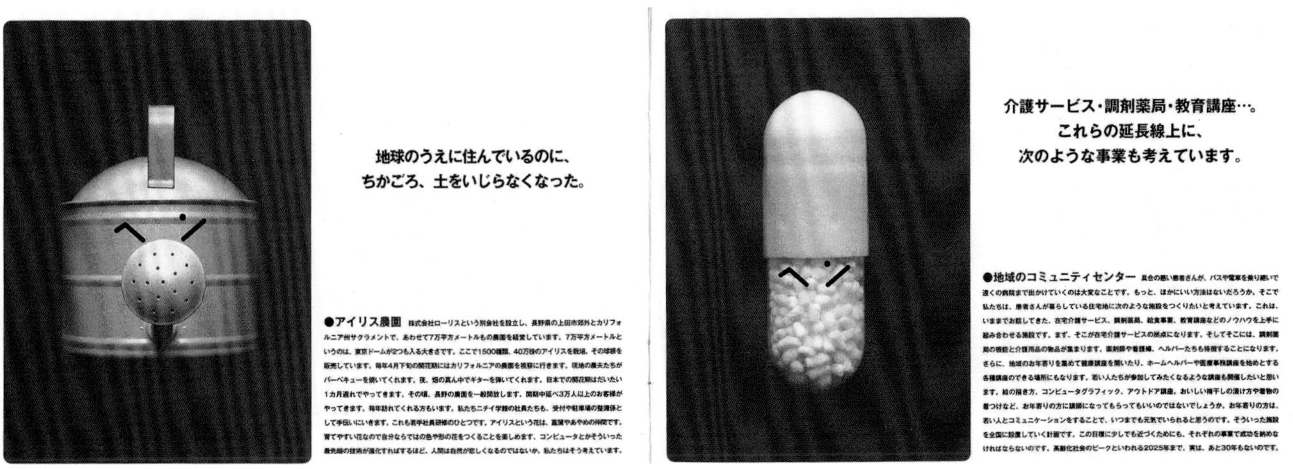

地球のうえに住んでいるのに、
ちかごろ、土をいじらなくなった。
●アイリス農園
介護サービス・調剤薬局・教育講座…。
これらの延長線上に、
次のような事業も考えています。
●地域のコミュニティセンター

225D

226A-226C
Acom 1997

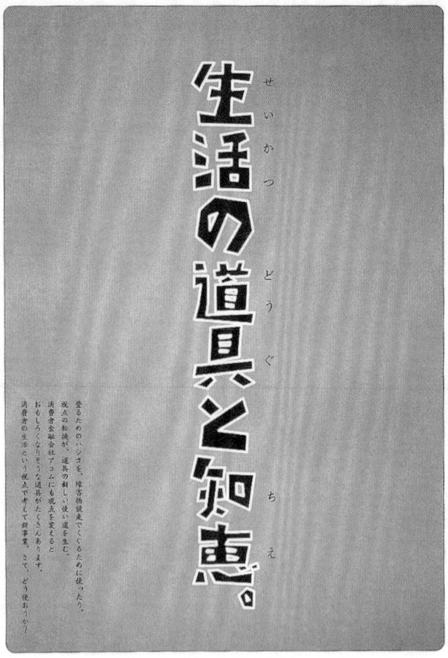
生活《せいかつ》の道具《どうぐ》と知恵《ちえ》。
登るためのハシゴを、障害物競走でくぐるために使ったり。
視点の転換が、道具の新しい使い道を生む。
消費者金融会社アコムにも視点を変えると
おもしろくなりそうな道具がたくさんあります。
消費者の生活という視点で考えて新事業。さて、どう使おうか？

226A

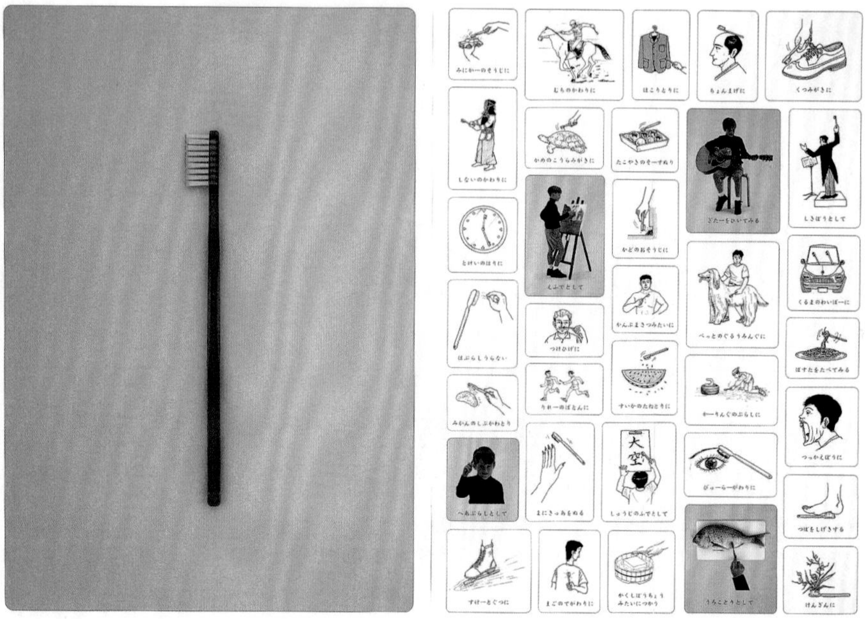

226B

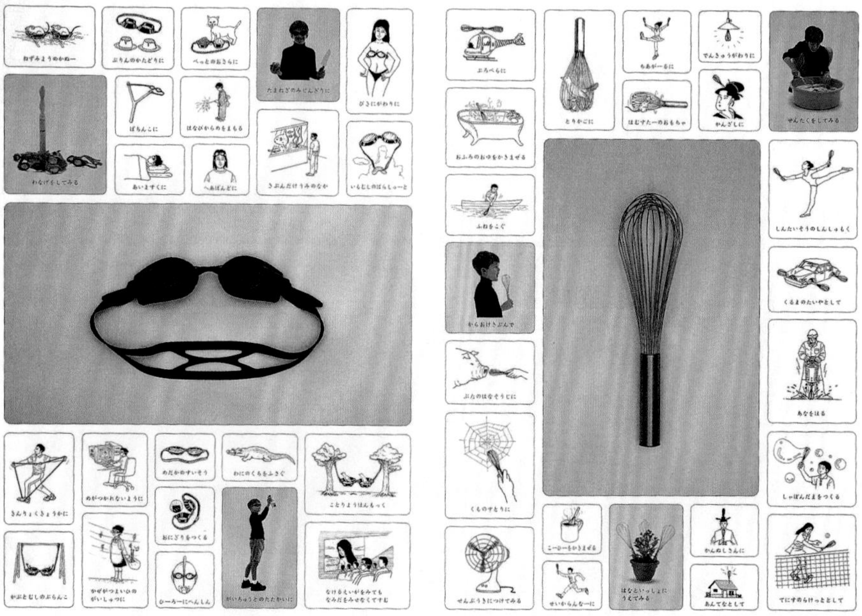

226C

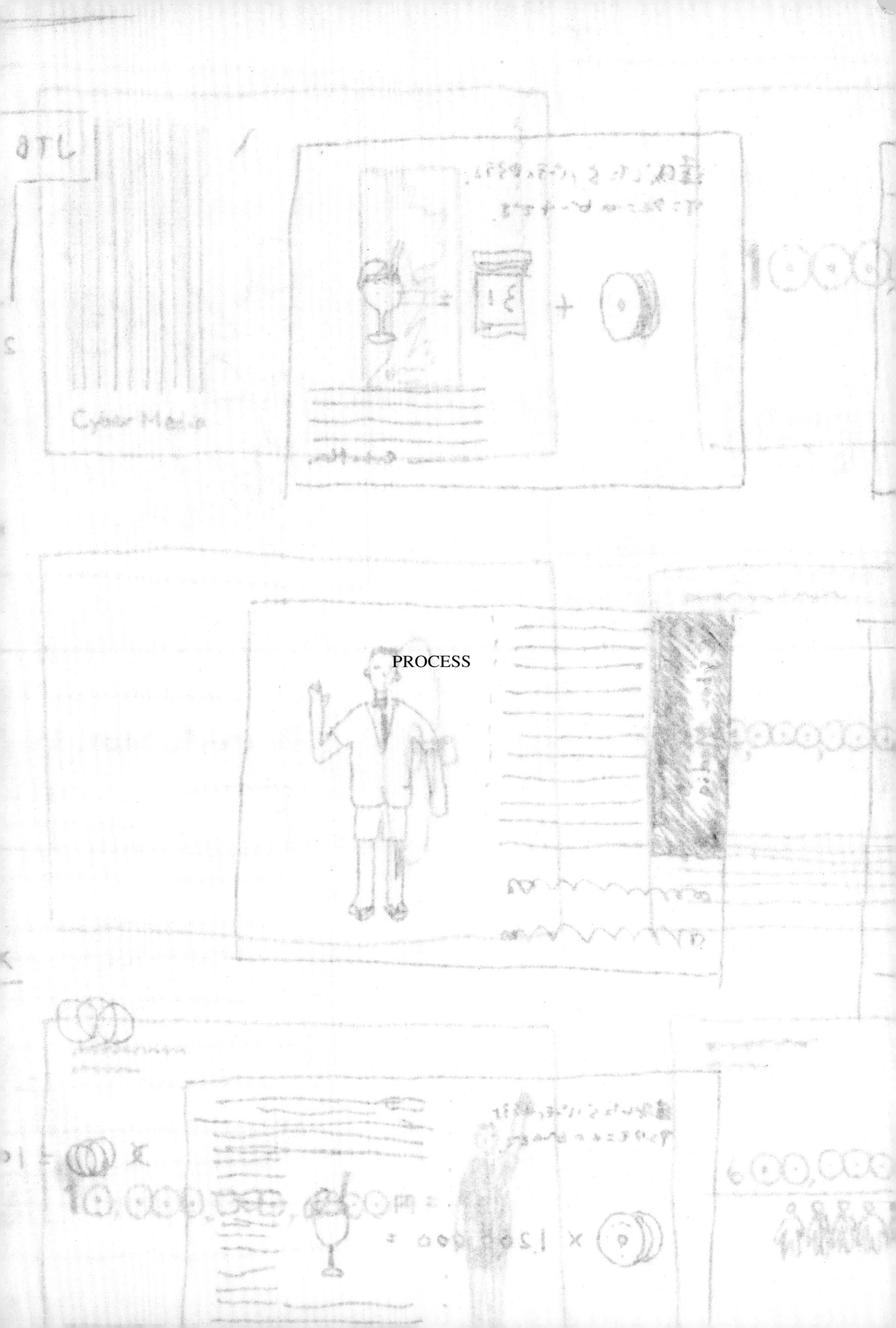
PROCESS

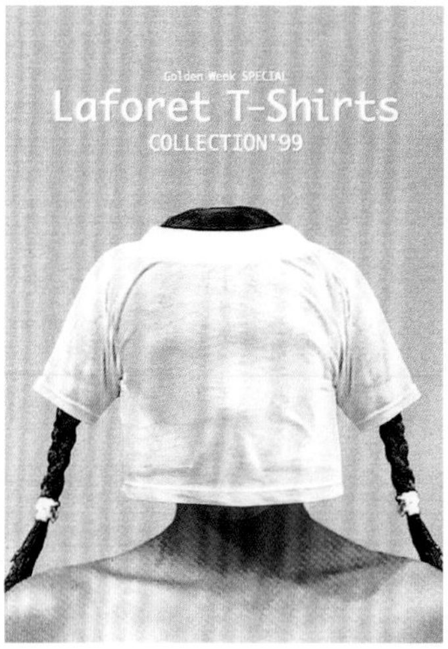

据虾名龙郎说，在这组海报创意阶段，曾有很多的想法，经过考虑，最终归纳出这三种方案：贴在脑门上的套头衫形状的邦迪止血贴，组合成套头衬衫形状的框子，套在头上的迷你型套头衫，他以这三个方案召开了设计结果发表会，最终决定第二套方案为实行方案。

这是电脑合成前的照片，在电脑中用合成的手法作出了像套头衫那样的造型。有了电脑的介入，让设计师得以解放了许多，可以比较随心所欲地去完成自己的想法，且省时间又不费力。

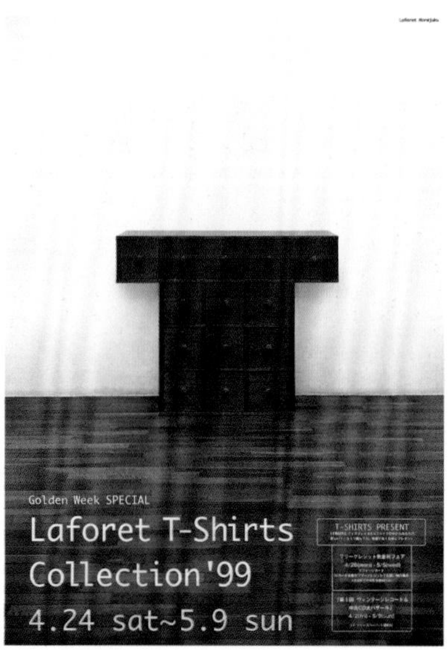

这是最终的完成作品。摄影照片的部分，是用正常胶板印刷印制的。而文字部分则是用手工丝网印印制的。

要出一个想法，并非是件很难的事，但要把那个想法用一种可视而可信的形状表达出来，就很难了。就像如果不用好多线同时固定一个原点，这个点就不会很稳定那样。看起来很简单，做起来却很难。

那时想到了线和钩针的同时使用，把钩针和线连接起来，并挂到铁网上去，使得悬空的线的状态很稳定、很均等。

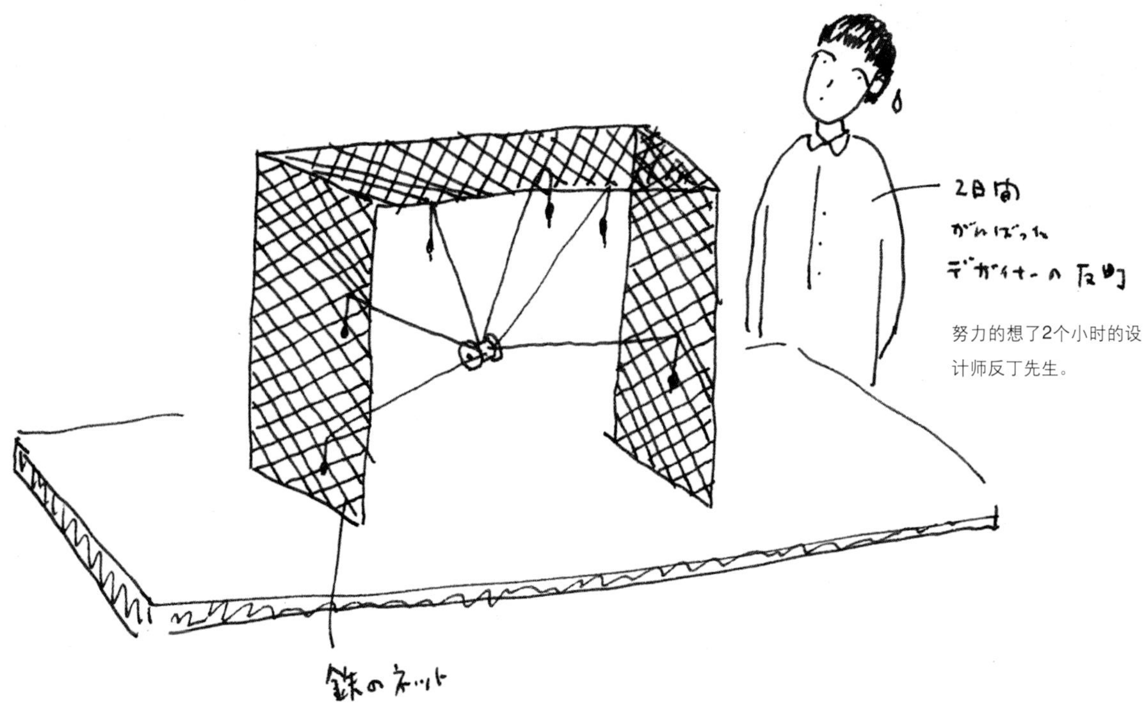

努力的想了2个小时的设计师反丁先生。

铁丝网架

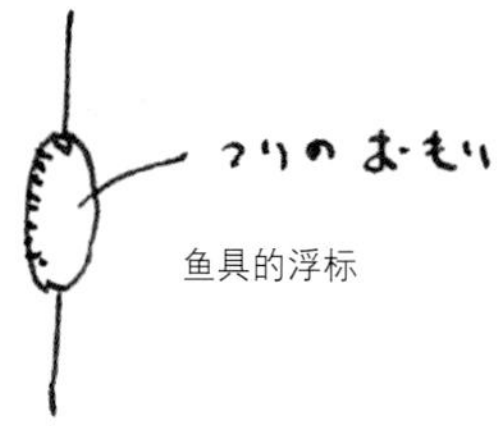

鱼具的浮标

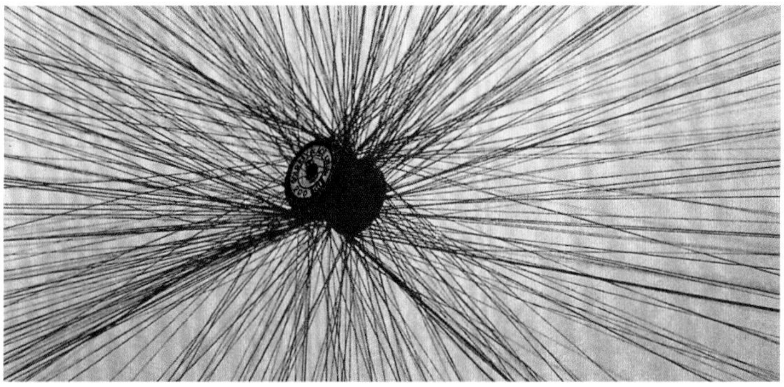

虾名龙郎在人的嘴上套上了一个像鸟嘴状的东西。为了拍摄的照片，召开了模特选拔会。

8月7日、この男を探せ。
明日
東京は、新宿
二丁目交差点付近、
BANDAIの赤いマーク
夏休み福ぶくろ
を
200名様に
プレゼントしま～す。
たった1日だけのことですが、せっかくの夏休みを楽しんでいただきたくて、バンダイから。
BANDAI

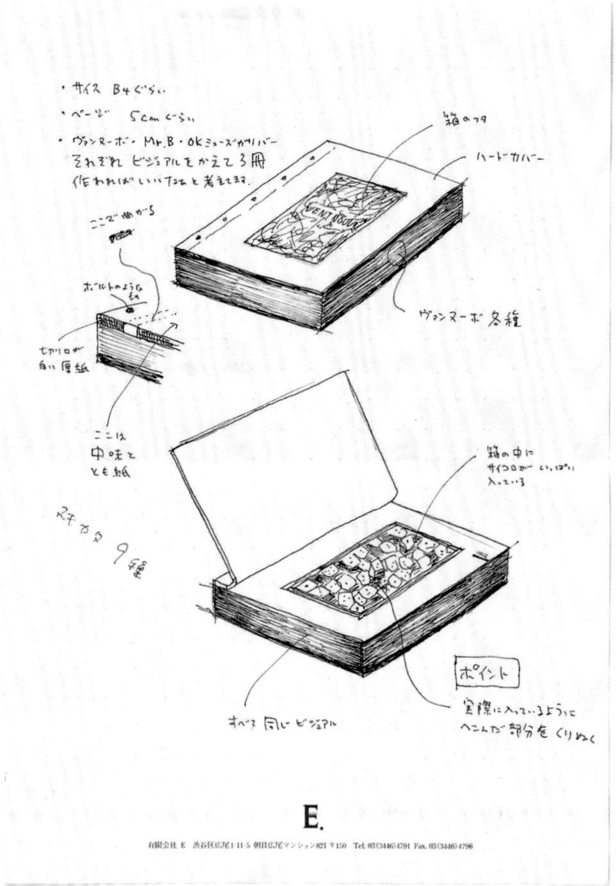

是否能按照设计师所想象的那样制作出成品来，在成品出来以前，设计师始终都会处于不安的精神状态下。

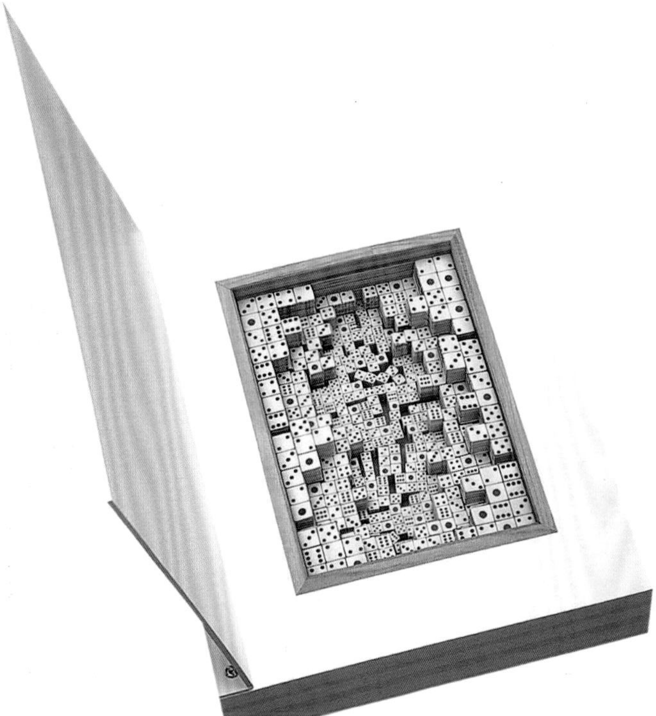

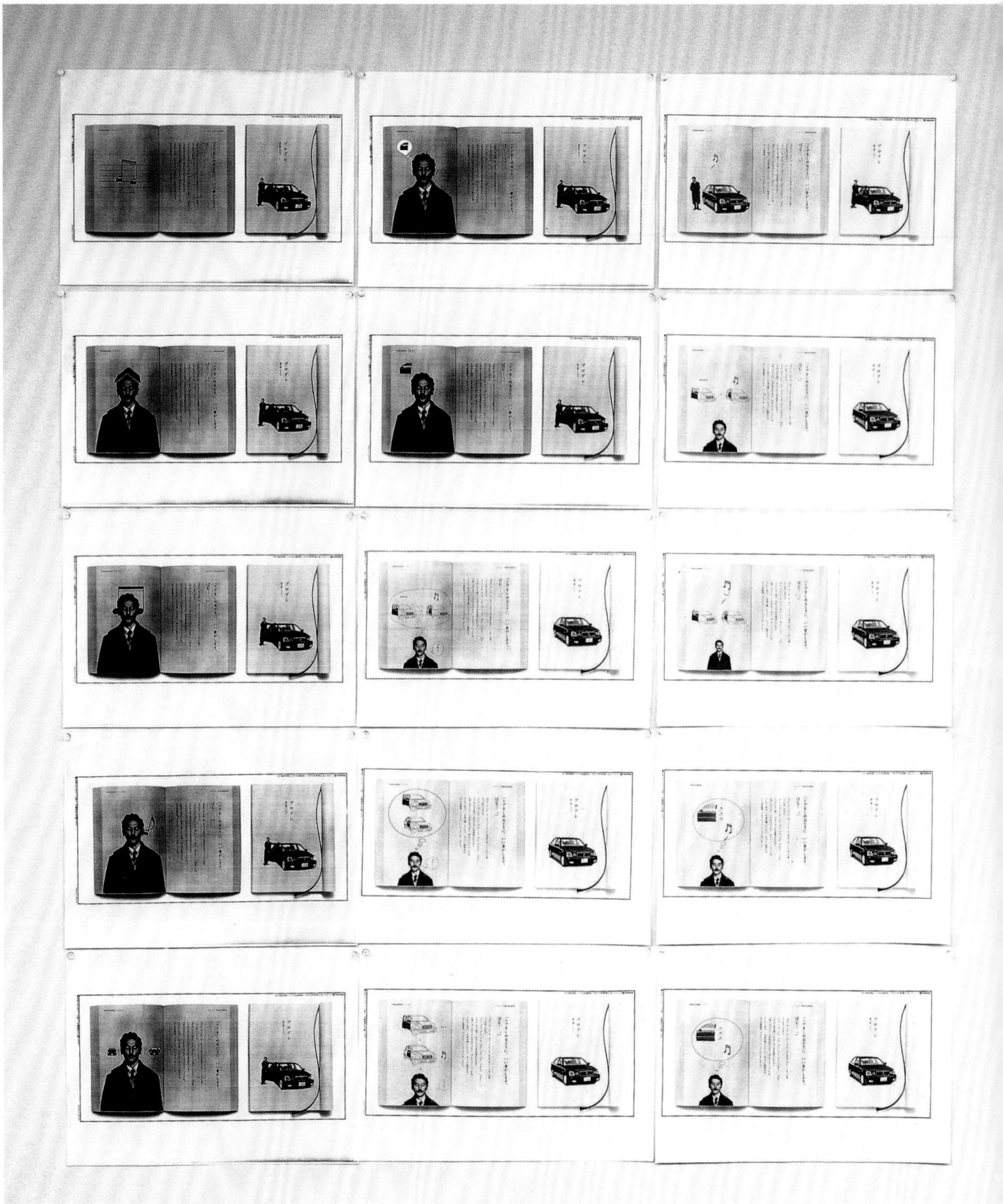

这个作品在设想阶段、始终没有能够很痛快地得到客户确认。曾使虾名龙郎伤透了不少脑筋、煞费了不少苦心。

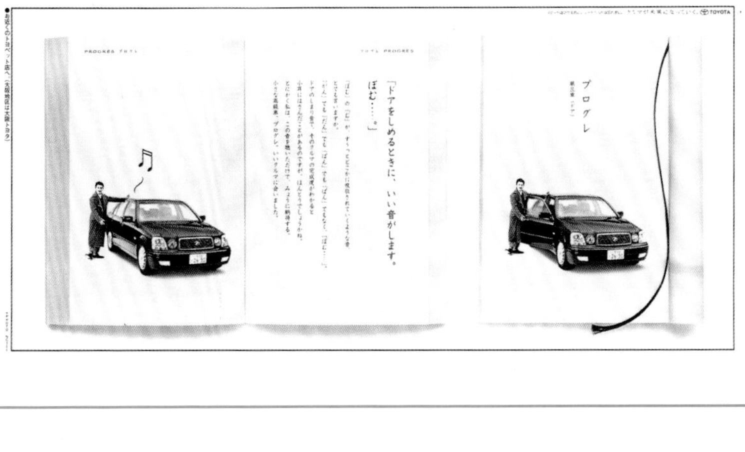
●お近くのトヨペット店へ。（大阪地区は大阪トヨタ）
TOYOTA
PROGRES
「ドアをしめるときに、いい音がします。
ぽむ……。」
とでも言いますか。
ドアのしまり音で、そのクルマの完成度がわかると
とにかく私は、この音を聴いただけで、みょうに納得する。
小さな高級車、プログレ。いいクルマに会いました。
プログレ

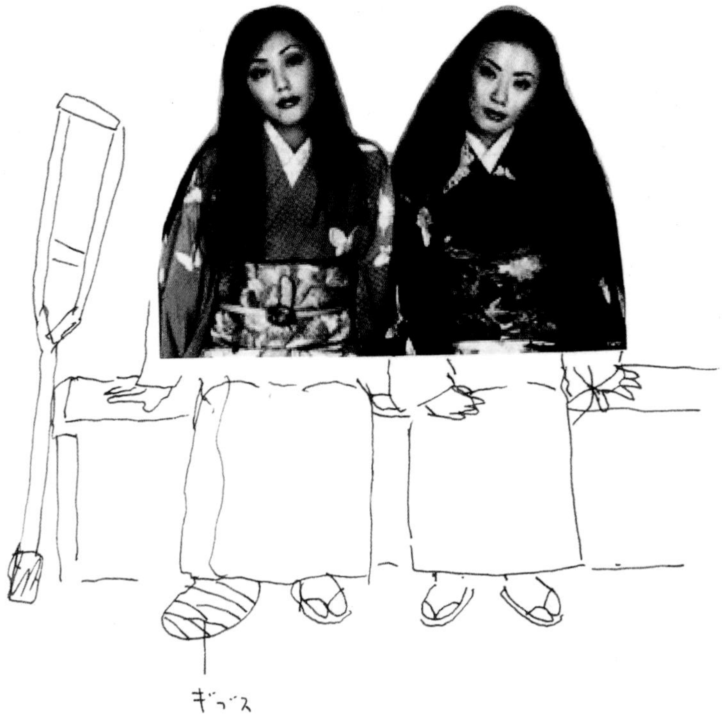

这幅图中的模特其实是当时红透日本流行歌坛半边天的两人组“帕菲”。

在正式开拍的前一天，左边的那个女孩因为出了车祸，而且脚骨折了。为此摄影延迟了两个星期，但是看到包了厚厚纱布的脚，仍然让人感到了一丝痛意。

What's BLACK?
WHAT'S BLACK?
ブラックのボス、新登場。

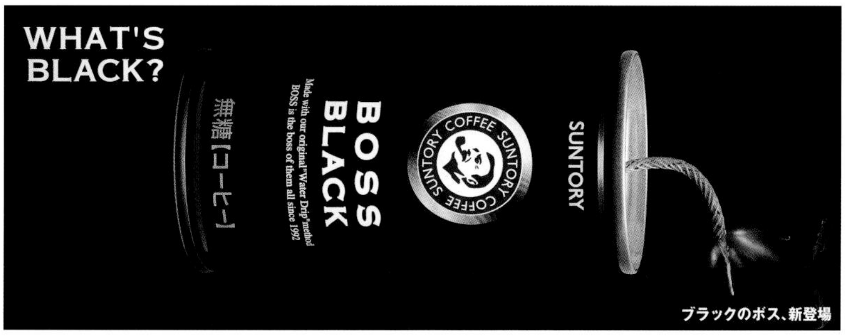
WHAT'S
BLACK?
無糖【コーヒー】
Made with our original"Water Drip"method
BOSS is the boss of them all since 1992
BOSS
BLACK
SUNTORY COFFEE SUNTORY COFFEE
SUNTORY
ブラックのボス、新登場

process 8

アマタケ
アマタケ
アマタケ
アマタケ
アマタケ
アマタケ
アマタケ
アマタケ
アマタケ
AMATAKE
AMATAKE
AMATAKE
AMATAKE
アマタケ
アマタケ
アマタケ
AMATAKE
AMATAKE
アマタケ
AMATAKE
アマタケ
AMATAKE
AMATAKE
AMATAKE
AMATAKE
アマタケ

アマタケ
アマタケ
アマタケ
アマタケ
アマタケ
アマタケ
アマタケ
AMATAKE
AMATAKE
AMATAKE
AMATAKE
AMATAKE
AMATAKE
アマタケ
AMATAKE
AMATAKE
AMATAKE
AMATAKE
AMATAKE
アマタケ
AMATAKE
AMATAKE
AMATAKE

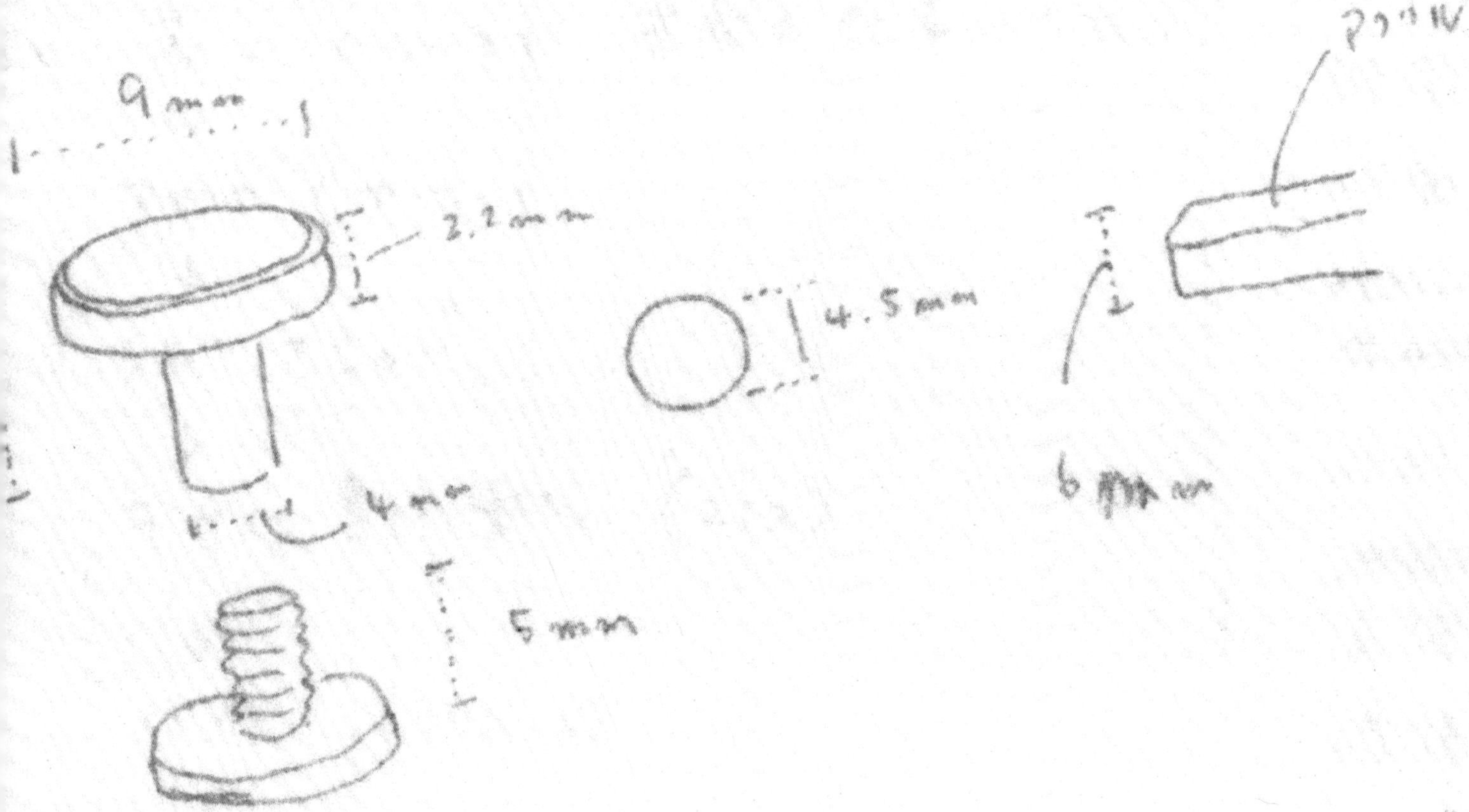

LIST

1

主题海报“随心所欲”(海报) 1999年

WAGAMAMADA B-1Poster 1999

艺术总监：虾名龙郎

设计师：虾名龙郎

摄影师：友野正

艺术：铃木大辅

Art Director:Tatsuo Ebina

Designer:Tatsuo Ebina

Phtographer:Tadashi Tomono

Artist:Daisuke Suzuki

2

Laforet 原宿“衬衫展1999”

(海报) 1999年

Laforet Harajyuku "T-Shirts Collection'99"

B-1Poster 1999

艺术总监：虾名龙郎

设计师：虾名龙郎

摄影师：友野正

Art Director:Tatsuo Ebina

Designer:Tatsuo Ebina

Phtographer:Tadashi Tomono

3-5

富士影印公司(海报) 1998年

Fuji Xerox B-0Poster 1998

艺术总监：虾名龙郎

总监制人：名雪佑平

广告语撰稿人：伊藤英纪

设计师：永田武史

摄影师：友野正

Art Director:Tatsuo Ebina

Creative Director:Yuhei Nayuki

Copywriter:Hideki Ito

Designer:Takeshi Nagata

Phtographer:Tadashi Tomono

6-9

日本第一生命保险公司(海报) 1992年

The Dai-ichi Mutual Life Insurance Company

B-1Poster 1992

艺术总监：虾名龙郎

总监制人：东秀纪·渡边达夫

广告语撰稿人：东秀纪

设计师：乡司健

摄影师：友野正

Art Director:Tatsuo Ebina

Creative Director:Hideki Azuma

Creative Director:Tatsuo Watanabe

Copywriter:Hideki Azuma

Designer:Takeshi Goshi

Phtographer:Tadashi Tomono

10-12

“商店、商店”(海报) 1996年

The Shop B-1Poster 1996

艺术总监：虾名龙郎

设计师：虾名龙郎

摄影师：友野正

Art Director:Tatsuo Ebina

Designer:Tatsuo Ebina

Phtographer:Tadashi Tomono

13-15

“商店、商店”(海报) 1997年

The Shop B-1Poster 1996

艺术总监：虾名龙郎

设计师：虾名龙郎

摄影师：虾名龙郎

Art Director:Tatsuo Ebina

Designer:Tatsuo Ebina

Phtographer:Tatsuo Ebina

16

成安造型美术大学宣传海报

1030mm × 2186mm (海报) 1998年

Seinan University of Art and Design

1030mm × 2184mm Poster 1998

艺术总监：虾名龙郎

设计师：虾名龙郎

插图：反町阳子

摄影师：友野正

Art Director:Tatsuo Ebina

Designer:Tatsuo Ebina

Illustrator:Yoko Sorimachi

Phtographer:Tadashi Tomono

17-18

BANDAI “玩具日”(海报) 1995年

BANDAI "Toy's Day" B-1Poster 1995

艺术总监：虾名龙郎

总监制人：古田元次郎

广告语撰写人：东秀纪

设计师：虾名龙郎 · 永田武史

艺术：长泽久美子

摄影师：友野正

Art Director:Tatsuo Ebina

Creative Director:Motojiro Furuta

Copywriter:Hideki Azuma

Designer:Tatsuo Ebina,Takeshi Nagata

Artist:Kumiko Nagasawa

Phtographer:Tadashi Tomono

19-22

BANDAI (海报) 1995年

BANDAI B-1Poster 1995

艺术总监：虾名龙郎

总监制人：古田元次郎

广告语撰稿人：东秀纪

设计师：虾名龙郎 · 永田武史

艺术：长泽久美子

摄影师：友野正

Art Director:Tatsuo Ebina

Creative Director:Motojiro Furuta

Copywriter:Hideki Azuma

Designer:Tatsuo Ebina,Takeshi Nagata

Artist:Kumiko Nagasawa

Phtographer:Tadashi Tomono

23-25

BANDAI “斯通 · 海奇”(海报) 1992年

BANDAI "Stone Henji" B-1Poster 1992

艺术总监：虾名龙郎 · 古田元次郎

总监制人：古田元次郎 · 内园纯作 · 虾名龙郎

广告语撰稿人：东秀纪

设计师：虾名龙郎

摄影师：友野正

Art Director:Tatsuo Ebina, Motojiro Furuta

Creative Director:Motojiro Furuta, Junsaku Uchizono, Tatsuo Ebina

Copywriter:Hideki Azuma

Designer:Tatsuo Ebina

Phtographer:Tadashi Tomono

26-27

内外证券公司 (海报) 1990年

Naigai-Shoken B-0 Poster 1990

艺术总监：虾名龙郎

广告语撰稿人：佐藤康生

设计师：高山惠子

艺术：虾名龙郎

摄影师：友野正

Art Director:Tatsuo Ebina

Copywriter:Yasuo Sato

Designer:Keiko Takayama

Artist:Tatso Ebina

Phtographer:Tadashi Tomono

28-29

NIchii学馆 (海报) 1997年

NIchii Gakkan B-1Poster 1997

艺术总监：虾名龙郎

广告语撰稿人：东秀纪

设计师：齐藤彻史

插图：铃木淳夫

摄影师：友野正

Art Director:Tatsuo Ebina

Copywriter:Hideki Azuma

Designer:Tetsufumi Saito

Illustrator:Atsuo suzuki

Phtographer:Tadashi Tomono

30-33

本田技研工业公司 (海报) 1997年

Honda Motor B-0Poster 1997

艺术总监：虾名龙郎

总监制人：名雪佑平

广告语撰稿人：名雪佑平

设计师：永田武史

插图：永田武史 · 反町阳子

Art Director:Tatsuo Ebina

Creative Director:Yuhei Nayuki

Copywriter:Yuhei Nayuki

Designer:Takeshi Nagata

Illustrator:Takeshi Nagata, Yoko Sorimachi

34

京东造型美术大学宣传海报 (海报) 1996年

Kyoto University Art and Design B-1Poster 1996

艺术总监：虾名龙郎

设计师：虾名龙郎

摄影师：友野正

Art Director:Tatsuo Ebina

Designer:Tatsuo Ebina

Phtographer:Tadashi Tomono

35-36

涩谷PRACO (海报)　1999年

Shibuya Parco B-1Poster　1999

艺术总监：虾名龙郎

总监制人：伊藤健志

广告语撰稿人：今枝立视

设计师：虾名龙郎

艺术：尼克·谢夫朗

摄影师：友野正

制作人：伊藤一枝

Art Director:Tatsuo Ebina

Creative Director:Takeshi Ito

Copywriter:Tatsumi Imaeda

Designer:Tatsuo Ebina

Artist:Nigel Shafran

Phtographer:Tadashi Tomono

Producer:Kazue Ito

37-38

BANDAI·“儿童玩具日”(海报)　1992年

BANDAI "Toy's Day" B-0Poster　1992

艺术总监：虾名龙郎·古田元次郎

总监制人：古田元次郎·内园纯作

广告语撰稿人：东秀纪

设计师：虾名龙郎

摄影师：友野正

Art Director:Tatsuo Ebina, Motojiro Furuta

Creative Director:Motojiro Furuta, Junsaku Uchizono

Copywriter:Hideki Azuma

Designer:Tatsuo Ebina

Phtographer:Tadashi Tomono

39-40

BANDAI·“圣诞节”(海报)　1992年

BANDAI "X'mas" B-0Poster　1992

艺术总监：虾名龙郎·古田元次郎

总监制人：古田元次郎·内园纯作

广告语撰稿人：东秀纪

设计师：虾名龙郎

艺术：长泽久美子

摄影师：友野正

Art Director:Tatsuo Ebina, Motojiro Furuta

Creative Director:Motojiro Furuta, Junsaku Uchizono

Copywriter:Hideki Azuma

Designer:Tatsuo Ebina

Phtographer:Tadashi Tomono

41-43

墨西哥外交部 (海报)　1998年

The Ministry of Foreign Affairs of Mexico B-1 Poster　1998

艺术总监：虾名龙郎

设计师：虾名龙郎

艺术：虾名龙郎

Art Director:Tatsuo Ebina

Designer:Tatsuo Ebina

Artist:Tatsuo Ebina

44

Suntory饮料“黑咖啡”(海报)　1998年 1800mm × 4600mm

Suntory "Boss Black" Metro Board Poster　1998 1800mm × 4600mm

艺术总监：虾名龙郎

总监制人：佐佐林宏

广告语撰稿人：矶岛拓矢

设计师：田边琢子·重田敦子

艺术：长泽久美子

摄影师：友野正

Art Director:Tatsuo Ebina

Creative Director:Hiroishi Sasaki

Copywriter:Takuya Isojima

Designer:Takuko Tanabe, Atsuko Shigeta

Artist:Kumiko Nagasawa

Phtographer:Tadashi Tomono

45-47

微小圆形世界 (海报)　1997年

Global Dining B-1 Poster　1997

艺术总监：虾名龙郎

设计师：虾名龙郎

摄影师：友野正

Art Director:Tatsuo Ebina

Designer:Tatsuo Ebina

Phtographer:Tadashi Tomono

48-53

银座GGG画廊“'98设计冲击波展”　1998年

48,53 2184mm × 1030mm

49,50 1030mm × 2184mm

51,52 1030mm × 728mm

Ginza Graphic Gallery "Graphic Wave '98"　1998

48,53 2184mm × 1030mm

49,50 1030mm × 2184mm

51,52 1030mm × 728mm

艺术总监：虾名龙郎

设计师：虾名龙郎

摄影师：友野正

Art Director:Tatsuo Ebina

Designer:Tatsuo Ebina

Phtographer:Tadashi Tomono

54

日本平面设计师协会 (海报)　1996年

Japan Graphic Designer Association B-1 Poster　1996

艺术总监：虾名龙郎

广告语撰稿人：虾名龙郎

设计师：虾名龙郎

摄影师：友野正

Art Director:Tatsuo Ebina

Copywriter:Tatsuo Ebina

Designer:Tatsuo Ebina

Phtographer:Tadashi Tomono

55-56

持田制药 (海报) 550mm × 760mm　1996年

Mochida Poster 550mm × 760mm　1996

艺术总监：虾名龙郎

总监制人：竹内好美

广告语撰稿人：广濑纯子

设计师：齐藤彻史

摄影师：藤井保

Art Director:Tatsuo Ebina

Creative Director:Yoshimi Takeuchi

Copywriter:Junko Hirose

Designer:Tetsufumi Saito

Phtographer:Tamotsu Fujii

57

Recruit "B-ing" (海报)　1998年

Recruit "B-ing" B-0 Poster　1998

艺术总监：虾名龙郎

广告语撰稿人：尾崎敬久

设计师：齐藤彻史

插图：齐藤彻史

摄影师：友野正

Art Director:Tatsuo Ebina

Copywriter:Yoshihisa Ozaki

Designer:Tetsufumi Saito

Illustrator:Tetsufumi Saito

Phtographer:Tadashi Tomono

58

丰田汽车公司"PROGRES"新型车 (海报)　1998年

TOYOTA "PROGRES" B-1 Poster　1998

艺术总监：虾名龙郎

总监制人：佐佐木宏

监制：秋山晶

广告语撰稿人：东秀纪

设计师：永田武史 · 田边琢子

艺术：北村道子 · 拓植伊佐夫

摄影师：操上和美 · 友野正

Art Director:Tatsuo Ebina

Creative Director:Hiroshi Sasaki

Superviser:Sho Akiyama

Copywriter:Hideki Azuma

Designer:Takeshi Nagata, Takuko Tanabe

Artist:MIchiko Kitamura, Isao Tuge

Phtographer:Kazumi Kurigami, Tadashi Tomono

59

索尼新型摄像机"Ruvi" 海报　1998年

1030mm × 4268mm

SONY "Ruvi" Poster　1998

1030mm × 4368mm

艺术总监：虾名龙郎 · 佐野隆

总监制人：高山雅行

广告语撰稿人：东秀纪

设计师：虾名龙郎 · 太田雄介

摄影师：野村浩司 · 友野正

Art Director:Tatsuo Ebina, Takashi Sano

Creative Director:Masayuki Takayama

Copywriter:Hideki Azuma

Designer:Tatsuo Ebina, Yusuke Oota

Phtographer:Hiroshi Nomura, Tadashi Tomono

60-62

E B-1海报　1994年

B-1 Poster　1994

艺术总监：虾名龙郎

设计师：虾名龙郎

插图：虾名龙郎

摄影师：虾名龙郎

Art Director:Tatsuo Ebina

Designer:Tatsuo Ebina

Illustrator:Tatsuo Ebina

Phtographer:Tatsuo Ebina

63-66
富士宽银幕电视 (海报) 1998年
550mm × 760mm
Fuji Television Network Poster 1996
550mm × 760mm

艺术总监：虾名龙郎
总监制人：代代木明德
设计师：虾名龙郎 · 永田武史
摄影师：友野正
Art Director:Tatsuo Ebina
Creative Director:Akiyoshi Yoyogi
Designer:Tatsuo Ebina, Takeshi Nagata
Phtographer:Tadashi Tomono

67-69
三井房地产公司 (海报) 1991年
Mitsui Real estate Sales B-0 Poster 1991

艺术总监：虾名龙郎
总监制人：东秀纪
广告语撰稿人：东秀纪
设计师：虾名龙郎 · 太泽纪美子
艺术：虾名龙郎
摄影师：木下透
Art Director:Tatsuo Ebina
Creative Director:Hideki Azuma
Copywriter:Hideki Azuma
Designer:Tatsuo Ebina, Kimiko Osawa
Artist:Tatsuo Ebina
Phtographer:Toru Kinoshita

70-71
BANDAI (海报) 1995年
BANDAI Poster 1995

艺术总监：虾名龙郎
总监制人：古田元次郎
广告语撰稿人：东秀纪
设计师：永田武史
艺术：长泽久美子
摄影师：友野正
Art Director:Tatsuo Ebina
Creative Director:Motojiro Furuta
Copywriter:Hideki Azuma
Designer:Takeshi Nagata
Artist:Kumiko Nagasawa
Phtographer:Tadashi Tomono

72
BANDAI (海报) 1995年
BANDAI Poster 1995

艺术总监：虾名龙郎
总监制人：古田元次郎
广告语撰稿人：东秀纪
设计师：永田开武
艺术：长泽久美子
摄影师：友野正
Art Director:Tatsuo Ebina
Creative Director:Motojiro Furuta
Copywriter:Hideki Azuma
Designer:Takeshi Nagata
Artist:Kumiko Nagasawa
Phtographer:Tadashi Tomono

73
BANDAI (海报) 1996年
BANDAI Poster 1996

艺术总监：虾名龙郎
总监制人：古田元次郎
广告语撰稿人：东秀纪
设计师：永田武史
艺术：长泽久美子
摄影师：友野正
Art Director:Tatsuo Ebina
Creative Director:Motojiro Furuta
Copywriter:Hideki Azuma
Designer:Takeshi Nagata
Artist:Kumiko Nagasawa
Phtographer:Tadashi Tomono

74-77
BANDAI (海报) 1996年
BANDAI Poster 1996

艺术总监：虾名龙郎
总监制人：古田元次郎
广告语撰稿人：东秀纪
设计师：永田武史
艺术：长泽久美子
摄影师：友野正
Art Director:Tatsuo Ebina
Creative Director:Motojiro Furuta
Copywriter:Hideki Azuma
Designer:Takeshi Nagata
Artist:Kumiko Nagasawa
Phtographer:Tadashi Tomono

78-79

BANDAI (海报) 1996年

BANDAI Poster 1996

艺术总监：虾名龙郎

总监制人：古田元次郎

广告语撰稿人：东秀纪

设计师：永田武史

艺术：长泽久美子

摄影师：友野正

Art Director:Tatsuo Ebina

Creative Director:Motojiro Furuta

Copywriter:Hideki Azuma

Designer:Takeshi Nagata

Artist:Kumiko Nagasawa

Phtographer:Tadashi Tomono

80-81

丰田汽车公司"PROGRES"新型车 (海报) 1998年

TOYOTA "PROGRES" Poster 1998

艺术总监：虾名龙郎

总监制人：佐佐木宏

监制：秋山晶

广告语撰稿人：东秀纪

设计师：永田武史 · 田边琢子

艺术：北村道子 · 拓植伊佐夫

摄影师：操上和美 · 友野正

Art Director:Tatsuo Ebina

Creative Director:Hiroshi Sasaki

Superviser:Sho Akiyama

Copywriter:Hideki Azuma

Designer:Takeshi Nagata, Takuko Tanabe

Artist:MIchiko Kitamura, Isao Tsuge

Phtographer:Kazumi Kurigami, Tadashi Tomono

82-102

丰田汽车公司"PROGRES"新型车 (海报) 1998年

TOYOTA "PROGRES" Poster 1998

艺术总监：虾名龙郎

总监制人：佐佐木宏

监制：秋山晶

广告语撰稿人：东秀纪

设计师：永田武史 · 田边琢子 · 太田雄介 · 重田敦子

艺术：北村道子 · 枯植伊佐夫

摄影师：操上和美 · 友野正

Art Director:Tatsuo Ebina

Creative Director:Hiroshi Sasaki

Superviser:Sho Akiyama

Copywriter:Hideki Azuma

Designer:Takeshi Nagata, Takuko Tanabe, Yusuke Ota, Atsuko Shigeta

Artist:Michiko Kitamura, Isao Tsuge

Phtographer:Kazumi Kurigami, Tadashi Tomono

103

AMATAKE (海报) 1999年

AMATAKE Poster 1999

艺术总监：虾名龙郎

总监制人：东秀纪

广告语撰稿人：坂东真弓

设计师：田边琢子

摄影师：友野正

Art Director:Tatsuo Ebina

Creative Director:Hideki Azuma

Copywriter:Mayumi Bando

Designer:Takuko Tanabe

Phtographer:Tadashi Tomono

104

集英社 (海报) 1997年

Shueisha Poster 1997

艺术总监：虾名龙郎

总监制人：广渡纪子

广告语撰稿人：山根惠理

设计师：永田武史

艺术：北村道子

摄影师：宫泽正明

Art Director:Tatsuo Ebina

Creative Director:Noriko Hirowatari

Copywriter:Eri Yamane

Designer:Takeshi Nagata

Artist:Michiko Kitamura

Phtographer:Masaaki Miyazawa

105

WAGAMAMADA (标志) 1995年

WAGAMAMADA 1995

艺术总监：虾名龙郎

设计师：虾名龙郎 · 齐藤彻史

Art Director:Tatsuo Ebina

Designer:Tatsuo Ebina, Tetsufumi Saito

106

AMATAKE (标志) 1999年

AMATAKE 1999

艺术总监：虾名龙郎

设计师：田边琢子 · 太田雄介 · 重田敦子

Art Director:Tatsuo Ebina

Designer:Takuko Tanabe, Yusuke Ota, Atsuko Sigeta

107

东京TCC　1998年

Tokyo Copywriters Club　1998

艺术总监：虾名龙郎

设计师：田边琢子 · 太田雄介

Art Director:Tatsuo Ebina

Designer:Takuko Tanabe, Yusuke Ota

108

DOLCE (标志)　1999年

DOLCE　1999

艺术总监：虾名龙郎

设计师：重田敦子

Art Director:Tatsuo Ebina

Designer:Atsuko Shigeta

109-111

兼松　1992年

Kanematsu　1992

艺术总监：虾名龙郎

总监制人：神田和美 · 青山正伸

广告语撰稿人：神田和美

设计师：乡司健

摄影师：友野正

Art Director:Tatsuo Ebina

Creative Director:Kazumi Kanda, Masanobu Aoyama

Copywriter:Kazumi Kanda

Designer:Takeshi Goshi

Phtographer:Tadashi Tomono

112-114

飞翔建设公司　1993年

Hisho　1993

艺术总监：虾名龙郎

总监制人：篑河原由朗

广告语撰稿人：谷泽典之 · 山本正和

设计师：乡司健

摄影师：友野正

Art Director:Tatsuo Ebina

Creative Director:Yoshiro Sugahara

Copywriter:Noriyuki Tanizawa, Masakazu Yamamoto

Designer:Takeshi Goshi

Phtographer:Tadashi Tomono

115-117

持田制药公司"Collage"　1994年

Mochida "Collage"　1994

艺术总监：虾名龙郎

总监制人：竹内好美

广告语撰稿人：广濑纯子

设计师：乡司健

摄影师：宫泽正明

Art Director:Tatsuo Ebina

Creative Director:Yoshimi Takeuchi

Copywriter:Junko Hirose

Designer:Takeshi Goshi

Phtographer:Masaaki Miyazawa

118-120

持田制药公司"Collage"　1993年

Mochida "Collage"　1993

艺术总监：虾名龙郎

总监制人：竹内好美

广告语撰稿人：广濑纯子

设计师：乡司健

摄影师：宫泽正明

Art Director:Tatsuo Ebina

Creative Director:Yoshimi Takeuchi

Copywriter:Junko Hirose

Designer:Takeshi Goshi

Phtographer:Masaaki Miyazawa

121-122

持田制药公司"Collage"　1994年

Mochida "Collage"　1994

艺术总监：虾名龙郎

总监制人：竹内好美

广告语撰稿人：广濑纯子

设计师：齐藤彻史

摄影师：藤井保

Art Director:Tatsuo Ebina

Creative Director:Yoshimi Takeuchi

Copywriter:Junko Hirose

Designer:Tetsufumi Saito

Phtographer:Tamotsu Fujii

123-125

朝日新闻报社　1995年

Asahi Newspaper　1995

艺术总监：虾名龙郎

总监制人：冈本纪亨

广告语撰稿人：东秀纪

设计师：虾名龙郎 · 乡司健

摄影师：木下透

Art Director:Tatsuo Ebina

Creative Director:Toshiyuki Okamoto

Copywriter:Hideki Azuma

Designer:Tatsuo Ebina, Takeshi Goshi

Phtographer:Toru Kinoshita

126-128

片山食品公司 1994年

Katayama Foods 1994

艺术总监：虾名龙郎

总监制人：中村博昭

广告语撰稿人：佐藤康生

设计师：乡司健・永田武史

摄影师：友野正

Art Director:Tatsuo Ebina

Creative Director:Hiroaki Nakamura

Copywriter:Yasuo Sato

Designer:Takeshi Goshi, Takeshi Nagata

Phtographer:Tadashi Tomono

129-131

BANDAI "斯通・海奇" 1992年

BANDAI "Stone Henji" 1992

艺术总监：虾名龙郎・古田元次郎

总监制人：古田元次郎・内园纯作・虾名龙郎

广告语撰稿人：东秀纪

设计师；齐藤彻史

摄影师：友野正

Art Director:Tatsuo Ebina, Motojiro Furuta

Creative Director:Motojiro Furuta, Junsaku Uchizono, Tatsuo Ebina

Copywriter:Hideki Azuma

Designer:Tatsuo Ebina

Phtographer:Tadashi Tomono

132-133

田原屋 1995年

Tawaraya 1995

艺术总监：虾名龙郎

决监制人：山和直纪・东秀纪

广告语撰稿人：东秀纪

设计师：齐藤彻史(132)・永田武史(133)

艺术：长泽久美子(132)

摄影师：大泽强(132)・平泽宽(133)

Art Director:Tatsuo Ebina

Creative Director:Naoki Yamato, Hideki Azuma

Copywriter:Hideki Azuma

Designer:Tetsufumi Saito(132), Takeshi Nagata(133)

Artist:Kumiko Nagasawa

Phtographer:Tsuyoshi Osawa(132), Hiroshi Hirasawa(133)

134-136

24小时超市 1995年

Family Mart 1995

艺术总监：虾名龙郎

总监制人：坂本庵

广告撰写人：山田秀司

设计师：宇田川纯子

摄影师：友野正

Art Director:Tatsuo Ebina

Creative Director:Ryu Sakamoto

Copywriter:Shuji Yamada

Designer:Junko Udagawa

Phtographer:Tadashi Tomono

137-139

24小时超市 1995年

Family Mart 1995

艺术总监：虾名龙郎

总监制人：坂本庵

广告语撰稿人：坂本庵

设计师：宇田川纯子

艺术：长泽洋子(138)

摄影师：友野正

Art Director:Tatsuo Ebina

Creative Director:Ryu Sakamoto

Copywriter:Shuji Yamada

Designer:Junko Udagawa

Artist:Hiroko Nagasawa(138)

Phtographer:Tadashi Tomono

140-147

BANDAI 1995年

BANDAI 1995

艺术总监：虾名龙郎

总监制人：古田元次郎

广告语撰稿人：虾名龙郎(140.143.145.146)

东秀纪(141.142.144.147)

设计师：虾名龙郎・齐藤彻史・永田武史

摄影师：友野正

Art Director:Tatsuo Ebina

Creative Director:Motojirou Furuta

Copywriter:Tatsuo Ebina(140.143.145.146),

Hideki Azuma(141.142.144.147)

Designer:Tatsuo Ebina, Tetsufumi Saito, Takeshi Nagata

Phtographer:Tadashi Tomono

148

齐藤大酒店　1994年

Hotel Saito　1994

艺术总监：虾名龙郎

总监制人：东秀纪・中村博昭

广告语撰稿人：东秀纪

设计师：长泽久美子

插图：虾名龙郎

Art Director:Tatsuo Ebina

Creative Director:Hideki Azuma, Hiroaki Nakamura

Copywriter:Hideki Azuma

Designer:Kumiko Nagasawa

Illustrater:Tatsuo Ebina

149

雄伸公司　1994年

Yushin　1994

艺术总监：虾名龙郎

总监制人：东秀纪

广告语撰稿人：东秀纪

设计师：虾名龙郎

插图：虾名龙郎

Art Director:Tatsuo Ebina

Creative Director:Hideki Azuma

Copywriter:Hideki Azuma

Designer:Tatsuo Ebina

Illustrator:Tatsuo Ebina

150-152

富士影印公司　1996年

Fuji Xerox　1996

艺术总监：虾名龙郎

总监制人：友田光亮・高山淳

广告语撰稿人：高山淳

设计师：乡司健

插图：唐仁原教久

Art Director:Tatsuo Ebina

Creative Director:Mitsuaki Tomoda, Jun Takayama

Copywriter:Jun Takayama

Designer:Takeshi Goshi

Illustrator:Norihisa Tojinbara

153-155

Acom公司　1996年

Acom　1996

艺术总监：虾名龙郎

总监制人：加藤爱莎・佐仓康彦

广告语撰稿人：佐仓康彦

设计师：永田武史

插图：永田武史

Art Director:Tatsuo Ebina

Creative Director:Aisa Kato, Yasuhiko Sakura

Copywriter:Yasuhiko Sakura

Designer:Takeshi Nagata

Illustrator:Takeshi Nagata

156-158

日本Amway公司　1994年

Amway Japan　1994

艺术总监：虾名龙郎

总监制人：西冈史郎

广告语撰稿人：西冈史郎

设计师：虾名龙郎

艺术：长泽久美子

摄影师：友野正

Art Director:Tatsuo Ebina

Creative Director:Shiro Nishioka

Copywriter:Shiro Nishioka

Designer:Tatsuo Ebina

Artist:Kumiko nagasawa

Phtographer:Tadashi Tomono

159-161

中信乐器制造公司　1994年

Chushin Musical Instruments MFG　1994

艺术总监：虾名龙郎

广告语撰稿人：谷泽典之

设计师：谷泽典之

摄影师：友野正

Art Director:Tatsuo Ebina

Copywriter:Noriyuki Tanizawa

Designer:Takeshi Goshi

Phtographer:Tadashi Tomono

162-163

日本电信电话公司 1997年

Nippon Telegraph And Telephone 1997

艺术总监：虾名龙郎

总监制人：阪本淳子

广告语撰稿人：伊藤英纪

设计师：田边琢子

艺术：长泽久美子

插图：田边琢子

摄影师：友野正

Art Director:Tatsuo Ebina

Creative Director:Junko Sakamoto

Copywriter:Hideki ito

Designer:Takuko Tanabe

Artist:Kumiko nagasawa

Illustrator:Takuko Tanabe

Phtographer:Tadashi Tomono

164-165

综合警备保安公司 1997年

Sogo Security Service 1997

艺术总监：虾名龙郎

总监制人：武田齐纪

广告语撰稿人：武田齐纪

设计师：虾名龙郎

摄影师：友野正

Art Director:Tatsuo Ebina

Creative Director:Yoshinori Takeda

Copywriter:Yoshinori Takeda

Designer:Tatsuo Ebina

Phtographer:Tadashi Tomono

166-167

EDWIN公司 1997年

EDWIN 1997

艺术总监：虾名龙郎

总监制人：西冈史郎

广告语撰稿人：西冈史郎

设计师：虾名龙郎

摄影师：友野正

Art Director:Tatsuo Ebina

Creative Director:Shiro Nishioka

Copywriter:Shiro Nishioka

Designer:Tatsuo Ebina

Phtographer:Tadashi Tomono

168-173

Recruit人才交流中心 1997年

Recruit Jinnzai Center 1997

艺术总监：虾名龙郎

总监制人：东秀纪

广告语撰稿人：梅泽俊敬

设计师：齐藤彻史

摄影师：友野正

Art Director:Tatsuo Ebina

Creative Director:Hideki Azuma

Copywriter:Toshihiro Umezawa

Designer:Tetsufumi Saito

Phtographer:Tadashi Tomono

174-176

综合警备保安公司 1997年

Sogo Security Service 1997

艺术总监：虾名龙郎

总监制人：武田齐纪

广告语撰稿人：武田齐纪

设计师：虾名龙郎

摄影师：友野正

Art Director:Tatsuo Ebina

Creative Director:Yoshinori Takeda

Copywriter:Yoshinori Takeda

Designer:Tatsuo Ebina

Phtographer:Tadashi Tomono

177-179

Recruit 1997年

Recruit 1997

艺术总监：虾名龙郎

总监制人：别府博文

广告语撰稿人：东秀纪

设计师：虾名龙郎

摄影师：平泽宽

Art Director:Tatsuo Ebina

Creative Director:Hirofumi Beppu

Copywriter:Hideki Azuma

Designer:Tatsuo Ebina

Phtographer:Hiroshi Hirasawa

180-181

Serute　1998年

Serute　1998

艺术总监：虾名龙郎

总监制人：坂本庵

广告语撰稿人：板本庵

设计师：齐藤彻史

摄影师：友野正

Art Director:Tatsuo Ebina

Creative Director:Ryu Sakamoto

Copywriter:Ryu Sakamoto

Designer:Tetsufumi Saito

Phtographer:Tadashi Tomono

182-183

ASTEL　1997年

ASTEL　1997

艺术总监：虾名龙郎

广告语撰稿人：伊藤英纪

设计师：田边琢子

摄影师：友野正

Art Director:Tatsuo Ebina

Copywriter:Hideki Ito

Designer:Takuko Tanabe

Phtographer:Tadashi Tomono

184-185

JTSS网络服务中心　1999年

JTSS　1999

艺术总监：虾名龙郎

总监制人：井泽里美

广告语撰稿人：名雪佑平

设计师：田边琢子

摄影师：友野正

Art Director:Tatsuo Ebina

Creative Director:Satomi Izawa

Copywriter:Yuhei Nayuki

Designer:Takuko Tanabe

Phtographer:Tadashi Tomono

186-191

Tenpstaff　1998年

Tenpstaff　1998

艺术总监：虾名龙郎

总监制人：佐仓康彦・为田香苗

广告语撰稿人：佐仓康彦

设计师：永田武史・齐藤彻史

艺术：长泽久美子

摄影师：菅野纯

Art Director:Tatsuo Ebina

Creative Director:Yasuhiko Sakura, Kanae Tameda

Copywriter:Yasuhiko Sakura

Designer:Takeshi Nagata, Tetsufumi Saito

Artist:Kumiko Nagasawa

Phtographer:Jun Kanno

192-194

Acom　1998年

Acom　1998

艺术总监：虾名龙郎

总监制人：户部二实

广告语撰稿人：饭田克彦

设计师：齐藤彻史

摄影师：友野正

Art Director:Tatsuo Ebina

Creative Director:Fumi Tobe

Copywriter:Katsuhiko Iida

Designer:Tetsufumi Saito

Phtographer:Tadashi Tomono

195-197

日本新空气　1998年

Air Liquide Japan　1998

艺术总监：虾名龙郎

总监制人：古川智子

广告语撰稿人：佐藤康生

设计师：永田武史

摄影师：友野正

Art Director:Tatsuo Ebina

Creative Director:Tomoko Furukawa

Copywriter:Yasuo Sato

Designer:Takeshi Nagata

Phtographer:Tadashi Tomono

198-200

Ricruit人才交流中心 1998年

Ricruit Jinzai Center 1998

艺术总监: 虾名龙郎

广告语撰稿人: 伊藤英纪

设计师: 齐藤彻史

摄影师: 友野正

Art Director:Tatsuo Ebina

Copywriter:Hideki ito

Designer:Tetsufumi Saito

Phtographer:Tadashi Tomono

201-206

Career Staff 1998年

Career Staff 1998

艺术总监: 虾名龙郎

总监制人: 古川智子

广告语撰稿人: 坂东真弓

设计师: 田边琢子

插图: 堀内僚太郎

摄影师:

Art Director:Tatsuo Ebina

Creative Director:Tomoko Furukawa

Copywriter:Mayumi Bando

Designer:Takuko Tanabe

Illustrator:Hisako Nakayama

Phtographer:Ryotaro Horiuchi

207

国际生命保险公司 1996年

Nationale-Nederlanden Life Insurance 1996

艺术总监: 虾名龙郎

总监制人: 阪本淳子 · 林田纯子

广告语撰稿人: 佐藤康生

设计师: 虾名龙郎 · 齐藤彻史

Art Director:Tatsuo Ebina

Creative Director:Junko Sakamoto, Junko Hayashida

Copywriter:Yasuo Sato

Designer:Tatsuo Ebina, Tetsufumi Saito

208

Yuko 1996年

Yuko 1996

艺术总监: 虾名龙郎

总监制人: 东秀纪

广告语撰稿人: 东秀纪

设计师: 虾名龙郎

插图: 虾名龙郎

摄影师: 虾名龙郎

Art Director:Tatsuo Ebina

Creative Director:Hideki Azuma

Copywriter:Hideki Azuma

Designer:Tatsuo Ebina

Illustrator:Tatsuo Ebina

Phtographer:Tatsuo Ebina

209-210

丰田汽车公司"PROGRES"新型车 1999年

TOYOTA "PROGRES" 1999

艺术总监: 虾名龙郎

总监制人: 佐佐木宏

监制: 秋山晶

广告语撰稿人: 东秀纪

设计师: 永田武史 · 田边琢子

艺术: 北村道子 · 拓植伊佐夫

摄影师: 操上和美 · 友野正

Art Director:Tatsuo Ebina

Creative Director:Hiroshi Sasaki

Superviser:Sho Akiyama

Copywriter:Hideki Azuma

Designer:Takeshi Nagata, Takuko Tanabe, Yusuke Ota, Atsuko Shigeta

Artist:Michiko Kitamura, Isao Tsuge

Phtographer:Kazumi Kurigami, Tadashi Tomono

211-212

丰田汽车公司"PROGRES"新型车 1998年

TOYOTA "PROGRES" 1998

艺术总监: 虾名龙郎

总监制人: 佐佐木宏

监制: 秋山晶

广告语撰稿人: 东秀纪

设计师: 永田武史 · 田边琢子

艺术: 北村道子 · 拓植伊佐夫

摄影师: 操上和美 · 友野正

Art Director:Tatsuo Ebina

Creative Director:Hiroshi Sasaki

Superviser:Sho Akiyama

Copywriter:Hideki Azuma

Designer:Takeshi Nagata, Takuko Tanabe, Yusuke Ota, Atsuko Shigeta

Artist:Michiko Kitamura, Isao Tsuge

Phtographer:Kazumi Kurigami, Tadashi Tomono

213-214

Visine　1998年

Visine　1998

艺术总监：虾名龙郎

总监制人：嶋崎政树 · 佐仲涉

广告语撰稿人：藤田宪子

设计师：永田武史

插图：浦野千贺子 · 池田理代子

摄影师：林茂范

Art Director:Tatsuo Ebina

Creative Director:Masaki Shimazaki, Wataru Sanaka

Copywriter:Noriko Fujita

Designer:Takeshi Nagata

Illustrator:Chikako Urano, Riyoko Ikeda

Phtographer:Shigenori Hayashi

215A-215L

虾名龙郎设计事务所"E"简介　1993年

E　1993

艺术总监：虾名龙郎

设计师：虾名龙郎

插图：虾名龙郎 · 藤井洋

摄影师：友野正 · 宫泽正明

Art Director:Tatsuo Ebina

Designer:Tatsuo Ebina

Illustrator:Tatsuo Ebina, Hiroshi Fujii

Phtographer:Tadashi Tomono, Masaaki Miyazawa

216A-216L

虾名龙郎设计事务所"E"简介　1995年

E　1995

艺术总监：虾名龙郎

广告语撰稿人：虾名龙郎

设计师：虾名龙郎

插图：虾名龙郎

摄影师：友野正 · 木下透 · 虾名龙郎

Art Director:Tatsuo Ebina

Copywriter:Tatsuo Ebina

Designer:Tatsuo Ebina

Illustrator:Tatsuo Ebina

Phtographer:Tadashi Tomono, Toru Kinoshita, Tatsuo Ebina

217A-217L

虾名龙郎设计事务所"E"简介　1996年

E　1996

艺术总监：虾名龙郎

总监制人：虾名龙郎

广告语撰稿人：东秀纪 · 坂东真弓

设计师：虾名龙郎 · 乡司健 · 齐藤彻史 · 永田武史

插图：虾名龙郎

摄影师：友野正 · 大泽强 · 永富谦一郎 · 永田武史

Art Director:Tatsuo Ebina

Creative Director:Tatsuo Ebina

Copywriter:Hideki Azuma, Mayumi Bando

Designer:Tatsuo Ebina, Takeshi Goshi, Tetsufumi Saito, Takeshi Nagata

Illustrator:Tatsuo Ebina

Phtographer:Tadashi Tomono, Tsuyoshi Osawa, Kenichiro Nagatomi, Tatsuo Ebina

218A-218L

虾名龙郎设计事务所"E"简介　1997年

E　1997

艺术总监：虾名龙郎

总监制人：虾名龙郎

广告语撰稿人：东秀纪 · 坂东真弓

设计师：虾名龙郎 · 齐藤彻史 · 永田武史 · 田边琢子

插图：虾名龙郎 · 齐藤彻史 · 田边琢子

摄影师：友野正

Art Director:Tatsuo Ebina

Creative Director:Tatsuo Ebina

Copywriter:Hideki Azuma, Mayumi Bando

Designer:Tatsuo Ebina, Tetsufumi Saito, Takeshi Nagata, Takuko Tanabe

Illustrator:Tatsuo Ebina, Tetsufumi Saito, Takuko Tanabe

Phtographer:Tadashi Tomono

219A-219L

虾名龙郎设计事务所"E"简介　1998年

E　1998

艺术总监：虾名龙郎

总监制人：虾名龙郎

广告语撰稿人：东秀纪 · 坂东真弓

设计师：齐藤彻史 · 永田武史 · 田边琢子 · 反町阳子

插图：虾名龙郎

摄影师：友野正

Art Director:Tatsuo Ebina

Creative Director:Tatsuo Ebina

Copywriter:Hideki Azuma, Mayumi Bando

Designer:Tatsuo Ebina, Tetsufumi Saito, Takeshi Nagata, Takuko Tanabe

Illustrator:Tatsuo Ebina, Tetsufumi Saito, Takuko Tanabe

Phtographer:Tadashi Tomono

220-222

竹尾纸展　1997年

Takeo　1997

艺术总监：虾名龙郎

设计师：虾名龙郎

艺术：长泽久美子

摄影师：友野正

Art Director:Tatsuo Ebina

Designer:Tatsuo Ebina

Artist:Kumiko Nagasawa

Phtographer:Tadashi Tomono

223

东京TCC广告年鉴　1998年

Tokyo Copywriters Club　1998

艺术总监：虾名龙郎

总监制人：神谷幸之助

设计师：田边琢子·太田雄介

设计助理：水野学·铃木大辅·羽贺文子

摄影师：友野正

Art Director:Tatsuo Ebina

Creative Director:Konosuke Kamitani

Designer:Takuko Tanabe, Yusuke Ota

Assistant Designer:Manabu Mizuno, Daisuke Suzuki, Fumiko Haga

Phtographer:Tadashi Tomono

224A-224D

Nichii学馆　1997年

Nichii Gakkan　1997

艺术总监：虾名龙郎

总监制人：东秀纪

广告语撰稿人：东秀纪

设计师：齐藤彻史

插图：铃木淳夫

摄影师：友野正

Art Director:Tatsuo Ebina

Creative Director:Hideki Azuma

Copywriter:Hideki Azuma

Designer:Tetsufumi Saito

Illustrator:Atsuo suzuki

Phtographer:Tadashi Tomono

225A-225D

Nichii学馆　1998年

NIchii Gakkan　1998

艺术总监：虾名龙郎

总监制人：东秀纪

广告语撰稿人：东秀纪

设计师：齐藤彻史

插图：铃木淳夫

摄影师：友野正

Art Director:Tatsuo Ebina

Creative Director:Hideki Azuma

Copywriter:Hideki Azuma

Designer:Tetsufumi Saito

Illustrator:Atsuo suzuki

Phtographer:Tadashi Tomono

226A-226C

Acom　1997年

Acom　1997

艺术总监：虾名龙郎

总监制人：户部二实

广告语撰稿人：饭田克宪

设计师：齐藤彻史

摄影师：友野正

Art Director:Tatsuo Ebina

Creative Director:Fumi Tobe

Copywriter:Katsuhiko Iida

Designer:Tetsufumi Saito

Phtographer:Tadashi Tomono

虾名 龙郎

1960年 生于东京

1986年 设立E有限公司

1987年 进入宫识设计事务所工作

1988年 重新设立E有限公司

1993年 JAGDA会员

1999年 ADC会员

获奖

1994年 JAGDA新人奖

1995年 东京ADC奖

1996年 东京ADC奖 · 纽约.ADC铜奖

1997年 东京ADC奖 · 纽约ADC铜奖 · 朝日广告奖(部门奖)

1999年 纽约ADC全场金奖

收藏

Reinhold-Brown gallery (美国纽约) 26 East 78th Street, new york 10021

京都工艺织维大学

Musum Fur Kunst und Gewerve(德国 · 汉堡)

展览会

1993年 JAGDA · 海报巡回展(德国、波兰、法国)

1994年 JAGDA新人奖受奖作家作品 展
(东京银座G8画廊 5/10~6/3)

1994年 JAGDA新人奖展(京都府中小企业多功能中心 9/26~9/30)

1994年 JAGDA近作海报展(东京Research Park10/7~10/10)

1995年 ICOGRADA'95葡萄牙(日本海报展)
(CCB文化中心 · 里斯本7/5~7/31)
(ICOGRADA'95Portugal-The Japanese Posters)
＊ICOGRADA=国际平面设计团体协议会

1995年 HUMAN AD展(东京设计师联合会8/16~8/19)

1997年 TAKEO PAPER SHOW1997

1998年 日本平面设计师7人展(墨西哥国家图书馆)

1998年 个展/土之缝(HB画廊)

1998年 虾名龙郎 · 平野敬子 · 三木健3人展
(GGG画廊)

1999年 Eggs展(太阳和风的家)

Tatsuo Ebina

1960 Born in Tokyo

1986 Founded E Co.

1987 Entered Miyata Satoru Office (Now Known as Draft Co.)

1988 Returned to E Co.

1993 Became a Member of the Japan Graphic Design Association (JAGDA)

1993 Became a Member of Tokyo Art Directors Club (ADC)

Awards:

1994 JAGDA Newcomer Award

1995 ADC Award and Asahi Advertisement Award (Division Award)

1996 ADC Award and New York ADC Award for Distinctive Merit

1997 ADC Award and New York ADC Award for Distinctive Merit.

1999 New York ADC Award for Gold .

Collections:

Reinhold-Brown Gallery (New York) 26 East 78th Street, New York 10021

Kyoto Crafts and Textile College

Musum Fur Kunst und Gewerbe (Hamburg)

Exhibitions:

1993 JAGDA Poster Exhibition (Germany, Poland, and France)

1994 JAGDA Exhibition of Work by Newcomer Award Recipients
(Ginza Creation Gallery / G8 May 10 - June 3)

1994 JAGDA Exhibition of Recent Poster Work (Kyoto Research Park / October 7-10)

1995 International Conference of Graphic Designers (ICOGRADA)
'95 Portugal The Japanese Posters (CCD Culture Center, Lisbon July 5-31)

1995 Human Ad Exhibition (Tokyo Designers Space / August 16-19)

1996 Delicious Picture Plates 100VS100 (Ginza Creation Gallery / G8 December 2-20)

1997 Takeo Paper Show

1998 The Ministry of Foreign Affairs of Mexico

1998 Tatsuo Ebina Exhibition "tsuchi no hibiware" (HB Gallery)

1998 Tatsuo Ebina, Keiko Hirano, Ken Miki Exhibition "Graphic Wave '98"
(Ginza Graphic Gallery)

1999 Eggs of Mobius Science in Art Exhibition

视觉语言丛书 · 新世代平面设计家
书 名: 虾名龙郎的设计世界
策 划: 郑晓颖 姚震西
主 编: 朱 锷
设计制作: 朱锷设计事务所
日本国神奈川县横滨市户塚区矢部町 941
ARUBERUBIBUI 101
FAX: 0081-45-862-4755
责任编辑: 姚震西 白 桦
出 版: 广西美术出版社
发 行: 广西美术出版社
社 址: 广西南宁市望园路 9 号(530022)
经 销: 全国新华书店
印 制: 深圳雅昌彩色印刷有限公司
开 本: 635 mm × 965 mm 1/8
印 张: 19
版 次: 2000 年 1 月第 1 版
印 次: 2000 年 1 月第 1 次印刷
书 号: ISBN 7-80625-751-9/J·617
定 价: 90.00 元